爺兒休不掉 2

文創風 436

容箏 著

目錄

第三十三章　打算……005
第三十四章　說項……015
第三十五章　栽贓……023
第三十六章　不痛快……033
第三十七章　道賀……041
第三十八章　趕考……049
第三十九章　榜上有名……061
第四十章　離鄉……071
第四十一章　周歲……079
第四十二章　回來……089
第四十三章　橫禍……097
第四十四章　趁火打劫……109
第四十五章　糊塗……121
第四十六章　獻計……135
第四十七章　正軌……149
第四十八章　良緣……159
第四十九章　插手……167
第五十章　中間人……175
第五十一章　犬傷……185
第五十二章　收成……199
第五十三章　團聚……207
第五十四章　除夕……219
第五十五章　唐突……227
第五十六章　年酒……235
第五十七章　元夕……243
第五十八章　家暴……255
第五十九章　報喜……267
第六十章　午後……279
第六十一章　願不願意……289
第六十二章　養蚯蚓……299
第六十三章　鬧騰……307

第三十三章　打算

臘月初一是永柱年滿五十二歲的壽辰，雖不是什麼整壽辰，但他是一家之主，不管是在瓦窯上幫工，還是地裡的農活，幾乎都是他一手撐起這個家，因而也要慶賀一回。

可這一日天公不作美，早起就開始下小雨，淅淅瀝瀝的，一直不見停息。

明春跟著馬家人扶了靈柩到宛縣祖墳下葬，總算是在永柱的壽辰前趕回來，這一日便攜了丈夫、帶了賀禮，前來慶賀。

這一日少東也沒去雜貨鋪幫工，因為前幾日染了風寒還沒有好。

永柱自己去河溝裡釣魚，有四指寬的兩、三條，還有幾條粗細不一的黃鱔。

自家菜地裡這個季節不出什麼好的蔬菜，除了蘿蔔、豌豆尖、青菜、菠菜、蒜苗之類，就不出別的好菜了。還是秋天好，各種蔬菜都有，所幸當初還曬了些類似葫蘆乾、苦瓜乾、豇豆乾、茄子乾之類的菜，還能拿些出來或燉、或蒸、或煨。

明春一到家便進了白氏房裡，將帶來的那些東西都給了白氏，零散的東西堆了大半床，明春一樣樣地指給白氏看。

「攢盒裡裝的是四樣點心，婆婆非要拿來。」說著便揭開盒蓋，白氏看了一眼，不大認得出，明春趕著介紹道：「這些都是好東西，拿去擺果碟子豈不是好？這是菱粉糕、蝦糕、蟹黃酥、杏脯。」

好些白氏聽也沒聽過，笑呵呵地說道：「當真是好東西！哪裡捨得自己吃呢，拿去送人也體面。」

明春指著底下麻布口袋裡的東西道：「這些據說是他們宛縣出的土產，帶了些來給你們嚐嚐。」裡面裝的不外乎是些乾果、土布之類的東西。

緊接著又抖出一件半舊的石青藕綢斜襟短襖來，笑道：「這衣裳給娘穿吧！」

白氏原想說自己要幹活，這些衣裳穿不出去，怕糟蹋好料子，可她拿過來細細地看了一回後，摸到左腋下好像有補綴過的痕跡，臉上的笑容也就漸漸地淡下來了。

明春又將一雙黑色緞面的高腰氈靴拿出來，對白氏道：「這是給老爹的，很暖和，據說是羊毛做的，爹一定會喜歡。」

白氏看見鞋後跟明顯有些磨損了，當場就拉下臉說：「虧得還是回來給妳爹過生日，妳撿這些舊東西給他！這是誰穿過的？」

明春見瞞不過，只好如實說道：「據說是公公以前的。」

白氏嘴巴一撇，便道：「也不嫌晦氣！這個妳帶回去吧，還有這件衣裳，我也穿不了。」說著將短襖一併塞到明春的懷中，沈著臉就出去了。

明春想，怎麼母親不高興呢？難道是自己說錯了什麼話？還是嫌東西不好？

白氏心裡有氣，又不好衝著女兒發火。他們項家雖然不富裕，但還不至於要撿別人用剩下的東西過日子！

白氏走到外間，見少東和馬元兩人正站在屋簷下說話，嘀嘀咕咕的也不知講些什麼。

白氏便道：「這外面冷，又飄著雨，為何不進屋坐去？」

少東回答說：「我有話要和大妹夫談，顧不上了。」

青竹和翠枝妯娌倆忙活了一上午，終於弄出幾道還算像樣的菜餚，其間翠枝誇獎過好幾次「妹妹年紀不大，沒想到手藝就這麼好，看來合該我有口福」，但青竹聽了話卻想：不過就是找個理由讓我負責每天的飯菜嘛，何必說上一大堆肉麻的奉承話呢？

白氏走進來瞧了一圈，又見菜已備得差不多，可以開飯，然而此時卻不見永柱在家，只得各處去尋。

妯娌倆張羅好飯菜後，永柱和白氏自然坐在最上首，下面是明霞和青竹，少東夫妻和明春夫妻打橫。少南在學堂，中午是不回來吃飯的。青竹雖然有座位，可也沒幾時在座，因為要來回地傳菜、添飯，還得照顧灶膛裡的火。

白氏知道馬元愛酒，且酒後醜態百出，為了避免尷尬，暗地裡交代少東和永柱別陪馬元喝那麼多酒，因此給永柱敬了兩杯後，白氏便暗暗地讓青竹將酒罈給藏了。

沒了酒，馬元也不吃了，當下即下了桌。

白氏板著一張臉，明春見母親不大高興的樣子，對自己又有些不屑，不過當她將那雙鞋子給永柱時，永柱卻滿臉喜歡。

永柱雙手接過，樂滋滋地笑道：「到底是女兒心疼人，還真是暖和呢！」

白氏卻皺眉，拉了拉永柱的衣裳，也不顧女婿就在跟前，直接說道：「你還真不嫌晦氣，這鞋子以前馬老爺子穿過，幹麼要撿一個死人穿過的東西？我們家也還沒那麼窮！」

明春趕緊解釋道：「爹放心，這鞋子雖然公公穿過，但是生前穿過的，並沒穿著它過世，聽說也沒穿幾次，都還好著呢！」

永柱也不講究，滿心歡喜地接下來。

白氏卻板著臉說：「還真當我們是叫花子，等著打賞呢！」說完便氣得回房去。

這句話讓馬元和明春臉上頓時很不好看，馬元裝作沒聽見一般，低頭喝茶掩飾。

明春臉上則紅一陣、白一陣的，滿是尷尬，因此去拉馬元，道：「我們出來半天，也該回去了。」

「唉，確是該走了！」馬元便立刻起身向永柱拱手。「岳父大人，家裡還有事，改日再來拜訪。」

永柱虛留了一陣。

白氏聽說明春他們要走，也不出來送送，明春只好去了白氏房前說道：「娘，我回去了。」

白氏不吭聲，她的火還沒消呢！

直到明春走出院門，方覺得這事是自己做得不大好，於是又折回去，將身上一個荷包解下來，裡面裝了約莫有幾兩的散碎銀子，拿給永柱，但永柱卻堅持不收，明春沒法，只好又拿去給白氏。

白氏原不肯要的，後來禁不住明春在跟前念叨，只好收下了。

後來永柱將白氏說了一頓。「明春給妳錢，妳還真收下了？」

「她自己給我的，難道還不要？」

「我看妳是掉進錢眼裡了！」

這日格外的冷，少南早早地回家了。

白氏說，可能天氣要變，不知是要下雨還是要下雪，便讓青竹、明霞去山上劈些柴禾回來預備著。

青竹二話不說，拿了柴刀、繩子就要出門，明霞卻不肯去。

青竹道：「我一人怎麼弄得回來？」

明霞才不管這些。

後來少南走來說：「我與妳去吧。」

青竹忙道：「算了，不敢煩勞你讀書人動手，我自己去吧。」

少南卻道：「天冷，坐在那裡腳也冷，還不如出去走走。」

白氏也不計較，於是最後兩人便出門了。

臘月的天氣，風颳在臉上有些刺骨。青竹覺得身上一點也不暖和，心想著該包條頭巾的，頭髮也不至於吹亂，只是走出家門好一截了，也不打算再折回去。

一路上兩人沒說什麼話，直到爬上山。山上的樹木可不能亂砍伐，每一棵都有人家的，青竹好不容易找到項家的那塊山林。放下繩子，舉目觀望了一回高高的樹幹，密密匝匝的枝椏，樹葉早已經落光了。

那麼高的樹，偏她又不會爬樹，如何上去砍下枝椏呢？要是明霞在的話，說不定會容易許多。

少南見青竹沒什麼動靜，便對她道：「妳拾些枯樹枝吧，我爬上去砍些枝椏。」說著就紮好褲腿，綁好衣袖，一手拿了柴刀，身手敏捷地向一棵松柏爬去。

青竹瞪圓了眼睛望著，暗暗讚嘆他們兄妹的身手怎麼都這麼好，偏偏自己學不會呢？

只見少南十分容易地就爬到了樹幹上，約離地兩丈高，牢牢地扶好了，固定好身子後，便舉起刀一下下地砍著。

青竹看了一回，彷彿沒什麼不妥，便依了少南的話，只彎身尋找地上掉的那些枯樹枝。走了好大一圈，也尋得不少，便將它們聚集在一起，用繩子拴實了，一會兒揹下山去。

青竹擔心少南沒有踩穩，從樹上摔下來，倘若有個好歹，家裡人可不會饒過自己，因而站在樹下大聲喊道：「好啦，別再砍了，當心些。」

少南聽了便俐落地下來，又看了看，接著又去砍青杠樹、香樟樹的枝椏。

兩人忙活下來也收穫不少，青竹將地上那些砍下來的枝椏聚集在一起，分了枯樹和新鮮樹，分別牢牢地紮好，便要叫少南回去，因為又要起風了。結果卻見少南蹲在大石頭旁，正吸吮著什麼。青竹忖度道：莫非他砍傷了自己不成？

走近一瞧，見少南正吸著自己的左食指，而後將吸出來的血一口口地吐掉。青竹忙捉過來一看，第一指關節處劃出了一道寸長的口子，血止不住地往外冒。

少南連忙縮回來，背過身去，繼續吸吮著，想趕緊止住血。

青竹在他身後說：「我不是叫你小心了嗎？回去怎麼寫字呢？」頓時便覺得自己成了罪人。

少南冷冰冰地說：「我又不是左撇子。別大驚小怪的，與妳不相干。」

青竹腦中突然浮現出一樣東西來，剛才她似乎在什麼地方見過……她連忙轉身去尋。

少南吸吮了好一陣，還是有鮮血不斷地冒出來，他甚至想，會不會永遠止不住，血涸而亡？心中陡升一種悲涼來。回頭不見青竹在跟前，以為青竹撇下自己獨自下山去了，卻見捆好的柴還放在那裡，但柴刀卻跟著一同不見了。

少南四處不見青竹，等了好一陣子，才見青竹砍了些他不大認識的枝葉來，上面還掛著圓潤的紫色小果實，宛如一顆顆的珠子。

青竹一絲慌亂也無，找了一塊乾淨石頭，將採來的華紫珠葉子摘下來，先用手中的刀切碎，接著又搗成了糊，然後叫了少南，讓他將手伸出來，把搗好的糊敷在傷口上，並詢問一句。「沒有傷著骨頭吧？」青竹解下自己腰間的一塊手帕，手指靈活地替他綁好。

「應該沒有。」青竹的此番舉動讓少南有些詫異，她怎會知道這種東西可以用來敷傷口呢？

漸漸地，血似乎沒再溢出手帕，看樣子好像已經止住了。

少南不得不佩服起她來。「妳還真有法子！」

「不過是按照書上說的做罷了，正好我還認得這種東西，也恰巧林子裡有，你運氣不錯。」青竹便去將柴捆揹上身就要下山去。

少南卻坐在石頭上未動。

青竹回頭催促著他。「怎麼著，你還要在這裡吹冷風嗎？」

少南道：「過來，我有一事要和妳說。」

青竹不知何故，便放下柴捆就過去了。

少南回頭看了青竹兩眼，有些出神，半晌才說：「二月我要去參加府試，倘若過了，就算得上是個童生了。」

青竹忙道：「這是件好事呀！」她從未想過要阻攔項少南的前程，她只關心自己的未來怎樣。

少南接著又道：「今天先生對我說，若我過了府試，便願意寫封推薦信，讓我去雲中書院讀書。」

青竹立刻道：「這樣也好，畢竟這種村上的小學堂也學不到什麼東西，出去看看，眼界也就開闊了。幾月走呢？」

「若中了的話，可能收了麥子就走。」

「喔。」青竹表現得很平淡。

少南又看了青竹兩眼，才道：「妳放心，一會兒我會向爹說明，讓他作主，退了這門親事，妳就可以回去陪伴姊妹了，不用在這邊左右不高興。」

青竹一怔，這才想到少南真正想要告訴自己的，是後面的這幾句話。按理說青竹聽見這個應該歡欣雀躍的，可是她臉上依舊沒有露出什麼神情來，好像她一直是個喜怒不形於色的淡漠之人。其實她心想的是，這件事或許不會這麼簡單，她是想退，可那兩位老人的意思呢？會憑藉少南的一席話，立即就改變主意嗎？畢竟他們夏家還欠項家那麼多錢，如今哪裡還得上呢？

少南見她沈默的樣子，不免有些小小失望，本以為她聽見此事後會露出笑臉來，看來失算了。難道她改變主意，不想回去了嗎？因此他又多問了一句。「妳是如何想的？到底好不好？」

青竹低頭說：「你真要去說，我只有感激你的分兒，這份心意我領了，但成不成，卻是另一碼事。」

「是嗎？」少南怔忡了好一陣子。

最後，兩人各自揹了柴下山去。

第三十四章　說項

少南手受傷的事不想讓白氏知道，原本就不大的事，怕又鬧得不安寧，再說真與青竹沒有多大的關係。

青竹獨自在灶間忙碌，少南已經回自己房裡看書去了，各不相干。

直到天色擦黑時，永柱才從窯上回來。

一家子用了晚飯後，少南沒有立刻回自己房裡去看書，而是對父親道：「爹，兒子有事要和爹說。」

永柱累了一天，身上有些痠疼，但一天下來難得與兒子說幾句話，見兒子主動來和自己商量，因此硬拖著疲憊的身子，和少南道：「什麼事？」

青竹收拾了碗筷，在一旁見了，知道少南要說什麼，自己在此畢竟有些不妥，便回屋去做會兒針線，隨後準備睡覺。

昏暗的燈火下，青竹一針一針地縫著條手帕。身上的那條給了少南敷傷口，她已經不打算再拿回來了，不過想來沾染了血漬和污漬，已經很難去掉了，只好自己再做一條。好在她還剩下些零碎的布頭，要做條手絹還是夠。一面縫，一面想，也不知堂屋裡的父子倆談得怎樣了？

對於少南要出去讀書，永柱應是支持的吧，只是少南年紀小了些，只怕還得用上一筆錢，可少東不是還等著這筆錢自己開鋪面嗎？身為當家人的永柱或許就到了抉擇的時候了，到底是大兒子的立業重要，還是小兒子的讀書重要？也不知少南將退婚的事跟永柱說了沒？青竹猜想著永柱會有怎樣的反應呢？不過她本來就沒抱多大的希望。

這邊的堂屋裡，門已關好了，八仙桌上點著一盞微弱的小油燈。永柱一手撐著腦袋，靜靜地聽完少南說要出去讀書的事，倒讓他很感意外。

少東已經在隔壁屋子裡熟睡了，不知道這邊的人談論些什麼；翠枝還沒睡，豎起耳朵聆聽了半天，心想這小叔子倒還有些本事，能得先生舉薦，看來還真是個人才。

白氏原本在自己房裡做針線，聽見少南說，連忙走了出來。

「你要出遠門？」白氏劈頭就問。

少南點頭道：「是呀，只要考取了童生，先生就說幫我引薦。那雲中書院雖不及四大書院有名氣，但聽聞我們先生說，裡面的三江閣和青雲樓二處藏書量頗多，且書院的山長是我們先生的同鄉，以前頗有些交情，聽聞也是個大儒。兒子也想出去見見世面，開開眼界，不知二老意下如何？」

白氏又忙問：「你要出去幾年？」

少南道：「可能要三、四年吧。」

白氏的神色有些寂寞，喃喃地說：「阿彌陀佛，怎麼一走就這麼久呢？」

永柱這才插了句嘴。「那你的功名準備得如何呢？」

「學兩、三年就考，還是回原籍考。」

永柱乍一聽說少南要出去讀書，很是意外，他雖然沒見過什麼世面，但也明白事理，因此微微頷首道：「我沒讀過書，不過粗人一個，當年你夏叔叔就是個童生出身，後來考秀才沒有考中，聽說一連考了好幾次，後面自己也就放棄了。我本意也沒想著你有多大的出息，能識記幾個字、不做睜眼瞎、算得了帳，就強過我了，沒想到你竟還有些天分。我知道左家如今出了個相公，必定也刺激到你，人家歲數長你不多就出息了，連田財主也去巴結，這些我是沒想過，不過你要肯讀書，那麼就去讀吧。」

少南見父親允准，不由得露出微笑來。「多謝爹成全。」

白氏在一旁道：「為何非要去那麼遠的地方讀書？村上就有學堂，離家又不是很遠，也能照顧到啊！你從來沒出過遠門，我聽那叫什麼雲中書院的，是在省城，離這裡有上千里遠，叫我們如何放心得下？我看要不還是算了吧，就在這裡學幾年，能出人頭地最好，不行的話，還能回來幫著照料地裡的糧食。」

少南見母親的態度不肯，便脫口而出道：「我一直都想走出去，不想在這裡待一輩子，做一輩子的莊稼漢！」

白氏見兒子倔強，忙道：「莊稼漢怎麼了？你們項家祖祖輩輩都是農戶，也還沒出過當官的！」

「好了，妳就少說一句吧，婦道人家能有什麼見識？我雖然也不大懂得，但他既然有這份向上的心，便隨了他的願吧。」

白氏心裡直是不捨，可丈夫和兒子都拿定主意，知道自己現在無論說什麼都改變不了了，便含淚哭道：「還給你定了小媳婦，如今你說走就走，一點也不顧及家裡……你爹年紀也大了，竟一點也不心疼，當真是個冷面的人，以後還說要靠你呢！」

少南乘機又忙說道：「兒子還有一事要稟報。」

「快說吧。」永柱打了個大大的呵欠，真想去睡了。

「就是關於青竹的事。我這一走還不知什麼時候能回來，我見她在我們家待得好像也不大樂意，依兒子之見，不如就退了這門親事吧，省得耽誤她。」

少南的一席話，讓老倆口皆是一震，不等永柱開口，白氏便搶白道：「退親？也行，讓他們夏家先將我們家的錢還上，我沒什麼意見，當初就不該結這門親事的！」

少南聽了母親的話，心想夏家哪裡拿得出這筆銀子。又去看父親，卻見父親坐在燈影裡，一臉的凝重，半天也沒見他開口。

好一陣子後，永柱才起身說：「你還沒高中，也不用急著趕人。再說這事我不答應，你們誰也別再提起。」說完就逕自回屋去了。

白氏坐了一會兒，看了看兒子。「我也是為你著想，他們夏家那麼窮，如何配得上我們家？再說那丫頭也不怎樣，脾性不好、心眼多，我也不喜歡，當初是你爹硬說要結這門親事的，看這意思，是不許別人違逆他的意思了……不怕，你有這個心思是好的，待我慢慢地說與他聽，過一陣子，說不定他就點頭答應了。退了也好，我一定會替你相一門溫良賢德、門當戶對的媳婦。」

少南沈默了一陣子才說：「我想要退親，不是說青竹不好，而是怕我耽擱了她。」

白氏白了少南一眼，戳了戳他的額頭。「你這話很不通，看來是讀書讀傻了！」

第二日時，誰也沒向青竹提及昨晚之事，青竹暗想，看來應該是失敗了。也就是說，她注定還要在這裡煎熬。

後來白氏發現了少南受傷的手指，少南只說是自己不小心劃傷的，並未帶出青竹半句話。白氏見沒出什麼大事，因此也沒再追究下去。

數九寒天，再加上一連下了兩天的雨，更覺得寒冷不少。青竹多麼想能圍坐在火爐旁，安安靜靜地翻兩頁書，喝幾口熱茶，不過這些只能想像罷了。牽牛出去食了草後，又得去河溝邊洗衣裳，聽韓露說，水面上已經結了一層薄薄的冰碴，可想而知，那水會有多麼刺骨。

走至河邊，青竹拾了塊小石頭向水面上扔去，水面並沒有立刻漾出水波、一圈圈地放大，整個水面也跟著晃動，反而像是打中了什麼般，走近一瞧，水面上果然有一層薄薄的冰。

青竹將木盆裡的髒衣服取出來，這家裡最難洗的便是永柱和明霞的衣裳了，永柱成日做工，沾染最多的就是泥污，硬邦邦的布料，需要反覆揉搓，不過倒還算好辦。最難處理的還是明霞的，經常東一塊、西一塊，沾些怎麼洗也洗不掉的污漬，可為難了青竹，尤其是這樣的大冷天。

青竹將衣服打濕了，塗上自己好不容易做出來的土肥皂，倒還有些去污效果。

說來製這個洗衣服的肥皂，倒花費青竹不少心思。記得她以前看過一本書，上面零零星星地記載過一些如何用土法製出肥皂來，於是用了土鹼、松香、稻草灰，沒有甘油，青竹用的是動物油脂代替，反覆試驗了好多次，才算能使用。雖然沒什麼泡沫，不過去污效果還算能保證。

剛開始洗的時候，青竹覺得骨頭都在發疼，洗到後面也不疼了，手掌竟然冒出一股淡淡的輕煙，暖和起來，雖然還是通紅。

好不容易洗完衣裳，回家準備晾曬，見白氏正在給明霞生凍瘡的手塗抹辣椒油，說是這個法子能讓凍瘡症狀減緩一些。

的確，有時候切比較辣的辣椒，會讓手指也感覺到辣，那種感覺很不好受，可這個辦法適用於凍瘡嗎？青竹沒有試過，反正她從未生過凍瘡。

晾好了衣裳，青竹便回自己房裡去了。

已是臘月中旬，永柱還在窯上幫工，為的是能多賺幾個錢，少南要出去讀書的話，一定要不少花費。這個情景青竹並不覺得陌生，就好比在二十一世紀，家境不富裕的人家，要苦苦地供子女唸大學，為的是以後能考個公務員，有個鐵飯碗。

學堂裡已經放假了，因為今年比去年冷，陶老先生病了，連日來不曾來上課，索性就放了這群小學生。

項少南在自己房裡看了半天的書，見青竹回來，過一陣子便去敲她的門。

青竹上前開了門，見是他，便問：「有什麼事嗎？」

少南進屋來，並不進簾內，而後從身上掏出一條手絹來遞給青竹。「這個還妳。」

青竹淡淡地掃了一眼，只見有些污漬還沒洗乾淨，她斷然是不會再用的了，便說：「這個你隨意丟了吧，我有別的帕子。」

「妳的東西，怎麼說丟就丟。」硬塞給了青竹。

青竹只好攥在手裡，又關心起少南手上的那道口子。

少南抬手給青竹看了一眼，並說：「妳看，都結疤了。好在妳不知從哪裡採來那些草藥，很快就止住了血。我還當冬天受傷，要好些日子才能好呢，多虧了妳。」

「是你運氣好罷了。」

少南又說：「妳的事我和家裡人說了，可能還要委屈妳一陣子……」

青竹回道：「倒沒什麼意外的，你的心意我領了。對了，你要出去唸書，他們是支持的吧？」

「娘捨不得，不大願意，爹倒沒說什麼。只是我這一走可能就是幾年，我會往家裡寫信，這個家就妳識字多一些，到時候還煩請妳幫忙看信、回信。」

「喔，這倒是小事。」青竹卻暗想，也就是說，她還要在這裡等上好幾年嗎？好在現在年紀不算大，也還能耽擱。但見少南意氣風發的樣子，想著他已經做好了準備，家裡就盼著他功成名就，衣錦還鄉吧？

兩人相識一年多，在同一個屋簷下經歷了好些事，要說相處，好像並沒以前那麼彆扭了。青竹覺得少南雖然還是個小孩子，不過心性很高，與這家裡的每個人都不同，要強、上進、自尊心強，說來這些也都是他的優點。

少南還想說什麼的時候，卻見白氏一臉怒色地走進來！

第三十五章 栽贓

白氏劈頭就問：「我的那個戒指妳給藏到哪裡去了？」

青竹一頭霧水，她幾時見過白氏的戒指了？連白氏的屋她也不隨便進去的，因此直接說：「我沒看見，不知道。」

「不知道？分明就是妳拿了的，還不從實招來！說，拿去做什麼呢？不老實交代，我可不饒妳！」

少南也覺得疑惑，回頭看了一眼青竹，心想她應該不會做出這樣眼淺的事吧？

青竹梗著脖子分辯道：「不能這樣誣陷人的！說我拿了，總得給個證據，得有個說法！」

白氏氣得牙癢，瞪直了眼，身子也哆嗦起來。「沒人教養的野雜種！沒人要了，才把妳給拎回來，好吃好住地供養著妳，如今是要反了？妳學什麼不好，偏要去當賊？今天我不教訓妳一頓，妳眼裡還有沒有王法！」說著就要去找棍子打青竹。

少南一把攔住母親，勸道：「娘為何一口咬定是她拿了戒指？」

「不是她還有誰？她一個外人，自小窮慣了，哪裡見得這些東西？自然是眼紅，趁我不注意就偷了去。今天妳交出來便罷，不交出來，我將妳打死了也沒人敢把我怎樣！」

青竹見白氏不分青紅皂白地誣陷自己，隨意就將這個屎盆子往自己頭上扣，不由得急紅了眼，一心要替自己辯白，遂理直氣壯地道：「我今天就去您老屋裡收過髒衣服，之後就再也沒去過，從未見過勞什子的戒指，別說我拿了，就是送給我也不稀罕！」

白氏渾身哆嗦著，指著青竹唾罵。「我看妳要怎麼狡辯！如何，妳自己也承認進了屋，還說不是妳拿的！」

少南杵在中間，心想這樣鬧下去總不是辦法，還是得想個解決的對策來。

青竹見白氏一口咬定是自己偷了她的東西，可天地良心，她幾時做過這樣的事？

少南說了句。「既然娘妳說青竹進了妳的屋，她有嫌疑，那麼今天進妳屋的又何止她一個？爹、大嫂、明霞還有我，都去過妳屋裡，也都有嫌疑。」

白氏推了兒子一下，大罵道：「好呀，供你讀了幾天書，還說學什麼大道理，如今胳膊肘向外拐，倒幫起外人了，真是白養你了，哪知也是個沒良心的！她還不是你媳婦呢，如今淨會顧著她，連老娘也敢違逆起來！」

少南本想說，要說起外人來，大嫂也算一個，不過卻未說出口。又見母親咄咄逼人，也不好再多說什麼。

青竹覺得滿心的委屈，她知道白氏看她不順眼，所以認定是自己幹的。她不管不顧，上前拉了白氏，硬將她拖到簾內。

白氏不知道青竹要幹什麼，卻見青竹將自己的箱籠打開，把所有的物品都抖出來，一一地指給白氏看，急著證明自己的清白。

白氏從未見過青竹如此，沒想到她小小年紀，性子還頗有些剛烈，平日倒是小看了她。就在青竹翻尋自己的物品給白氏看時，白氏看見個小布包，裡面也不知裝了什麼，她拾起來，打開一看，赫然見裡面有幾串錢，便自以為得了贓物。「這些錢是哪裡來的？別哄我說不知道，難道不是妳賣了戒指的錢？」

這些都是青竹一年下來好不容易攢起的，見白氏誣陷，少不得要解釋，可還沒開口，卻聽見少南為自己辯駁——

「這錢我知道，是她自己掙的。」

「她自己掙的？她哪裡掙錢去？好呀，我就說妳有錢買布料，自己會做裙子，原來是偷了我的東西！這下好了，賊贓我拿住了，看妳還有什麼話要說！」

這裡鬧得不可開交，驚動了翠枝，她抱了豆豆連忙來看，卻只在外面張望著，因為知道婆婆正在怒氣中，不敢上前來。

青竹很氣憤，卻不見她落半滴眼淚，她一五一十地說：「這一年裡，我養兔子、賣兔子、編草帽辮，好不容易攢下幾個錢，如今倒要被說成賊贓了？人在做，天在看，我能挺直腰桿說話，這些不是見不得光的錢！」

少南也道：「她買布料不是上個月的事嗎？和戒指更沒什麼關係了。」

白氏有些詞窮，拿了那些錢就要走，卻被少南奪下來，丟給了青竹。「她自己攢下的，就是她的東西，娘何必拿走？」

白氏揚手搧了少南一個耳刮子。「我沒養個好兒子，如今倒會幫起賊來了！」發洩了一通便揚長而去，只等永柱回家主持公道。

青竹受了氣，連晚飯也懶怠做，自然也不想吃，胡亂地躺在床上睡了一夜，也沒人來找她問話，但白氏一口一個賊，讓青竹覺得憤怒，她從沒做過的事，為何就咬定是她？別的委屈都能忍受，唯獨這一件，讓青竹覺得窩火，因此天才矇矇亮，略收拾了幾件東西便離了項家。

牛還關在圈裡，正哞哞地叫著，白氏聽得心煩，披了衣裳，趿了鞋，起來讓青竹將牛牽到棚子裡給添些草料，卻不見青竹的身影，鍋灶也都是冷的。

白氏四處尋不著青竹，又到青竹房裡一看，半個人影也沒有，床鋪收拾得整整齊齊的，心想這丫頭跑了不成？呸，這不是作賊心虛嗎？還敢狡辯！她不免頓足，大罵了一通。沒有青竹幫忙，白氏只好自己牽了牛出來，添了草料和水，想著少東和永柱還要去幫工，得趕緊生火做飯，可卻憋了一肚子的火。

永柱在飯桌上並未見到青竹的身影，便問：「今天怎麼少了個人？」

白氏沒好氣地道：「你惦念那個做賊的人幹什麼？別以為躲起來就沒事了，讓我找到遲早要將她打個半死！」

翠枝、明霞兩人不敢說話，只低頭吃飯。

少南見母親還在氣頭上，又聽說青竹不見，心想青竹大約是受不得委屈，或許回夏家去了吧。

永柱吃了飯後便要出門，又交代白氏一句。「不過就是個戒指嘛，為了這麼點小事，鬧得烏煙瘴氣的。」

「小事？那可是明春偷偷給我的金戒指，也值好些錢，如今被那賤丫頭給拿去，難道我還不能抱怨幾句嗎？她膽子也忒大了點，偷東西，還敢私自存錢，我看遲早有一天，這點家當都會被她設法給搬到他們夏家去！她也跑不到哪裡去，等一會兒去她家，只問她那寡母，看教養出來的好女兒，如今慣會做賊了！」

「妳能不能少點事呀？還嫌不夠丟臉嗎？妳還要去鬧，也不怕人笑話！夏家那丫頭並不是妳說的那種人，眼見著就要過年了，消停幾日難道也不行？」永柱可沒什麼好話。

白氏見丈夫也幫著那死丫頭，便落下眼淚來。「好，你們爺兒倆都向著外人！我丟了東西，還成了我的罪過了？你們一個兩個的都維護著她，那死丫頭到底有什麼好的……」

少東寬慰了兩句，白氏依舊只是哭，少東也顧不得許多了，還要趕著去鋪子；翠枝則完全是個局外人一般，不曾出來說半句話，大概是不想惹事上身，帶著豆豆躲在屋裡圖個清靜。

永柱沒那工夫和白氏計較，只暗暗地與少南說：「看緊你娘，別讓她到夏家去鬧，這個臉我丟不起！」

少南說：「爹放心吧！」

永柱逕自出了門；白氏只坐在房裡抹眼淚；明霞膽小，怕招惹母親，也不敢上前去，此刻無人來顧及她，早就不知跑哪裡去了。

少南見家裡烏煙瘴氣的，到底是誰拿了戒指？少南想，不如乘機查明是不是青竹，抑或是別人，是別人的話也好洗刷青竹的冤屈。只是他覺得青竹到底有幾分傻氣，既然沒有做過此事，為何要走？如此不是坐實了心虛嗎？

且說青竹還家，蔡氏並姊妹們都歡喜，青竹半個字也沒提起項家的事，和姊妹們玩笑如舊。

只是見青竹在家住了兩日，還沒說要回去的跡象，蔡氏不免存疑，難道這個孩子在項家受了什麼委屈不成？便悄悄和青梅說了，讓青梅去問問。

青梅卻道：「娘多想了吧？二妹回來，娘難道不高興嗎？」

蔡氏道：「總覺得有點不對勁。」

青梅笑道：「娘多慮了。」

蔡氏心想，但願是自己多慮了吧。

青梅安頓好母親後，回頭暗想，青竹一臉笑容，哪裡像受了什麼委屈呀？雖然此次來家沒有絲毫徵兆，但上次回來不也是突然而至，然後還住了幾天嗎？一定是她想家了，所以回來看看，姊妹們說說話倒沒什麼不好的。

青竹正教成哥兒識字時，青梅一頭走了過去。

「二妹在家教教他也不錯，我又識不得幾個字，娘還說送他去學堂呢！」

青竹回頭看了青梅一眼，連忙搬張凳子來請她坐，又見青梅正納著鞋底，便笑問：「大姊這是給誰做鞋子？」
青梅道：「給三妹的。」又低頭看成哥兒寫字，可能是年紀太小的關係，握筆還握不穩，寫出來的字還不成樣，便笑道：「倒難為成哥兒了。」
青竹笑說：「他記性倒還好，沒準兒還能讀好書，想來天資應該不錯。」
青梅搖搖頭說：「以前爹的才識就是遠近聞名，可惜命不長。按說成哥兒也該進學堂啟蒙了，可是家裡拿不出這份錢，娘正愁呢！」
青竹糾正了一回成哥兒的握筆姿勢，聽了青梅的話頗有些無奈，不禁又想起少南來，為何成哥兒沒他的命好呢？他還能去外地的書院讀書，成哥兒卻連村裡的學堂也唸不上。要是當初爹爹還在，或許成哥兒還能好過一點。上次落水後，成哥兒已經痊癒了，好在沒有留下什麼病根，或許是爹爹在天上保佑這多災多難的一家吧！
青竹道：「姑姑向來看重他，我看不如找姑姑借一點吧？」
青梅卻嘆口氣說：「借了遲早要還上，妳看我們這個家還剩下什麼？拿什麼去還呢？再說，姑父未必就肯答應每年出幾兩銀子給他使。」
青竹回頭一想，倒也是這個理，可還能有別的法子嗎？她掙的那點小錢還不夠塞牙縫呢！低頭細想了一回，這個家裡總得有個營生才好，再有，真要去唸書的話，還是得向姑姑開口，雖然夏氏人刻薄了些，且嘴上不饒人，但心地還不算很壞，畢竟是她的親姪兒，平時就心疼得緊，如今又是件正經大事，應該不會推辭。
思來想去後，青竹便笑道：「我看該和娘說說，讓娘帶了成哥兒一道去錢家走動走動，說不定就成了。」

青梅略想了想，道：「或許這是唯一的法子了吧，倒不知娘是如何想的？」

「還有便是，我想著這個家要不要幹點別的事呢？靠那麼幾塊地，產量又不高，地也不怎樣，不如發展點別的營生吧？慢慢地也許就好轉了，畢竟靠別人不能靠一輩子。」

青梅頷首道：「二妹這話說得很是，只是幹哪一行不要勞力呢？我們家又沒誰有那個經濟頭腦，再說也沒本錢，這些都是說來容易，實則太難。」

青竹暗想，倒也是這麼回事，所以蔡氏才一心想著要招個女婿進來。回頭見青梅雖然年紀不大，可一臉的沈穩持重，做長姊同樣不容易。

夏成好不容易寫了一篇字，忙給青竹看。「二姊，妳說好不好？」

青竹笑說：「還是太稚嫩了。」見了這字跡，不禁想起少南的字的確很漂亮，成哥兒要學多久才能有他那種水準呢？

青蘭一頭走了來，見姊姊們都在，弟弟也在，便甜甜地說道：「二姊，上次妳買的桂花糕真好吃，怎麼這次沒買呢？」

不等青竹開口，青梅便唸道：「妳就知道吃！」

青竹一笑。「這次走得匆忙，來不及去買，要不明日我上街去買給妳？」

青蘭喜得眉開眼笑。「好呀、好呀，到底是二姊最好了！」

青梅低頭做著針線，突然想起剛才母親和她說的話，又暗地裡觀察了下青竹的舉動，還真看不出來，因此便含笑問道：「二妹打算在家住幾天呢？」

青竹沈默了片刻，斂眉道：「我想多住一段日子，不可以嗎？」青竹有些悽怨地望了一眼青梅，如今她就只有這麼一條退路了，在那邊受了委屈，希望能在這裡得到安慰。再怎麼說，這邊的人，是這具軀體的至親。

青梅笑開了。「哪有不可以的，看二妹說的，我還想和妳好好說說話呢！以前妳回來總不能多待幾日。」青梅嘴上雖這麼說，但心裡卻想，看來娘猜得不錯，二妹或許真有什麼委屈，就像那次挨打一樣，所以才跑回來。這裡是她的娘家，也沒趕她的道理，但真有什麼苦處的話，也應該說出來，大家一起想主意才對。

青梅獨自忖度了一回，又對青蘭道：「妳去看娘在做什麼，幫一下她。」

「喔。」青蘭答應一聲便要走。

青梅又道：「成哥兒寫了半日的字，也累了吧？出去玩玩吧！」

夏成巴不得聽見這句，立刻就起身往外走。

青竹見青梅將姊弟倆都打發走了，只剩下她們姊妹倆，她蕙質蘭心，如何猜不到青梅的心思呢？只等青梅開口問了。

後來青竹一一向青梅說明，青梅很是驚訝。

「為何他們家就這麼斷定是妳拿的？」

「我怎麼知道？估摸著我好欺負吧。出了這樣的事，首先被懷疑的總是外人。」青竹頗有些無奈。

青梅也沒什麼見解，只嘆了聲。「唉，二妹也是個實誠人，來家兩日，我不開口問妳，妳是不打算說的吧？之後預備怎麼辦呢？那金戒指值多少錢？」

青竹搖頭道：「不知，是她大女兒送給她的，不知怎的就沒了，如今賴在我頭上。大姊，妳說我還能回去嗎？」

「可是妳一直躲在這裡也不是辦法，總得要講明吧？」

青竹苦笑一聲。「我能講明的話，何必賭氣跑回來？再說吧。」

青梅聽後，心想這日後該如何是好？母親那裡又會怎麼想呢？

青竹向青梅道明一切後，又道：「大姊，此事妳不要告訴娘。」

青梅不解。「為何？」

「我不想讓她瞎操心，再說這本身也不是我的過錯。」

青梅心裡有數，不免安慰她一回。「二妹既然要住，索性就安心地住幾天，後面的事後面再說。」

青竹微笑道：「到底是大姊疼人。」

關於成哥兒上學的事，姊妹倆和蔡氏商量了，看能不能讓姑姑家幫襯些銀子。

蔡氏緘默了會兒後，道：「目前還能有什麼法子呢？怕也只剩下這一條出路了。明兒妳不回項家去的話，不如我們娘仨一道去妳姑姑家看看吧。」

第三十六章 不痛快

上門打秋風，倒比青竹想像的要容易許多。錢姑父聽說夏成要進學堂去，可憐夏家連夏成的束脩都拿不出來，因此答應每年幫襯五兩銀子供夏成唸書。

夏氏又讓玉娘將她不穿的衣裳收拾兩包出來，給青梅她們穿。

錢家倒還算和氣，這讓青竹有些意外。

用了飯後，因為還要趕那麼遠的路，天又陰沈，所以得早早地回去。蔡氏叫成哥兒給姑父、姑姑磕了頭，娘仨這才往家趕。

回到家中，青梅正和青蘭姊妹倆在院子裡玩踢毽子，見他們回來了，青蘭立即迎上去，抱住蔡氏的腿，嬌滴滴地說道：「娘，你們可回來了，我想死你們了！」

青竹這裡抱著包袱進了屋，青梅一頭跟上來。

「喲，怎麼還帶了這麼多東西回來？」

「這些是玉娘不穿的衣裳，大姊看看吧，有沒有能穿的。」

青梅掃了一眼，好衣裳倒沒幾件。

蔡氏進屋來說腰疼，青梅趕著捶了捶，蔡氏又誇讚起錢旺來。「你們那個表哥好久沒見，越發的出息了，如今跟著你們姑父出門收錢什麼的，倒也學了點本事，只是我見他們家新娶的那個媳婦也不怎樣。」

青梅笑道：「娘也沒和人家怎麼接觸，如何就能分出好歹來？」

蔡氏道：「我活了幾十歲，看人倒還不算走眼。當初說讓妳們姊妹倆其中一個嫁給那旺哥兒，看來當初你們爹爹還在的時候就該定下這門親事的，他們家的日子現在過得很滋潤，我們羨慕也羨慕不過來。稍早聽說成哥兒要進學，二話不說就給了塊銀子，也不知是幾兩的數。」

青竹在旁聽了，心裡一驚，也就是說，她差點要嫁給那個粗壯的表哥？還真是亂套，兩人相差多少歲來著？便是青梅的話，兩人感覺也不怎麼相配，氣質相差太遠了。

回家來住了幾天，青竹不敢告訴母親實情，青梅也幫她瞞著，不過眼見要過年了，青梅便勸青竹回去，讓她認個錯，家和萬事興。

青竹心裡卻不服氣，她又沒做錯什麼，為何要讓她認錯？如此不就坐實了她的罪名嗎？幸而項少南來了，說要接她回去，還順便告訴她實情，原來戒指是被明霞給拿去了！青竹這才正式地洗刷了罪名，沒有為此事揹黑鍋。

戒指事件總算落下了帷幕。

少南在為二月的考試做準備。

永柱想著少南要出門讀書，需要用錢，本來打算給少東的那一筆怕是暫時拿不出來了，便找了少東商議。

少東倒沒說什麼，很大方地說道：「我那小本買賣，什麼時候開張都行，不如再緩緩吧！二弟讀書是大事，難得有這麼好的機會，況且以後二弟高中了、當了官，難道還會不肯照看我這個當大哥的嗎？」

一家人供少南讀書，他的肩上就承擔起一家子所有的期望，也不知他瘦弱稚嫩的肩膀能不能扛得住？

白氏送了兩疋布來，一色天青軟緞，已經裁剪好，只等縫製；一色沉香色的繭綢，說要做身深衣，餘下的布料做帽子、鞋襪。這兩疋好布是明春買了後，打發人送來的，一是為了彌補永柱生日時，自己的疏忽失禮，二是給少南助學用。

青竹看了一眼，都是些上好布料，她那點技術實在有些粗糙，縫縫補補倒還勉強過得去，要說給別人做衣裳，又怕自己針腳不好，縫得歪歪扭扭，穿的人也彆扭，平白糟蹋了好東西，因此便遲疑地說：「這是個精細活兒，只怕我幹不了，大伯娘自己做吧。」

「我哪裡得閒呢？要過年了，這裡要備年禮，正月還有幾家年酒往來，二月也該忙地裡的事了，再說我那裡也有好些針線上的活兒等著做呢！剛才讓妳大嫂幫著做些，我說了半天，她只答應幫著趕兩條褲子，得了，我也不想難為她，畢竟還帶著個女兒。」

青竹聽了才知道是推脫不掉了，因此勉為其難地答應下來。

白氏看了青竹兩眼，心想她在娘家住了幾天回來，這兩日不大開口說話，問什麼也不太回答，便又說：「妳還在為那事和我賭氣不成？雖說是我錯怪妳，但妳臉面也忒大了點，動不動就回娘家去，我也沒打過妳一下，妳倒會拿喬，不過說了幾句，就那麼受不得，還要人登門去請妳？」

青竹咬了咬嘴唇說：「我知道自己是個外人，在家裡也沒我說話的地方，只是大伯娘有時候不分青紅皂白的，什麼都怪罪在我身上，不管什麼都要我來揹黑鍋，難道活該都是我的錯？我知道自己有時候脾氣大了些，有些得理不饒人，可自認也沒做過什麼下作的事！」

白氏沒想到青竹還是這般口舌伶俐，倒讓自己不知如何辯駁，因此放下布頭就出去了。

青竹將布料收起來，整理了下衣裙後，準備去打水。

且說明霞將白氏的戒指偷了出來，本來是要讓母親擔心，讓她注意自己的，沒想到卻將家裡鬧了個天翻地覆，她也害怕了，最後自己還落得一次狠打，有些得不償失。她差點就將那戒指拿去賣了，可惜又不認識什麼人，又怕被騙，所以就一直藏著。

因為她的緣故，白白地讓青竹背了個罵名，替自己擋了不少事，明霞暗自高興了好幾天，直到二哥過來與她問話，讓她將戒指交出來時，明霞著實嚇了一跳。這個二哥也真是的，他又沒親眼看見，如何得知是自己拿走的？

明霞憤懣不過，站在青竹身後，衝她扮了個鬼臉。

正好青竹回身看見了，問道：「妳這是要做什麼？」

「妳別得意，別以為有二哥替妳說話，妳就挺直了腰桿，鼻孔朝天。二哥過不了多久就要走，到那時候我看誰還能替妳說話！」

青竹淡淡地看了她一眼，不吱聲，繼續往前走。

明霞又在背後叫她。「喂，我跟妳說話呢！妳是聾子還是啞巴？」

青竹可沒工夫陪小孩子家家玩鬧，還有一堆事等著她呢！

明霞不依不饒，非要纏著青竹和她說話，恰巧此時永柱走來，有事找青竹，將她給叫走了，明霞不禁氣得跺腳，為何這個家裡誰都不願意理睬她？

獨自生了一會兒悶氣後，想到還有豆豆呢，便去了大嫂的屋子，卻見豆豆正在床上睡覺，大嫂翠枝則坐在床沿做針線，明霞便上前問道：「大嫂給誰做衣裳？」

翠枝看了她一眼，又埋頭繼續忙碌。「還不是妳娘交給我的活兒，小叔子要遠行，說要多多地備些衣物。我自己還有一堆活兒沒處做呢，豆豆也漸漸大了，總得給她裁點別的衣裳。」

「怎麼人人都有事做，偏我是個閒人？」

翠枝見小姑子今天主動跑來和自己搭話，想起前兩天家裡鬧出的事，少不得要嘲笑她兩句。「妳本事可不小，敢將家裡的東西想法子偷出去，竟然還沒人知道。」

明霞的臉頓時通紅，說來她年紀也不算很小了，像她這麼大的時候，章家的小媳婦已經進了門，要撐起一個家的家務了。她也不是不懂事，不過是氣憤不過，如今見大嫂也來取笑，更覺得臉面無處放，也不多坐便走了出去。

翠枝一面做針線，一面照看睡覺的豆豆，明霞才走，青竹一頭便進來了。

「大嫂，大伯娘問妳正月裡年酒的事呢！」

翠枝坐著沒動，抬頭便答道：「為何來問我？」

青竹含笑道：「大約是要問大嫂，娘家姊妹幾時過來拜年吧？」

翠枝搖頭說：「不大清楚，初二我回娘家去問問他們才知道。讓他們安排吧，我那些兄弟姊妹也不打緊的，別誤了他們的正事。」

青竹是個聰明人，只覺得翠枝和往日大不相同，以前見了她是有說有笑的，怎麼突然就覺得變了個人似的？遂走上前低聲問道：「莫非大嫂還在為那事嘔氣不成？」

「哪裡呢，我也不是那般氣量狹小的人，沒有的事。」便忙著手中的活兒，不搭理青竹了。其實她心裡還是為了錢的事添堵，想到少東好不容易可以自己出來做生意了，公公也答應拿些錢出來，哪知中間卻殺出個少南，壞了他們的計劃。

在翠枝心目中，自然是把青竹劃在少南那一邊，所以這些抱怨是不會對青竹講的。沒了本錢，這生意如何做得起來呢？也不知在這裡要熬到什麼時候才能熬出頭。每每想到這裡，翠枝便一肚子的火，可也不好衝別人發洩，只好每天晚上數落少東。

青竹瞧翠枝臉上有幾分不快的情緒，也不知是針對誰，不過她想，自己還是別去招惹的好，便含笑說：「那麼我去回大伯娘的話。」

翠枝方說：「有勞弟妹了。」

青竹便走出來，心想，這大嫂是誰招惹了她，在給誰臉色看呢？一大家子人，竟沒個和睦的時候，好多時候都是因為錢而鬧出來的，眼見馬上要過年了，還是不消停。

白氏這裡安排年酒的事，馬家這裡有孝，看來是不會請客，倒不如將明春兩口子接來，正月裡住幾天，娘兒倆也好說說話。還有娘家那邊，備了禮還沒送過去，都是因為這幾日瞎忙給弄忘了。自己兄弟不成器，但總不能眼見姪兒、姪女餓得吃不上飯吧？上月兄弟媳婦還來家裡借糧食，眼見要過年了，也不知備沒備年貨？

白氏想了一回，便選了幾樣東西裝在背篼裡，拿件破布衣裳蓋好了，叫來少南。

少南答應了一聲，半天才過來。

「娘有什麼事？」

「將這個給你舅舅家送去，只一件事，別讓你爹知道。」

少南提了一下，有些重量，又掀開布看了一遍，臘肉、臘魚、乾果子，還有小半袋的米，少說也有三十來斤。

「娘到底心疼舅舅家，上個月才送了東西，這會兒又給送，要是爹知道了，又會不高興。」

「所以才讓你別聲張。去吧，我給你多做兩套新衣裳。」

少南雖然口中沒說什麼，但這個舅舅他是頗有些瞧不上的，一把年紀了卻一事無成，偏偏娘還這樣偏袒他，怪不得每次爹聽見娘說舅舅家的事就會萬分不高興，可母命難為，少南只得回房換了套外出的衣裳，揹上背篼就要出門。

正巧青竹從外面趕回來，便問他。「哪兒去？」

「妳不用管。」

青竹又見白氏站在屋簷下沈著臉，正瞪著她，她心裡也是個明白人，知道不該多問，因此裝作沒看見一般。

青竹回了屋子後，覺得胳膊疼疼，捶了兩下，還是覺得疼，便倒床躺了一會兒，還沒睡著呢，白氏一頭就走了進來。

「大白天的，妳睡什麼覺？」

青竹這才坐起來。

「剛才的事可不許多嘴，要是讓我知道妳亂說，有妳好看的！」

青竹道：「大伯娘送個東西還偷偷摸摸的，又不是做賊，還防了這個防那個。」

白氏氣得咬牙。「我倒不知道妳從哪裡學來這些古怪刁鑽！話我也給妳說了，要想一家子平安無事，就別給我瞎折騰！」

青竹冷笑一聲。「大伯娘放心，我又不是長舌婦，再說，又與我有多大干係？」

白氏聽她這樣說也放了心，心想還真是可悲，如今接濟一下兄弟還得瞞著屋裡人。

第三十七章 道賀

七月新粉過的牆面，如今看去倒還有幾成新——明霞的屋子不算在內，牆上已被她用焦炭不知塗鴉了多少。

堂屋的神龕上供著祖先，糊了大紅紙，上書祖先來歷，並各方神仙。神龕上的陶罐裡插著幾枝新開的臘梅花，隱隱有一股暗香。

屋裡屋外都收拾得整齊有致，守了歲就是新年正月了。

新年裡，各家親戚來往，請吃年酒的、辦紅白喜事的、壽宴的，不下好幾次，白氏走了兩家親戚，後來身子不爽，也不大想去了，只打發人送了禮，在家裡養息身子；翠枝帶了豆豆回娘家去了，也沒說什麼時候回來；少東幫工的鋪子裡開了工，也沒閒工夫；明春來家將明霞接了去，說是讓她在馬家住幾天；正月裡學堂也還沒開學，少南成日在家閉門讀書，為的是準備下月的考試。

哪知，在正月十一這一天，正巧遇上兩件事，一則為李木匠家上梁，二則為左森母親四十大壽。因為左森和少南交好，再加上左森是新進的相公，村裡人趕著巴結的也不少，所以打聽到有此事，都趕著去送禮相賀，項家也不能免。李木匠家在明春的親事上出了不少力，以前也是走動的，人情要還，所以去扯了兩尺紅綢，買了兩罈好酒、兩斤糖，讓永柱送去；這裡左家的壽禮也少不得，一併備齊了讓少南送去，哪知少南卻鬧彆扭。

「我不出門，趕著溫習書呢，沒幾天就要考試了。」

白氏道：「你怎能不去呢？我又身上不好。你和他們家的老三不是交好嗎？將東西送去，吃了午飯就回來，就這麼一會兒也耽擱不了多久。再說你成日在家，也該出去走走。」

少南見青竹走來，便指著她說：「讓她送去也一樣。」

青竹道：「那左家在什麼地方我也不知道，這趟路我跑不了。」說著就要走開。

白氏卻拉住青竹，交代她。「妳去換身衣裳，和少南一道去吧。」

「咦？」青竹顯得有些驚奇。

白氏又說：「我怕他將東西送去後就悄悄走了，這可是沒禮數的事。我正好看家，你們換好衣服就一道去，誰也不許推辭。」

「喔！」青竹想，讓她照顧一個脾氣古怪的病人和與少南同往別人家作客來選擇的話，青竹寧願選擇後者，因此也沒怎麼推辭。

少南聽說讓青竹同往，便也只好答應了。

青竹回屋子翻尋能穿出去走親友的衣裳，又重新梳了回頭髮。

收拾整齊出來後，白氏讓青竹提著東西，又再三催促了少南一回，兩人這才出了門。

因為青竹不認得方向，所以少南在前面帶路。兩家隔了二里地，此時天色還算早，因為沒有太陽，那山嵐間籠罩著的輕霧也還未散去，有些涼颼颼的。

青竹一手提著東西，一手抱了抱肩膀。少南走路極快，不多時便甩下青竹好長一段路了，青竹有些埋怨，真不知他那麼急匆匆的要做什麼？既然這樣積極的話，為何還要推說不去呢？「喂，你等等我！」

少南聽見青竹在後面叫他，只好放慢腳步，等青竹追趕上來。

「怎麼磨磨蹭蹭的？一會兒到那邊後妳也不用管我，自己找人說話去吧。」少南將青竹手上提著的東西接過去，算是給她減輕了負擔。

青竹跟在他身後，兩人之間突然沒什麼可以交談的話題，一直沈默著。這樣的氛圍讓青竹覺得有些無所適從，後來她終於打破沈寂。

「溫習得怎麼樣了？有幾成把握？」

少南回答道：「沒有十成把握也有九成吧，聽左兄說，府試不是很難，名額也容易。」

「那你還拚命復習？我還以為你是自己沒底呢！正如大伯娘所說的，今天你就放鬆放鬆，別去想考試的事了吧。」青竹好心寬慰他。

少南卻嘆了一聲。「妳沒經歷過這些，如何能懂我的心情？」

青竹白了他一眼，心想：我從小到大經歷的考試難道還少了不成？雖然成績沒有預期的那麼好，但也不至於因為情緒壓力的關係而發揮失常，後來上了所二流的大學，學了個一般的專業，再後來就進了家一般的私企。她還想要好好地規劃一下自己的事業呢，沒想到就突然到了這樣一個時空，讓她苦讀十幾年，卻成了百無一用。

「妳怎麼不說話呢？」少南沒有聽見青竹的話語聲，有些詫異，回頭看了她一眼，又問：「想什麼呢？」

「沒，我沒想什麼……」青竹搖搖頭，想將過去的事給忘掉。她得適應這個身分，應該替這個身子的原主人勇敢地活下去。青竹突然又想，如果沒有穿越的事，這具軀體裡的原主人會如何面對這些繁瑣的事呢？聽說她是個膽小怯弱的人，明霞又極愛欺負她，白氏動輒就打罵，想來她應該也早習慣逆來順受了，除了逃離，或許從未想過要反抗和爭取。

少南道：「我知道妳有自己的想法，但我卻看不明白。妳從未向我主動說起過什麼，難道我這個人就那麼不值得讓人信任嗎？我知道妳討厭我，沒關係的，只要考完試後，我就離開這個家遠遠的，到時妳也就眼不見心不煩了。」

青竹從未料到他會說這些，微微一怔。

少南見她又停下腳步，便回頭看看她，突然覺得她今天這身打扮很好看。粉紫對襟細棉布的夾襖，淡綠的粗布棉裙，一色的素雅妝扮，衣物上並無半點繡紋裝飾。不像別的同齡女孩一樣梳著總角，而是隨意綁著一條髮辮拖於腦後，露出一截細膩的脖頸來。再看那眉眼，生得杏眼修眉，兩腮上掛著淡淡的紅暈，倒有幾分嬌俏的樣子。

「你看什麼？」

少南掩飾地一笑。「沒，趕快走吧！」

兩人一路上再沒說什麼，直到左家。

左家這邊已經搭了棚子，院裡院外全是人，看來都是趕著來送禮道賀一併巴結的，這場面倒把青竹嚇了一跳。她沒想過會有這樣的熱鬧，想想左家以前也是一般的莊稼人家，也沒什麼人過問，只因為家裡出了個秀才，立刻就成了榔頭村的大事了，或許在那些人眼中看來，無異於文曲星下凡吧？

青竹想到這裡，便又看了少南一眼，心想他要去外地書院唸書，等到學成歸來，秀才什麼的對他來說，應該沒什麼困難吧？再等到後面中了舉，不知又是一番怎樣的驚天動地呢。她可以想像白氏臉上的表情，還有那四處炫耀誇讚的神態。

等青竹再回頭去瞧少南的時候，已經看不見他在哪裡了。

青竹逕自來到左家娘子跟前，道了個萬福，替白氏轉達祝福左家娘子的吉利話。

左王氏笑著說：「妳家婆婆怎麼派了妳來？為何不親自過來呢？」

青竹含笑答道：「大伯娘她這幾日身上不爽，沒怎麼出門。今日偏又是李木匠家上梁，大伯去了他們家，所以大伯娘才遣了我和少南過來給左家太太賀壽，願您老福如東海，壽比南山。有疏忽失禮之處，還請左家太太多擔待些吧。」

左王氏上下打量了回青竹，微微點頭笑道：「倒是個如意人兒，說話也乾淨俐落，是個好孩子，比起那些半天憋不出一句話的人強多了。」

青竹只謙遜地笑了笑。這屋裡聚集的都是些女客，男客們安置在外面，左家三兄弟在來往招呼著。此刻也不知道項少南在做什麼？對了，他應該不會中途回去了吧？

青竹出門四處尋了一回，半天也沒看見少南的身影，直到後面有人拍拍她的肩膀，青竹回頭看時，卻見項少南正站在身後，淺笑吟吟地看著她。

「妳找誰來著？」

「找你呀！怕你中途就回去了，出門前大伯娘不是交代過我要看住你嗎？」

「我剛才和左兒說了一會兒話，哪裡就回去了？妳放心，我會等著和妳一道走的。」

聽少南這樣說，青竹便信了幾分。

接著從院子外面傳來了吹打聲，有人飛快地報與左家知道——

「田老爺送了一班戲給太太賀壽呢！」

青竹見這場面，心想還真有幾分大戶人家過壽的光景了。

眼見著正月過去了，青竹聽聞夏成進了學堂啟蒙，心想只要他不辜負母親的一番苦心教養，有幾分天資的話，以後也能讀出個人樣來。

二月十五是項少南進場考府試的日子，由於府試要去縣裡考，所以決定二月十三這一日便帶了少南上縣裡去應試。

這件事對整個項家來說是件天大的事，倘若少南中了，就算得上是個童生，也就是說，可以進入下一步的院試，院試考中就是秀才，進而鄉試的舉人，算是功名的起點。

陶老先生覺得項少南天分不錯，所以一直都高看他幾眼，認為少南以後的成就會在左森之上，所以還特地跑到項家來，對少南囑咐了好一番。

少南感激不盡，又給老先生磕了頭。

永林也親自前來，給了三兩銀子，說是用於少南去考試所用。永林摸著他的頭笑道：

「我們項家也會出個官老爺呢，我也沒養個兒子，所以將寶全部押在你身上，可得仔細著考，等你的好消息啊！」

少南靦覥笑道：「小叔叔這番話倒讓姪兒不敢當。」

「有什麼不敢當的？我們項家就你一人在唸書，可不是一大家子的希望嗎？」

十二這一天，家裡備了兩桌粗陋的家宴，送別少南和永柱，這陣仗活像他要去參加鄉試一般。雖然前面他已經考過了縣試，可還是忐忑不安，突然覺得身上的負擔一下子重了不少，心想要是考壞了怎麼辦？

白氏讓青竹給少南包了套加厚的夾襖，一雙棉鞋；烙了八個餅子也一併裝上了，又煮了四個雞蛋，這是預備在路上吃的，皮囊裡已經灌了滿滿的一壺水。

從這裡出去要到鎮上才能雇到去縣城的車，聽說要耽擱大半天的時間。那麼遠的地兒，青竹也還沒去過，因此是沒多少地理概念的。

少南自己收拾了個小書箱，有筆墨紙硯，以及幾部常翻的、可能要考的書，儘管他已經背得滾瓜爛熟了，但帶在身邊多少能給自己增加點底氣。

「別緊張，就當平時練習一樣，考前別想太多，當心失眠，也別亂吃東西，當心吃壞了肚子。」青竹再三交代了。

「想不到妳還挺明白的，放心，以前考過一次，我也有經驗。」

「那算是我多嘴了吧。不早了，你早點休息，明天還得趕路呢！」青竹說著，突然想起了一事，忙對少南道：「你且等等，我還有東西要交給你。」說著就回了自己房中，不多時便又回來了，交給少南兩個小瓷瓶，解釋道：「這黑蓋裡面裝的是治拉肚子的藥，這紅蓋裡裝的是治傷風的藥……算了，我怕你給忘了。」說著忙取了枝筆，蘸了墨，寫在小紙條上，又分別給貼在瓷瓶上。

少南深感意外，沒想到青竹還為他備了這個，確實很周到，一時間不知該如何感謝她。

第三十八章　趕考

第二日一早，匆匆地用了早飯後，天才矇矇亮。父子倆提了東西，便要動身，正好少東要去街上的鋪面裡，因此一同隨行。

父子二人作別了家人後，少南下意識地多看了眼青竹，這才與他們一道離去。

這裡娘兒幾個眼巴巴地望著他們的身影漸漸消失。

少東將永柱和少南一直送到了西街口，又給雇了輛驢車，交代一番，這才不大放心地看著那車子慢慢地走遠了。

趕驢車的那人是個約莫五十來歲的老漢，身上裹著一套陳舊的單襖，鬢髮花白，臉上盡是褶子，瘦瘦癟癟的，佝僂著身子，一面甩著鞭子催驢子快走，一面和永柱談話。

「兄弟送孩子去縣裡應試嗎？」

永柱不大善於和陌生人交談，只訕訕地應了個是。

老漢又說：「我見兄弟面相好，這哥兒也聰慧，以後少不了的高官厚祿，錦繡前程。可惜我養的那兩個兒子只會打鐵，大字不識一個，一點本事也沒有。」

少南坐在車上，心裡卻是忐忑的，原本想要好好地溫習一遍書，不過趕車老漢似乎很熱情，一直嘰嘰咕咕地說著話，少南也無法安心。車輪轆轆，這驢車沒有馬車跑得快，趕到縣城還不知什麼時候了。

走了將近十來里地後，老漢說要歇歇腳。

這裡父子兩人下了車，少南將身上帶的乾糧分了些給父親，永柱念及老漢一把年紀，趕車不易，又塞給老漢兩個餅。

三人休息了一陣子，驢子飲了水、吃了些青草後，不敢多耽擱，又繼續趕路了。

走不多時，老漢突然停了車，回頭對父子說道：「那草叢裡好像躺著個什麼人，要不要管？」

永柱便問：「是個什麼人？可還活著？」

「看來是個少年，年紀應該不大，揹著個書箱，好像也是去應試的。」

少南聽見了，難免生出一股惺惺相惜之感來，便道：「下去看看吧，不知是不是遇到了什麼難事。」

老漢聽說，便下車上前去瞧一回，也不知那人是死是活，便用鞭子戳了他一下，喚了句。「小兄弟，你躺在這裡做什麼？當心著涼啊！」

只見草叢中有些動靜，似乎聽見呻吟之聲，老漢心裡一喜，這個少年還有氣，便扶起他的身子來，探了探他的鼻息，呼吸還有。又摸摸他的臉，燙得厲害，看來是得了病，才倒在這路旁的。也不知來來往往地過了多少人，卻硬是沒有誰肯停下來看望一回。

老漢過來向父子二人說明情況，少南聽了忙道：「好在青竹給我裝了藥！」說著便解開包袱，找到那個紅蓋的瓷瓶，倒了三、四粒藥來，又將皮囊遞出去。

老漢便將藥和水都給那少年灌了。

永柱在車上和少南道：「想來是什麼窮苦人家的孩子，沒錢雇車。他病得不輕，看來是難於走去縣裡了，我看不如我們搭把手，讓他和我們同路吧，也算有個照應了。」

少南倒沒二話。

永柱便讓少南將車廂內收拾了一回，又跳下車去，同老漢將那少年給抬上驢車後，這才繼續趕路。

少南這會兒才看清那少年的形容，瘦得厲害，再加上因為有病，顴骨已經高突出來，微閉著眼；襤褸破衫，腳上只一雙蒲鞋，套著雙已經滿是灰塵泥污、看不出顏色的襪子來。一看就知道是窮苦人家出來的孩子。

行了一段路後，車上的少年漸漸醒過來了，咳嗽了兩聲，恍恍惚惚地覺得自己身在車上，又有人給他蓋了毯子，他也看清了對面坐著的人，心下漸漸明白過來，就要跪拜謝恩，哪知一起身，腦袋卻被車頂給狠狠地碰了兩下，疼得他眼冒金星。

少南見此番情形，忙說：「兄弟就好生躺一會兒吧！」

少年倚靠在內，見父子兩人的裝束，又見了少南的書箱，便明白原來都是同路人。

在車裡交談了一回，又相互交換了姓名、住家，原來這少年今年才滿十四，姓賀，名鈞，家在雙龍鎮，這會兒是去應府試的。因家裡窮，父親早死，只守著一個寡母過活，沒錢雇車，想著用雙腳走去，哪知半路突然害起病來，備的乾糧也早就吃完了，又餓、又乏、又病，所以才栽倒在路旁的草叢裡。

賀鈞十分感激永柱他們出手相救。「要不是遇著幾尊活菩薩，只怕我命休矣。」

少南笑道：「也是機緣巧合罷了，幸而趕車的老漢看見了，又是個熱心腸的人，不然我們路過也就路過了。」

賀鈞又說：「我死了倒沒什麼要緊的，只可憐我那寡母在家苦苦地等，豈不是不孝？」

少南又笑著開解了一回。一路上多了個說話的人，倒覺得時間過得也快，言語間，少南覺得跟前這個姓賀的倒有些學問本事，很是知書達禮，幾番下來兩人就已經很投契了，少南又將瓶裡的藥倒了一半與他。

賀鈞再三謝了。

一行人總算在天黑前趕到了縣城。此時天色已晚，顧不得再去找考館，當下投店住宿，明日還要去看考場。

賀小子拿不出錢住宿，永柱看不過去了，便作主說：「既然你們倆都是一處的，又天緣湊巧遇上了，不如多替你開一間屋吧，我和少南擠一屋。」

賀鈞推辭了番。

少南勸道：「這樣極好，我們也好交流一下書本學問。」

賀鈞這才極為感激地應了。

第二日一早，匆匆用了點早飯後，少南和賀鈞便相約著去看考場。少南不願意父親作陪，在同輩人面前，他慣喜歡拿出一副獨立自主的樣子來。

永柱也就作罷，心想著出門前一晚，白氏在枕邊交代了半宿要讓他捎帶幾樣東西回去，一年到頭也難得進城一趟，這裡的街面買賣可比他們住的那個小鎮繁華許多，不如乘機好好地走一圈，看看有什麼，順便將要買的都計劃好了，等少南考完出了場，一併買了也好帶回去。永柱仔細地吩咐少南一回後，便分兩路行動。

少南與賀鈞雖然相識不久，但兩人卻是極投緣的，恰巧心性一樣，年紀也相仿，因此一路說笑著，同往考場而去。

府試一共要考五場，只要進了考場以後，吃住都在考館裡，要等五場考完才能出來。

少南和賀鈞下午時便退了房，收拾了書箱就去考館裡住著，剩下的行李讓永柱幫忙照看。

少南進考場後，永柱一直擔心著，剩下的幾日也難捱。

且說項家這邊，家裡平時就剩下娘兒幾個，少東每日酉時回家，幫忙照看家裡。今年倒早早地就將春蠶養上了，青竹每日採了桑葉來餵，精心照料著。家裡養了十幾隻雞，每日的雞食、看管、收拾雞窩，都成了活兒，倒沒工夫顧上繼續餵養兔子了。

白氏將菜地整理出來，打算等永柱回來，和他商議一下種些什麼瓜果蔬菜。

一家子盼了又盼，總算看見爺兒倆的身影了。

明霞甚至跑到村口守著，好不容易見他們回來，歡喜得手舞足蹈，又拉著少南問給她帶了什麼好東西？又向他們說起這幾日來家裡的事，一路回到家裡。

白氏早已望穿秋水，見他們爺兒倆平安歸來，心中的大石頭才落了地。

「回來就好，可把人給擔心死了！」白氏口中不住地唸著阿彌陀佛。

永柱身上也乏了，將一包東西交給白氏後，便回屋休息去了。

少南也回了自己的房內，在車上顛簸了大半天，也有些受不住了。

白氏來不及看包裡裝的是什麼東西，便又大聲喊青竹，讓她去下廚。

明霞走來說：「她不是出去割草還沒回來嗎？」

「看我這記性，一高興將什麼都給忘了。正好妳來了，幫我燒水吧！」

「喔。」明霞還想出去玩呢，突然被叫住，雖不情願，但也只好順從。

雖然是少南進城考試，但一家子住得偏遠，也難得進城一趟，因此順便捎了不少東西回來，連青竹也有份。當然，她的那一份是少南給她的，竟是兩本新書。

「好好的給我買這個幹麼？」

「無聊的時候拿出來翻翻唄，就當是打發時間。」

青竹接了過去，說了聲謝謝，又問少南明日去不去學堂？少南說要休息兩日，青竹聽了便又問他。「考得如何？」

少南滿面的春風。「都在意料中！」

看他志在必得的樣子，想來四月出遠門一事應該是八九不離十了。

少南又道：「說來我還得感謝妳準備的藥，正好派上了用場。」

「你病了？好些沒有？」

少南淡然一笑。「我好好的，沒病。多虧了妳那藥，救了我兄弟一條命。」

青竹從未聽他提起過這話，因此有些摸不著頭腦。

少南便將路上偶遇賀鈞的事給青竹說了。

青竹聽後笑道：「合該有緣。他這回考中的話，會不會和你一道去雲中書院唸書呢？」

少南道：「他應該會明年接著考院試，然後進官學吧，畢竟家境不好，只一個寡母做些針線養家餬口，很有幾分艱辛。我邀了他趁著我還在家的時候來家裡玩耍，他也答應下了，我想著要收拾些不穿的衣物給他，又怕他那個人清高，不受人接濟。」

青竹倒沒評論，只是又說：「那你為何不接著考，非要去那麼遠的地方，這一走還就幾年呢。」

少南聽了這話，微微有些驚異，心想若是換作別的小倆口，聽見媳婦說這話，那必定是捨不得丈夫的，但青竹的舉止行為，從未透露出半點不捨自己遠行的樣子。少南自嘲是自己想多了，笑著解釋道：「這是陶老先生的一片好意，我自己也想出去見見世面，趁著這個機會離家也正大光明。」

青竹聽他這樣說，也就沒有繼續問下去了。

當晚備了些酒菜招待父子倆。少南原本不喝酒的，但因這會兒考完試，好歹也暫時卸下了擔子，於是也飲了幾杯，結果一杯酒下肚，但見紅霞從面頰一直染到了耳根。

過了兩日，果然見賀鈞來家拜訪，正巧少南在家。賀鈞也備了些薄禮，一塊大紅尺頭並兩塊包頭的帕子是送項家太太的禮，偶然得的一盒好墨則贈與少南。

白氏見這個孩子生得很是清瘦，聽說是窮人家的孩子，因此也著實地誇讚了一回。「還真是個有志氣的孩子！家裡還有什麼人？」

賀鈞如實回答道：「回稟伯母的話，家中只一個寡母，並無其他兄弟姊妹。」

「有幾畝地？做什麼營生？」

賀鈞見問，臉上略有些羞愧之色，只好答道：「沒有地，只母親整日做針線供我讀書。」

白氏聽後微嘆了一聲，心想這也太單薄、太窮了！都窮到這個地步了，還唸什麼書呢？看他一副吃不飽的樣子，好歹也是個男兒，不如去哪家做些幫工，接濟了家裡，日子也能好過一些。任由這般讀下去，中了還好，倘若不中的話，那寡母不是得苦苦熬一輩子？只怕到後來連媳婦也娶不上呢！因此有幾分看不上。

少南察言觀色一番，心想母親這是做什麼？又不是要說媒，為何問得這樣仔細？又見賀鈞的臉色紅一陣、白一陣的，心想這些必定是他的難處，拿到外面來說畢竟也不是很光彩的事。又埋怨母親不會說話，說者無意，聽者有心，倘若因為言詞上得罪了賀鈞，倒不好了，於是忙打斷話題，笑著和白氏說：「娘，妳不知道，我們這位賀兄才學了得，做的一手錦繡文章，兒子看了也不得不折服呢！」

白氏卻道：「人家長你幾歲，自然比你多背了幾頁書，你不肯上進，還拿這個說。」

少南頓時沈下臉來，心想母親當真不會說話。

白氏也是個知趣的人，更何況一個毛頭小子，她也從未放在心上，因此略陪著坐了坐，便起身向賀鈞道：「賀家哥兒坐著吧，我還有事，前面忙去。」

賀鈞連忙起身，雙手一拱，垂首說道：「伯母請自便。」

白氏便抽身走開了。

少南便又向賀鈞賠禮。「我這個老娘未出過遠門，也不識字，沒什麼見識，倘若言語中得罪了賀兄，還請賀兄多多包涵，別存在心上。」

賀鈞一笑。「項兄弟這是哪裡的話？伯母她人溫和又慈善來著。」

兩人正說著話，卻見明霞捧了個茶盤來，裡面有一碟椒鹽素點心、兩盅才沏上的熱茶。

少南見是明霞拿來的，隨口問道：「青竹上哪裡去了？怎麼不見人影？」

明霞嗔道：「你整日就將她掛在嘴邊，我哪裡知道她上什麼地方去了？我又不是替你看人的，再說腿長在她身上，我也管不住啊！」

少南輕斥道：「明霞！沒見這裡坐著客人嗎？別沒禮數！」

明霞這才向這位客人掃了一眼，心想一副窮酸樣，看來娘說得一點也沒錯，因此正眼也沒瞧，放下茶盤就走開了。

少南笑著和賀鈞解釋道：「這是我妹子，淘氣慣了，家裡無人敢管她。」

賀鈞笑道：「我倒羨慕有個兄弟姊妹，偏偏我娘就只養了我一個，家父又早早地去了。我這一出門，娘跟前連個說話的人也沒有，所以我正羨慕項兄弟呢！」

「賀兄才識不淺，想來那功名對賀兄來說也是手到擒來，不過捱幾年，你出息了，令堂不也跟著你沾光嗎？我見你是個極有志氣的人，以後定少不了要替她掙個封誥的，屆時再將媳婦一娶，家裡人口漸漸多起來，不就齊全了嗎？」

少南的話恰巧說中了賀鈞的心事，他何嘗不是這樣想的？只是他也清楚，功名這條路不好走，好在母親是個極明事理的人，家裡再窮也會接濟自己。

青竹回來時，見白氏和明霞在收拾菜園子，母女倆嘀嘀咕咕的，也不知說些什麼，一看見青竹回來就不說了，青竹也沒怎麼理會。

少南見青竹回來了，忙撇下賀鈞，找了她說話。「幫我收拾兩道好菜，家裡來了客人。」

「你不早說，現在我哪裡去給你弄好菜？只好家裡有什麼就吃什麼了。聽你誇讚了那麼久，我倒有幾分好奇，想要見一見。」說著就跨進門檻，果見那桌邊坐了一個少年，容長的臉兒，紮了舊頭巾，五官瞅著還算端正，不過確實生得很瘦，身子看上去像根竹竿一樣，一身灰藍色的衣裳，漿洗得有些發白掉色了。

賀鈞不知進來的這個女子是何人，想到或許也是項少南的姊妹，連忙起身作揖行禮，也不敢正視她。

青竹回了個萬福，道：「來者是客，別見外才是。」

賀鈞微紅了臉說：「姊姊說得極是。」

青竹聽見喚她「姊姊」，心想少南不是說這人比少南還大幾歲嗎？聽見這般稱呼，她想笑又忍住了。

少南又催促著她。「妳快去廚下忙去吧，這裡沒妳什麼事了。」

「是，我心裡有數，你別只催我。」青竹答應著少南。

她本有話要和翠枝說的，卻見她房門緊閉，裡面似乎也沒什麼動靜，莫非不在屋裡？只好等她回來再說了。

而後又想著，家裡有些什麼可以下鍋的？得做兩樣像樣的菜招待客人才是。

第三十九章　榜上有名

自從少南府試回來後，家人無不關心他到底考得如何。

永柱心裡裝了事後，夜裡總是難安。「幾時出榜？」

少南道：「可能得到下月初吧。」至於過沒過，到時候老先生會告訴他，也用不著再去縣城裡看。

「難得你有這個能耐。這些年家裡處理了幾件大事，攢下的這點家業也沒剩下多少，你娘那個人又一心地偏袒你那個不成器的舅舅，雖然每次拿錢給他都不叫我知道，但我心裡也有數。你大哥本來說要本錢做買賣的，哪知中途你又出來說要去讀書。你們兄弟倆我並不是要偏袒誰，但家境你們都知道，暫時只能幫一個。」

少東坐在一旁，聽了父親這話便道：「爹，你也不用說了，我當大哥的，自然該謙讓些。再說少南他讀書是正經事，耽擱不得，我的事什麼時候都行，不急在這一時。再觀望一下也好，乘機也能多學一點。」

少南知道大嫂私底下對大哥的抱怨有一半是因自己而起，心裡本來就愧疚，遂微微垂了腦袋，目光落在膝蓋上，和少東說：「大哥，當弟弟的對不住你。」

「別說這樣的傻話，等到你中了舉，我們家不就熬出頭了嗎？一概的徭役賦稅皆免。要是以後再能中個狀元，別說我們家，就是整個縣也都以你為傲呢！」

少東的話雖然都是實話，可到底讓少南有些不敢生受。他知道身上擔負著怎樣的期望，有人考了一輩子也未中過舉，就像陶老先生，後來自己不也是放棄了嗎？要是他也落得如此的收場，未來的路又該如何走？

十日之後，少南從學堂裡帶回來一個好消息——他中了府試的第四名。闔家歡喜，白氏更是逢人就誇讚她兒子如何了得本事，就跟考中秀才一樣，就連明霞也整日喜氣洋洋的。

少南心裡也是歡喜的，和青竹說道：「我倒沒料到會在前五名裡，當初左兄府試的時候考了十三名，先生、同窗沒一個不羨慕誇讚的。」

青竹打趣道：「你比他更出息，只怕你家先生更是要把你捧上天了！」

少南又笑說：「再告訴妳一件喜事，我聽我們先生說，我認識的那位賀鈞考了第二名。」

青竹倒有些意外。「呀，更是了不得，看來雞窩裡要飛出鳳凰了，他娘說不定比你娘還歡喜呢！你準備去他家賀喜嗎？」

少南一拍大腿說：「妳這話倒提醒了我，明日我就去一趟雙龍鎮！」

青竹心想，看來不該多嘴，倒勾起他的心思來了。

少南又趕著將賀鈞的事告訴永柱。

永柱還沒說什麼，白氏在旁邊聽了忙道：「那副窮酸樣，看不出還有那麼點本事。我看他應該登門拜謝，要不是遇見你們救了他一回，說不定早就死在大路旁無人管，被野狗吃了呢！」

永柱皺眉道：「妳不會說話就別開口。」

白氏撇撇嘴說：「怎麼著，難道我說不得了？我就看不慣他那窮酸樣！」

永柱喝了一聲。「行了吧？我們家也不是什麼富裕人家！」

白氏生生地覺得討了無趣，便撂下這對父子不管，讓青竹去捉隻雞出來殺了，又準備將明春叫來，永樞、永林家也一併叫來，好好地樂一下。

少南說：「明日我要去一趟雙龍鎮，爹給我點錢，我買點東西去看望他一下。」

永柱道：「你問你娘要錢吧，我不管這個。」

當少南找到白氏要錢時，白氏卻說：「你還真是個豬腦子，讀書都讀愚了，竟還巴巴地要買了東西去瞧他，他為何不來瞧你？不許去！」

「娘！」少南喚了一聲，心想他已不是小孩子，這會兒馬上就要出遠門了，為何當母親的還是不理解他？

後來白氏禁不住永柱在跟前念叨，且少南又是耍混、又是撒嬌，這才肯拿了幾百文錢給他，又交代他不許亂用、不許在他們家睡覺，要早早地回來。

水已經燒好了，刀也磨快了，青竹正從雞窩裡捉了隻母雞出來要殺時，白氏走來阻止。

「明天他要去雙龍，過幾日再說。」

青竹便又將雞放回去。說來青竹也很佩服自己，以前還是于秋的時候，連菜刀都不怎麼敢用，現在到了這裡，竟然也練得一身的本事，雞能殺，老鼠也能打，就是遇見蛇，她也能淡定地將牠趕走。

從章家買來的那些小雞崽們已經有兩斤來重了，青竹正給牠們添食水時，白氏又走來，手中忙著針線活，這是給少南做的鞋子，已經上了鞋面了。

「少南的這些衣服鞋襪，妳要用點心。這孩子自尊心極高，總得讓他體體面面的。妳給做的衣裳怎樣呢？」

青竹道：「我早說過，針線上不怎樣，讓做的深衣也還沒裁出來。」

白氏一聽，立即豎眉道：「妳倒是能拖，這都什麼時候了？還不趕快做起來！他幾時走也沒明說，倘若提早了，我看妳怎麼趕得過來！」

青竹道：「我不大會裁，怕走了樣，還請大伯娘幫著裁剪一下吧。」

白氏頗有些無奈，只好答應道：「好，妳將衣料拿出來吧。」

陶滿園老先生對項少南似乎很滿意，他年近花甲，鬢髮皆白，也不知還能教出幾個人才。當初向少南許諾，只要他過了府試便寫封推薦信給他同鄉的那位大儒，少南順利地辦到了，陶老先生也並未食言，趕著修書一封，親自交予少南手裡，又再三囑咐著他。

「我這位同鄉很講究，不入他眼的人是進不了山門的。你雖然有才氣，可有時不免有些傲氣，要謹記在心，一定要耐著性子，謹慎行事。你去讀幾年書，增長點世面，強過我教你一輩子。」

陶老先生的話少南已經銘記在心，作揖道：「先生儘管放心，學生知道的。」

陶老先生也沒什麼好交代的，遂擺擺手說：「你下去吧。」

少南向陶老先生鄭重地磕了幾個頭，又道：「家父的意思，讓老先生十二那日一早前往家裡吃頓便飯，家裡人也好當面答謝先生。」

陶滿園便應承下來了。

項少南已經定了本月二十六離家去省城，他本沒什麼講究的，想著四月走也行，倒不急在這麼幾天，不過父親永柱很信這些，特意找個卜卦的給算了一回，又翻了黃曆，說四月沒什麼好日子，出門在外必定也要講究些，出門求學畢竟是件大事，一點也不能馬虎，所以便將日子給提前了。

三月十二這一日，風和日麗，柳絮飛花。院中的棗樹還來不及開花，只一樹翠瑩瑩的葉子。

白氏讓永柱去請了兩個灶上幫忙的人，買了兩隻鵝、兩隻鴨、五斤鮒魚、三斤牛羊肉、兩罈子高粱好酒。除了自家地裡出的一些菜蔬外，又趕著在村中別的人家那裡買了些來，還備了些果碟子，湊合著已經十分豐盛了。

永棡一家子、永林一家子、明春兩口子、白顯一家子、蔡氏帶著成哥兒也來了，翠枝家住在隔壁鎮上，娘家人卻是不知道的。除了這些親戚們，另外陶老先生、左森並他爹，還有賀鈞也趕來了。連帶著家裡幾口人，加上廚下幫忙的，湊了四桌的酒席。

項少南穿了身靛青鑲杏白邊的繭綢直裰深衣，腰間垂掛著松色宮絛，腳上一雙嶄新的玄色苧布納的鞋，這身打扮一點也不像個鄉野間莊戶人家的孩子，倒像是那富貴人家府中的小哥兒。此刻他正與陶老先生說話，左森伴在跟前，少南又將賀鈞引薦給陶先生。

陶老先生年紀大了，眼神也不大好，覷著眼瞧了好一陣子才說道：「這孩子還不錯。」

左森這是頭一次見到賀鈞，心想這小子當真有兩下子，別看那副窮酸樣，竟然比少南還了得。不過就算考了第二名又怎樣？如今自己過了院試，是個生員了，也有一定的功名，能夠蠲免一定的徭役和賦稅，在榔頭村來說也是個屈指可數的人物，因此對於賀鈞這樣的後進生有些看不上。

蔡氏聽說項少南出息了，對於這個女婿，她是喜得沒話說。拿了錢，買了一副筆墨，又捎上自己做的兩雙鞋子，牽了夏成來。

青竹正在灶上忙，家裡一遇到這樣的大事，她必定比平常要忙碌好幾倍，天不亮就得起床，到現在除了吃飯，竟還沒能安靜地坐一會兒。

蔡氏來這邊，還沒能和青竹痛快地說上幾句話。

白氏倒沒把夏家看上眼，因此也不怎麼理睬，正好有人叫她，找個理由就走開了。

蔡氏乾坐了一會兒，無人來理會她，成哥兒又嚷著說要找二姊，蔡氏只得拉著他道：「你二姊正忙，別去添亂。」

「那我去找二姊夫，讓他教我識字。」

「得了吧，你還是安靜地坐會兒，你二姊夫哪裡顧得上你？你也給我安分點兒吧，這可不是在家，上了幾天學也該懂些規矩了。」

夏成還算是個聽話的孩子，聽母親這樣說，也不敢再嚷嚷了。

眼見已是午時了，這裡趕著擺好了桌椅，安好座位，請了各位來入席，這才接著上菜。

青竹不知道自己的位子在哪兒，反正也沒工夫坐下吃飯。直到飯後，一些比較遠的客人漸漸走了後，這才清靜下來。蔡氏家裡還有幾件事要忙，但好不容易來一趟，總得和她說幾句話再回去吧？

青竹好不容易將那些碗筷清洗出來了，清點好數目，打算讓大嫂去幫忙退還，正忙著，卻見成哥兒走來。

「二姊！二姊！」成哥兒甜甜地喚了兩聲。

青竹忙回頭去看他，彎下身來說：「我還以為你和娘一道回去了呢！」

「娘說要和妳說說話，正等著妳呢。」

翠枝在一旁幫著點數，聽了此話忙對青竹說：「弟妹快去吧，這裡有我。」

「那有勞大嫂了。」青竹也來不及解下圍裙，就著擦擦手，便跟著成哥兒去了。

蔡氏正在青竹的小屋裡，外面的隔間養著蠶，比去年養得還多，如今已經是二眠的時候了。

「娘！」青竹喚了一聲，跨進門檻，見蔡氏正站在簸箕旁看那些蠶。

聽見青竹進來了，蔡氏忙回頭看她。「妳來了。」

「娘也打算養蠶嗎？」

蔡氏道：「還是種棉花吧，也省事一些，不過這養蠶來錢卻要快一些。」

青竹又讓蔡氏進裡面的床上坐，趕著去堂屋裡找了個乾淨的杯子，倒了一杯水，加了些槐花和蜂蜜便捧來。

「也沒找到茶葉，娘將就喝點兒吧。」

蔡氏聞著一股清澈的槐花香，笑著說：「妳大姊也愛弄這個。我今天冷眼看著，女婿當真是越發出息了，又聽見人人都誇讚他，看來以後前途無限。妳安分些，這苦日子也要到頭了。」

蔡氏的話讓青竹有些不喜歡，可因礙著是這具身子的母親，又不好給臉色看，因此說道：「不過是過了府試，又不是中了秀才、中了舉，娘幹麼這樣高興呢？」

蔡氏眉開眼笑道：「我怎麼不高興？這不是替妳高興嗎？都說苦盡甘來，看來真不假。妳爹保佑，我們夏家也要慢慢有起色了。」

青竹不知道項少南過了府試要外出讀書，和死去的爹有多大關聯，心想以後就算他項少南發達了，說不定自己也脫離了他們項家，沒什麼牽扯了。只是這些話又不好跟母親明說，只好順著蔡氏的話往下講。「大姊今年就十五了吧？」

「是呀，我也愁呢，不過她的親事也快有眉目了，妳姑姑說找到一戶不錯的人家，那家兄弟多，家裡窮，出來做上門女婿的話，我看也行，只是還得花上一筆錢呢！家裡的糧食不多，要賣的話，可該吃什麼？我想著買些雞來養，讓妳大姊和青蘭去找些爛菜葉、嫩草來餵。」

青竹聽後，心想是得把生計問題給解決了，遂含笑道：「說不定還有別的路子可以走，就靠那幾塊地，除了賣它，也變不出什麼錢來。」

「妳們不是不准我賣地嗎？別的什麼路子？妳是知道的，家裡一沒勞力，二沒本錢，幹什麼都不成呀！」

青竹心想，總會有法子的，只要找對了路子，一定能扭轉眼前的困境。這裡沒說上幾句話，又聽見少南在外面叫她，青竹答應道：「就來，你先等等。」接著又對蔡氏道：「娘妳坐著，我去去就來。」

「去吧，別誤了正事。」

青竹出來一看，見少南站在窗下，便問他：「什麼事呀？我正和娘說話呢。」

少南聽了便又改口說：「妳不得閒的話，我找別人吧。」說著就走開了。

青竹又折了回去。

蔡氏笑著說：「不提家裡的那些破事吧，我現在也愁妳的事。這南哥兒出去幾年呀？」

青竹道：「可能三、四年吧，我不是很清楚，說是出去見見世面，開開眼界，多讀點書好回來接著考。」

蔡氏皺眉說：「這村裡就有學堂，怎麼想著要去省城呢？這一去還幾年，虧得是這邊，要是成哥兒以後也這樣說，我才不答應。」

青竹心想，該如何向母親解釋，外面書院的師資比這裡好，硬體設備、軟體設施也好呢？耳濡目染的，只要苦讀幾年，以少南的資質不愁沒出路。蔡氏一個寡居的村婦，也不識字，外面是怎樣的世界，想來她也不清楚，便決定不和母親解釋這些，只微笑著說：「這不好嗎？難得的機會，好些人求也求不來。」

蔡氏道：「我也不大懂得，只愁的是，要是這南哥兒出去久了，等回來的時候變了一個人怎麼辦？倘若又遇見什麼別的女人，為難的不是妳嗎？」

母親的話讓青竹哭笑不得，真不知這個女人腦子裡成天想的是什麼？他項少南才多大點年紀，又是出去讀書，不是去做生意的，哪裡有那麼多機會去結識別的女人？再說，她理會這些做什麼？巴不得他如此，也好退了這門親事才好，遂又笑著和蔡氏說：「娘是多心了，也想得太遠，他這不還沒走嗎？您老就這麼多慮。」

蔡氏道：「我這話不是毫無道理。」

青竹怕母親再說出什麼驚天動地、出格的話來，連忙安撫道：「是，大道理來著！走一步看一步吧！」

第四十章 離鄉

蔡氏的擔心沒有讓青竹放在心上。

白氏交代她讓幫著趕的針線活也做了大半了，由於提前了日程，剩下的來不及做，好在蔡氏又送了兩雙鞋來，算是應了急。

衣帽鞋襪，青竹一一清點好，疊得整整齊齊地給送了過去。

只見少南正蹲在地上翻弄著一些書本，地上放著兩口大木箱，這也是永柱讓人給打的，裡外都上了一層黑漆。青竹將東西放在少南的床上後就準備要走，可見屋子裡一團亂，箱子裡也亂糟糟的一團，不由得凝眉道：「也不會收拾，我來幫你吧。」

少南看了她一眼，沒有拒絕的意思，說道：「有勞了。」

青竹乾淨俐落地替少南將一大堆亂七八糟的東西分開，又分門別類地整理好，見他的書本不少，便問：「這些書本你都要帶嗎？」

少南答道：「看樣子帶不了那麼多，不如少帶幾件衣裳吧。」

「還真是個書呆子，你孤身在外，又沒人照看你，天冷了缺衣服穿怎麼辦？成衣鋪的衣服貴不說，又沒自家做的穿著合適，你自己買布找裁縫現做吧也不容易。既然說那書院藏書頗多，我看就帶幾本緊要的，像這類閒書，能不帶就不帶，還占著地方呢！」

少南見青竹揚著一本筆記小說，心想這類書帶去了，會不會被沒收掉？沈吟片刻方道：

「那就不帶吧。」

「你自己說的喲！」青竹挑出幾本基本上沒什麼用的書，又好好地規整了一下。

少南大致清理了一回，見青竹幫忙反而插不上手了，遂站在桌旁，靜靜地看著這一幕。

白氏正在院子裡喊青竹，青竹連忙答應了。

白氏聽聲音是從少南屋裡傳出來的，走來一看，見青竹正替他收拾東西，沒說什麼話，將少南叫過去，交代了一番。

少南回來的時候見青竹已經收拾一半了，不得不感嘆她做事之麻利。

青竹見他來了，和他說著話。「大哥送你去，這一來一回要多久呀？」

少南道：「聽人說也得花上一個多月吧。」

「你們也真會挑時間，別說大哥鋪子上的事多，眼看又要到農忙了，麥子也漸漸地黃了，家裡又少一個好勞力，大伯不是犯愁嗎？好在還有兩個叔叔幫忙，去年都來了，今年肯定也會來幫的。」

少南耐心地聽青竹訴說著，心想這一年多來，青竹的變化著實不小，最近她的話也漸漸多了起來，不再成天板著一張臉，偶爾也能看見她的笑容。他這一年多來也變了不少，面對跟前這個人時，不似起初那般討厭了。他突然又想，這一走就是三、四年，中途能不能回來還不知道，過個三、四年又是一幅怎樣的景象呢？青竹那時會不會已經離開了他們家？會不會等他回來的時候，是母親替他將箱子裡的東西給搬出來，而青竹已經回了他們夏家呢？

少南突然想起去年青竹生辰時，曾給她買過一串手串，昨晚竟然翻了出來，他都忘了這事，趁著自己要走了，索性將這個送給她吧。少南開了櫃子的抽屜，取出那串杏核刻福壽字的手串來，放了這麼久，顏色如新，竟一點變化也沒有。少南握在手心，走到青竹跟前。

「喏，這個給妳。」

青竹忙抬頭一看，只見少南伸出手來，手中有串手串，不是什麼金銀珠寶，卻是最樸實的杏核雕刻，而且雕工並不顯得有多麼精湛。青竹有些詫異，忙問：「送我做什麼？」

「去年妳生辰的時候買了來，本來要給妳的，哪知我脾氣一上來，竟又給忘了。昨晚我清理東西的時候才看見它，雖然過了時機，也晚了許久，但真心地希望妳能收下。」見青竹沒有立刻接過去，忙牽過青竹的手，硬塞到她的手中。

青竹只好收下了，淡淡地說道：「謝謝。」她繼續彎腰幫他收拾整理。

少南雙手環胸，背靠著床欄，看青竹忙來忙去，心想這一走就幾年，還真想和她說說話，可是說什麼好呢？在一起住了快兩年，他不知青竹喜歡什麼、討厭什麼、害怕什麼，唯一的感覺就是她成天都在忙，打理起家務來是一把好手，且又會寫字、又會算帳，還明事理。這樣勤快又聰慧的女子，或許對別人來說，能娶來做媳婦，當丈夫的也省心不少。

不過年僅十二歲的項少南哪裡能想到這些？現在他心中只裝著自己的功名前途，再說也深知青竹是不願意待在這裡過一輩子的，因此也不去想將來之事。

「記得時常寫信回來，省得他們想你想得發慌。」

「我會寫的，到時候還煩請妳給唸信。」

青竹道：「這個不難。」青竹幾下子已經幫少南收拾好行李，整齊有致，不落什麼空隙，都塞得滿滿當當的。

「好了，該裝的都裝下了。沒什麼事的話，我就出去了。」

「妳等等！」少南猛地叫住了她。

青竹轉身看向他，問道：「還有什麼事嗎？」

少南卻不知突然開口叫住她做什麼，望著青竹那雙烏黑的眸子，有些失神，只好又道：「沒什麼了，妳去歇息吧。」

永林送了少南二十兩銀子，並明芳她娘給做的一套衣裳。永柱兩老東拼西湊了大約有六十幾兩，是這幾年少南所有的花銷，包括束脩、四季衣裳、伙食費等等，還有路上兄弟二人的費用也全部算進去了。永柱總怕讓兒子吃虧，趕著讓白氏再拿幾兩銀子出來。

白氏卻說：「我也想再湊一點，只是真沒那麼多，家裡也要開銷，也給他不少了。」

永柱道：「要不，我再去窯上借一點吧？」

白氏卻攔著他說：「你還真是心疼少南，現在背負的債還少了不成？能湊出這麼多的錢，已經是不容易的事。這些都給了他，幾年的花銷，由著他自個兒計劃去吧。」

永柱聽說也就作罷了。

白氏仍是捨不得兒子遠行，光想想就淚眼婆娑。「你長這麼大，除了兩次考試，從來沒有離開過娘身邊超過兩晚的。在外面要多多小心，我也不知道那書院究竟是怎樣的規矩，總之你爹也跟你說了。你別嫌我這個老婆子嘴碎話多，還有幾句要交代你，第一就是別去惹事，我們家的情況你也知曉，可是禁不住折騰了。也別亂跑，若是方便的話，一定記得給家裡寫封信，寫不了信，讓人捎句話也好，知道你平安，我們也好放心。」白氏說一句，少南應一句，後來白氏一把摟住少南的脖子，眼淚就跟著流淌下來了。「若是書院有假，能回來就回來吧！」

少南道：「兒子這一出門，許久都不在家裡，還請娘多多保重，身子要緊。」

白氏點頭道：「好孩子，家裡的事你不用操心，就是時常將牽掛你的人放在心上就行了。安分守己，好好唸書，也不枉你爹沒日沒夜地在窯上幫工供你了，待以後你有了仕途，也讓你爹享享福吧……」

少南哽咽道：「兒子會的。」

白氏又摸摸他的頭髮，這個兒子從小就格外懂事，也沒讓她操多少心，以後一大家子都得靠他。

少南左思右想，後來終於說了出來。「娘，關於青竹的事，妳也不用太苛責，她要走就讓她走，別讓她為難。」

白氏聽見兒子這樣說，只當他是不喜歡青竹，便滿口應承著他。「你爹那裡雖然不好應付，不過你放心，當娘的會幫你相一門好親事，要門當戶對，還要那閨女性格溫柔賢慧、知書達禮，模樣也要拔尖的，一點兒也不會辱沒你的，如今你只管讀書就是。」

少南知道母親會錯了意，但也不好解釋了。

照例的，青竹親自去了趟藥房，自己掏錢配了幾樣或許用得上的丸藥，拿回家裡仔仔細細地包好了，又分別寫上藥名和注意事項，然後一併交給少南，又再三囑咐了他一回。

少南爽快地接受了。「上次多虧了妳的藥，才救了賀兄一條命，他很感激呢，我倒沒說是妳備的。」

青竹瞥了他一眼，道：「那天他來我們家吃飯，我彷彿聽見他問我是不是你姊妹，你回答是。」

少南順口道：「我不想和他多解釋什麼，以後他總會明白的，莫非妳為了這事不爽快？」

「沒有，我哪裡會這麼小心眼呢？」青竹搖搖頭，又囑咐道：「路上多多小心，那些財物東西別離身。」

「是，爹娘和我說了好幾次，妳也來嘮叨。再說妳沒出過遠門，外面的那些事自然也不懂。」

青竹心想：小樣兒，我沒出過遠門，沒見過世面？當初離家幾千里去唸大學，四年裡將自己照顧得很好，還兼職掙錢給家裡減輕負擔，後來畢業了，不用家人幫忙就找到工作，我這還沒見過世面嗎？不過這裡小天小地的，也沒她什麼發揮的餘地。

少東去雇了輛馬車來，因為那車老闆和雜貨鋪的掌櫃熟悉，所以也沒收少東多少錢，兄弟倆便出發了。

一家子大小都去相送，一直送到了鎮上，上了官道，這才依依不捨地離去。

白氏只埋怨永柱。「都是你那麼狠心，兒子說要出去，你還真答應了！」

永柱說：「我不答應又怎樣呢？兒子長大了，遲早也會離開我們。這樣不也很好嗎？讓他出去看看外面的世界，總好過一輩子待在這山坳裡啊……」

第四十一章　周歲

一年最忙的時候要到來了，麥子要趕著收回家。今年家裡一下就少了兩人，頓時感覺冷清不少。

永柱和白氏每天天剛矇矇亮就起床下地割麥子；翠枝一面在家照顧豆豆，一面負責一家的伙食；明霞和青竹兩個自然也要去幫忙收割。幾畝地，夠大家忙活好一陣子了。

和往年一樣，永檲一家也來幫忙了，從割麥子到晾曬，得花不少天數，忙活下來已經差不多折騰了半個月，一家子大小累得苦不堪言，每個人都曬黑了一圈。

相互幫襯著，總算將地裡的麥子收成回來，就等著水渠裡放了水，灌溉農田插秧了。

趁著還有幾天才灌田插秧，永柱趕了自家的牛到沒有牛的那些人家去幫忙犁地，也掙點小錢使，畢竟家裡的情況不如以前了，一家子要吃喝，還要還債。

白氏也將那枚金戒指收起來了，雖然這是明春送她戴的，但想到家裡日子不比以前了，兒子還在外面唸書呢，得省吃儉用過日子，也怕別人眼紅，況且若不小心丟了不就損失大了嗎？

項少南住的那間屋子已經收拾出來了，永柱讓青竹搬進去住，順便也將隔壁的那間小屋子完全騰出來養蠶。今年的春蠶養得比去年還多，心想到時候總能賣個好價錢。

麥子才收回來，麥稈也還未晾乾，掐草帽辮的事，只有等到夏天時再說了。青竹餵養的那十幾隻雞大的有五斤來重，小的也有差不多四斤了，正是吃糧食的時候，就單純的菜葉剩飯似乎已經有些不夠牠們吃。

白氏說：「明天我和妳一道將這些雞裝了，拿去賣了吧。」

青竹道：「再餵一陣子不行嗎？」

「雖然都是妳在收拾照管牠們，但也太能吃了。再養大些，只怕要將我們吃的那份也給吃了。等到秋收後，再去買小雞來養。」白氏已經拿定主意。

青竹見狀，也不好說什麼，畢竟餵這些雞也讓她忙了好幾分，賣了興許自己還能做點別的事。

三隻雞，總共十一斤，才賣了三百三十文錢。吆喝了大半晌，嗓子也快要嘶啞了，眼見著日頭越來越高，實在有些受不住，賣到快過午時的時候還剩下四隻，於是白氏便狠下心來對眼前這個買主說：「大哥，你全買了吧，我給你算兩分七文錢。」

這位買主將剩下的四隻雞提起來看了好幾遍，又讓秤一下。

青竹幫著秤了，說道：「共十六斤四兩。」

買主想了一回，還沒決定要不要全買，青竹卻笑道：「才四十四分銀子，再多數五十個銅板就是。」

買主有些驚訝青竹的計算能力，愕然道：「這位小妹妹倒有兩下子，看來家裡是做買賣的，已經練出來了，比帳房還快呢！」嘴上這麼說，卻猶有些不信，因此自己慢慢地算了一回，結果和她說的數一點也不差。

買主正猶豫的時候，白氏已經將那幾隻雞給拴好，一併塞給了他。那個買主心想，這個價錢倒也不貴，便一面掏了錢，一面不住地打量著青竹。這個小姑娘年紀小小的，沒想到竟然這麼厲害了得，竟然連算盤也不撥，就能在短時間裡準確地報出數字。

十隻雞，最後總共賣了近一兩銀子，和青竹預想的也差不多。只是站在這太陽底下，雖然還在春季，不過已經是暮春了，兩人都出了不少的汗，又累又渴。

秧苗下了田後，還不見少東回來，沒想到他這一走竟然近個月，眼見豆豆的周歲要到了，這可是她的第一個生辰。雖然項家對這個小丫頭說不上喜歡，但對翠枝來說卻是她的全部，很想給豆豆做生辰，沒想到少東卻遲遲未歸。她心想著，他從來沒出過遠門，這下離了家更是自在了，沒人管他，也不知是怎樣地逍遙快活。

到豆豆周歲這一日，只有翠枝娘家親戚來了幾個，正趕上農忙時節，別家也顧不上這些。豆豆的姥姥，連同大舅媽並兩個還未出嫁的姨媽，送了四套新衣、四雙鞋、兩頂小帽、去觀音廟求的平安符，還打了一對小銀鐲子、五十束壽麵。

這一天豆豆裝束一新，梳著根朝天小辮，一身大紅的細棉布繡團花蝴蝶的單襖。胖乎乎的小臉，眉宇正中翠枝用口脂給她點了一顆美人痣，配上黑溜溜的眼珠、白淨的小臉，宛如一朵才綻開的梨花。因為這身打扮，倒比往日又多了幾分乖巧可愛來。

豆豆她大舅媽抱著豆豆，讓她坐在自己的雙腿上，旁邊的三姨正教她學說話，豆豆的姥姥則在堂屋裡和白氏說著話呢。

「親家母已經幾年沒去我們那邊了，中秋的時候翠枝他爹過生日，還請親家母去我們家坐坐。」

白氏想，還隔了不少時日，誰知道有沒有空呢？便順口答道：「好呀，親戚們相互走動才好。大女兒出嫁了，小兒子也出去了，人一下子就少了起來，也少個說話的人。」

兩親家母相互客套寒暄了一回。

翠枝正在廚下和青竹一道忙碌，她舀了一勺滾熱的米湯，放了豬油、少許的鹽，摸了兩個雞蛋打散在碗裡，撒了些蔥花，便上了蒸格子，這裡有一言沒一語地和青竹說著話。

「妳說妳大哥不會是出了什麼事吧？我再三叮囑他趕在豆豆的生辰前回來，竟一點音信也沒有。還是被什麼給絆住了腳？」翠枝一想到這事便整夜整夜的睡不好。

青竹只好寬慰她。「大嫂別多想，這一路想來不好走，我們都沒去過省城，也不知道到底要走多久，當初大哥是為了讓大嫂安心，才說了個大致的時間，沒想到竟讓大嫂牽掛了，我想這不是大哥的本意吧？再等等吧，大哥那個人難道妳還不清楚嗎？定不是那起不三不四的人。」

翠枝聽了這話才些許地放了心，苦笑道：「怪不得都說女人多疑呢，這才離開多久，我就開始胡思亂想起來了。小叔子這一走可就是幾年，妹妹倒還是這樣一副淡然的樣子，只怕妳心裡也牽掛他吧？」
青竹如實答道：「我牽掛他做什麼？」
翠枝忍不住笑道：「看妹妹這樣斬釘截鐵的回答，倒也有趣。只是你們也都還小，還不明白這夫妻兩人是怎麼一回事。等小叔子回來，你們年紀也不小，就該圓房了，那時候妳便明白了。」
青竹微微紅了臉，心想這大嫂想的都是些什麼呢！再過兩、三年，說不定她就離了這個家了，還管他什麼項少南、項少北的，橫豎與自己沒什麼關係了。
妯娌倆趕著忙碌了半晌，終於做出幾道菜來，有葷有素。
今年家裡都是些女人，永柱忙完田裡的活兒，立即又去瓦窯上了，希望能多掙點錢，因此連孫女的周歲也顧不上。
青竹去請了林家的大嫂並兩個妹妹過來吃飯，一家子也圍了滿滿的一桌。
豆豆聞見飯菜的味道也餓了，揮舞著小手要吃，翠枝趕緊將女兒抱過來，給她一勺一勺地餵著蒸好的雞蛋羹。
豆豆她姥姥見外孫女吃得高興，那模樣又十分乖巧，便笑著和白氏說：「這外孫女真乖，長大了說不定也能有一番出息。」
白氏向來不喜歡她，可當著翠枝的娘家人，自然也不好過多地流露出什麼，只是言語間冷淡了幾分。「不過一個丫頭片子，能有什麼能耐呢？難道還能像她小叔叔一樣去考個功名不成？」

翠枝在一旁餵女兒，突然聽見婆婆這番話，心裡很不是滋味。她就這麼個女兒，能和少南相比嗎？再說，自己的母親來這邊作客，就不能順著母親的話講，為何偏要給臉色？難道他們林家人就這麼不受待見？翠枝忍著氣，也不好吱聲。

青竹感覺出來了，回頭看了翠枝一眼，卻見她頭埋得低低的，只顧著給豆豆餵飯，像沒聽見一般。

豆豆她姥姥聽見白氏這樣說，只好尷尬地笑了笑，順著她的意思往下講。「是呀，只是個毛丫頭罷了。他們都還年輕，抱外孫的機會多得是，親家母也不用發愁。我們翠枝身體好，從小也沒得過什麼大病，不出幾年，一定給親家母添幾個活蹦亂跳的孫子。」

白氏乾笑了兩聲，沒有說什麼，埋頭吃自己的飯。

豆豆她姥姥怕白氏存了什麼氣在心裡，到頭來吃苦的還是自己的女兒，便主動給白氏添菜，挾了些魚。

偏偏白氏不大愛吃魚肉，因為怕刺，所以全部堆在碗裡，一點也不動，看起來就像不領她姥姥的情。

她姥姥又道：「女婿也很出息，這兩年一直在鋪子裡幫工，倒是個勤快的人。我聽翠枝說，他想要自己出來做買賣，這可是天大的好事呀！說不定不出幾年就是個掌櫃了，這也是我們翠枝的福氣。」

白氏道：「家裡現在沒那麼多的本錢了，還有債沒還完呢。他爹這樣沒日沒夜地在外幫工，也是為了家裡能好過一點。我這兒子耳根子軟，聽不得人家說什麼，生意是那麼好做的嗎？心倒不小，那麼大的攤子，也不想想要拿多少本錢。」白氏最氣的還是翠枝竟然攛掇著少東要鬧分家。白氏心想，別以為分了家他們就可以肆意胡為，沒人管他們了，世上沒那麼容易的事！生不出兒子來，她就得念叨翠枝一輩子，讓翠枝一輩子也不得清靜！

白氏沒吃多少飯菜便下桌了，又叫青竹幫著找東西。

翠枝的大嫂使眼色給自己的婆婆，示意白氏心裡不高興，叫少說兩句話。

結果豆豆她姥姥也說不吃飯了，也不久留，叫了媳婦、女兒便說要回去。

本來給豆豆過周歲，是件高興的喜事，沒料到最後兩個當母親的卻嘔氣起來了。

翠枝見狀，連忙阻攔道：「娘，幹麼這麼急著要走呀？多坐一會兒吧，等我哄豆豆睡了覺，也好去給妳們雇輛車。」

她姥姥說：「妳好好帶著豆豆吧，自己也爭點氣，以後養了兒子，也好好地教導他，妳也不比別人差什麼。」

翠枝自己還沒吃飯，豆豆吃了雞蛋羹後睡眼惺忪的，馬上就要午睡。翠枝想叫青竹去幫著娘兒幾個雇輛車子，偏偏青竹被白氏叫去了，因此只好將豆豆交給明霞幫忙照看著。

明霞倒是二話不說就答應了。這個家裡除了豆豆她爹娘外，或許就這個小姑姑最喜歡她了。

明霞將豆豆放在搖籃裡，一邊輕輕地搖晃著她，一邊唱歌給她聽，哄豆豆睡覺。

翠枝走到白氏的房前說：「娘，我娘她們要回去了。」

白氏只應了一聲「知道了」，卻不出來送客。

翠枝趕著換了身乾淨衣裳，拿了錢，又對她娘說：「娘，妳讓三妹在這邊住幾天吧？」她姥姥說：「一道回去吧，她住在這裡，以後誰送她回去？」

翠枝便去送客了。

這裡明霞還在哄豆豆睡覺。

等青竹忙完時出來一看，一片的冷清，豆豆已經在搖籃裡熟睡了，明霞拿了蒲扇在旁邊幫她趕蚊蟲。青竹心想，還是小孩子好呀，小孩子不明白大人間的這些苦惱。

一桌子的杯盤狼藉，青竹慢慢地收拾著，想到翠枝還沒吃飯，便特意找了乾淨的碗給她留了些。

翠枝去了良久，終於將娘家人送上一輛馬車，趕回來時餓得兩眼發暈，可她已經顧不得肚皮的事了。見豆豆睡得很安詳，自己便懨懨地回了房，想到飯桌上白氏的言語，又想到母親臨走時的臉色和數落，翠枝再也忍不住，哭倒在床上，嗚嗚咽咽地抽泣了好一陣子，也無人來管。

青竹聽見響動，知道是翠枝回來，便端了飯菜來要給她吃，哪知卻撞見這情景，嚇一跳。青竹是個明白人，自然知道翠枝為何而哭，因此上前說：「大嫂吃點東西吧。」

翠枝只說自己不餓，不想吃。

青竹道：「何苦跟自己的身體過不去？要哭也吃飽了再哭，才有力氣啊！再說，今天是豆豆的生辰，大嫂不是該歡歡喜喜的嗎？一年前妳費了多大的勁才生下她，現在她是那麼可愛乖巧，已會說幾句簡單的話，也會試著走幾步路了，大嫂應該感到高興才是。」

青竹的一番話讓翠枝心裡的委屈彷彿少了幾分，連忙坐起身來，就著衣袖擦擦眼淚，紅腫著眼說要吃飯。

青竹這才放下心來，心想這樣就好了。

眼瞅著到了端午，白氏包了不少粽子，親友們各家都送了一些。

端午要回娘家，永柱讓白氏拿些錢出來給夏家置辦點節禮，白氏卻不肯。

「家裡可沒那個閒錢！正好這些粽子也吃不完，妳若要就拿些回去吧，別的我也拿不出來。」

青竹依言，便拿了二十個才包好的粽子。自己也沒什麼東西可以送的，畢竟她現在還在努力攢錢。今年沒顧上養兔子，心想過兩天還是得去買兩對來養著，現在沒有養雞了，她也能照看得過來。

於是青竹便帶了粽子，回了一趟夏家。

姊妹們難得團聚，加上過節，自是熱鬧非凡。

後來青蘭悄悄地告訴青竹。「妳知道娘讓人給妳帶話，讓妳回來一趟是為什麼嗎？」

青竹茫然地搖搖頭，不是因為端午嗎？

青蘭笑嘻嘻地和青竹道：「原來二姊還不知道嗎？是為了大姊的事！二姊不妨猜猜看是哪一件？」

青竹心想，無非就是為了青梅的親事吧，因此故意先胡亂猜了一通，後來才說中了。

青蘭拍手笑道：「不愧是二姊，一猜便準！當真是大姊的親事有著落了，姑姑幫著相看了一家，好像說是姓……姓……」青蘭突然有些想不起來，搖頭晃腦了一陣子，最後才猛然記起。「對了，說是姓謝來著！聽說明日謝家要來人相看呢！」

青梅和胡阿大的姻緣終究是錯過了。她的這段心事總歸也無人知道。

姑姑給她介紹的那戶謝家兒郎叫謝通，在家排行第六，他願意做上門女婿，蔡氏對謝通也很滿意。家裡人都說好，倒不允許青梅說不好了。在母親的詢問下，她只得點頭答應了這門親事，默默把心裡對胡阿大的情愫全部給抹去。

過了兩日，謝家找人合了八字，算命的人說兩人的八字好，以後夫唱婦隨，並沒什麼犯沖的地方，這段姻緣做得。謝家和夏家便正式地訂下了婚約，謝家也承諾會拿些錢出來幫夏家修兩間房子，又換了信物，只婚期還未定。蔡氏一直操心的事總算有著落了，夜裡睡覺也安穩了些。

青梅對於這件婚事，從沒露出半點喜歡或是不喜歡的神情來，完全像個局外人一般，不聞不問，任由母親和姑姑去操持。

第四十二章　回來

五月二十六，前一日是大端午。日頭正高，少東千里跋涉，來回地趕，總算走到家門口了。他背上揹著褡褳，掛著包袱，手上還提了一堆東西。他沒有讓馬車送他到家門口，而是在鎮上就將馬車給退還了。

少東推開那扇斑駁的木門，才踏進院門，只見棗花已經開滿了枝椏，一簇簇的黃色小花被綠葉覆蓋著，並不十分顯眼。睡在樹下的黃狗聽見了響動，連忙站起來，聞著是少東的氣息，便一個勁兒地衝他搖尾巴。

除了樹上的蟬鳴，院子裡靜悄悄的，堂屋的門虛掩著，少東步履蹣跚地走進去，堂屋裡並沒人。他放下手中的東西後，走至翠枝房門前，隔著門縫看了一下，見翠枝正坐在躺椅上打瞌睡，於是少東輕輕地推開門，躡手躡腳地走進去，來到翠枝身旁，拉了拉她的耳墜子。

翠枝被驚醒。「誰?!」見是少東站在跟前，以為是在夢裡，又連忙揉揉眼，果見是他，只是曬黑了不少，當即又驚又喜，連忙起身說道：「真是你！」

「當然是我。」他看了一眼床上，見放下了紗帳，豆豆正睡在裡面。

翠枝左等右等，總算是將他給盼回來了，不禁埋怨道：「你這個沒良心的，一走就這麼久，可把人給急死了！還說一個月就回來，你這會兒足足去了兩個月呢，還只當你扔下我們母女，自己尋了別的女人快活去了！」

少東笑道：「我哪有那個膽子呀！大熱天趕路妳也知道的，又遇上幾場雨，就給困住了。家裡可還好？」

翠枝道：「好著呢！」

少東見左右沒人，連忙將翠枝一把抱在懷裡，在她耳邊柔聲說道：「自從成親以來，從來沒有分別過這麼久，可讓我想死了。」

翠枝也往他懷裡靠，卻聞見他衣服上有一股濃烈的汗臭味，趕緊將他給推開了些，掩鼻道：「你是多少天沒有換衣服、沒有洗澡呢？」

少東不好意思地笑笑，撓了撓頭皮。「這不是人在外面，身不由己嗎？我歇一會兒就去沖個澡，換身衣裳。」又隔著帳子瞧了一回豆豆，見她睡得很安穩，比自己出門前似乎又長了不少。女兒已經一歲多了，可惜他沒有在女兒周歲的時候趕回來。

少東又問：「家裡就妳們娘兒倆在嗎？」

翠枝說：「爹在幫工，娘和青竹去給玉米地鋤草去了，明霞不知在哪兒。」

少東又道：「家裡可遭災沒有？」

「還說呢，這大雨下得怪讓人害怕的，你又不在家。我每夜都在想，你會不會趕上大雨？車會不會翻到山崖？可讓人心驚肉跳的。阿彌陀佛，你總算回來了！豆豆一連病了好幾天，我什麼辦法都想過了，這會兒才好沒幾日。她也想你呢，如今連爹也會叫了。」

少東聽說便笑了。「沒事妳瞎想什麼，我不是好好的嗎？」說著便讓翠枝去燒水，自己想要洗一洗這滿身的疲憊和汗味。

主心骨回來了，翠枝不管做什麼也是樂滋滋的，又見他平安無事，更是心裡歡喜，連忙燒了大半鍋水，又熱了飯菜，伺候他洗了澡，擺了飯菜讓他吃了，夫妻倆在屋裡說話。

翠枝趕著要將少東帶的行李清理出來，該洗的洗、該晾的晾，少東卻從後面抱住她，在她耳邊說道——

「別忙著做這些，趁著這會子家裡沒人，我們也好好地溫存溫存，解一解這兩月來的相思之苦。」

翠枝紅透了臉，那種感覺彷彿又回到了才新婚那會兒，可又怕突然有人回來撞見不好，便推開他道：「你猴急什麼呢？要是讓他們撞見，我可沒臉見人。」

少東道：「怕什麼呢？他們一時半會兒也回不來。」說著就去吻翠枝的脖子，翠枝直說癢，咯咯地笑開了，少東又去解她的衣裳，手往衣衫裡探，才握住了一團豐盈，正揉捏著時，突然聽見院子裡傳來說話聲。

翠枝慌得忙將少東給推開，少東則彎腰笑罵了一句。

白氏走進堂屋一瞧，見屋子裡堆放著些東西，又聽見翠枝的屋裡傳來響動，便高聲問道：「是少東回來了嗎？」

少東只好走出房門，向白氏行禮道：「娘，兒子回來了。」

白氏自是歡喜。「總算回來了！」又瞧見他一切都好，這才放了心。

翠枝滿臉紅霞，也跟著出來了，衣服上的紐子還沒來得及扣好，這些都被白氏看在眼裡，心裡嘀咕著：大白天的，竟不害臊！卻也沒怎麼理會。

少東跟在白氏身後，一迭連聲問了好些話。

白氏笑說：「見你安好我也就放心了，你媳婦也日夜地盼著你呢！我夜裡也睡不好，總怕你在外面出個什麼事。對了，你兄弟可還好？書院那邊怎樣？」

少東答道：「還好，書院的那個山長見了陶老先生寫的信，又考了少南一些話，少南都答上來了，山長似乎還滿意，便留下了他。」

白氏聽說也就沒再問了，想到大兒子出去兩個月，吃住都沒自家方便，說不定也吃了些苦，連忙拿了錢，要去街上看有沒有賣肉的。

翠枝趕著將少東帶回來的那些東西一一清理出來。

少東在跟前和她說著話。「當真是省城，我從來沒有去過，如今也算是開了眼界，也瞅著幾樁來錢的生意，想著再攢些本錢就可以自己做買賣了。」

翠枝拿出一疋紅綾來揚了揚，問少東。「這個買給誰的？」

少東笑道：「當然是買來孝敬妳的。」

翠枝笑道：「這還差不多！我正缺這樣的一條裙子呢，明天就裁來，趕著做一條。」

等到黃昏時永柱回家，見了兒子，少不得要盤問一番，少東據實回答了，永柱也沒別的話了，少東便將帶回來的隨禮一一分派了。出了趟遠門，少東將家裡的每個人都顧及到了，都或多或少地準備了禮物——永柱一頂簇新的六合帽、一頂網巾；白氏一雙新巧的青緞子鞋、兩疋時新花樣的夏布；明霞一支髮簪；青竹也有一支髮簪。

青竹擺了飯菜，白氏上街買了些熟食酒菜，熱熱鬧鬧的，也算是一家子團聚了。

永柱心裡高興，趕著要和少東喝上兩杯。

少東和家裡人說起他在省城的那些見聞來。「我也算是見過世面了，那城裡住著的有錢人家車轔轔，丫鬟僕人一大群，出門必是一陣簇擁，好不熱鬧。那裡的酒樓客棧也好，就是價格高，住不起。」

白氏聽了便道：「少南在那邊待幾年後，會不會也學得紈袴起來，不正經地唸書？」

少東笑道：「娘這是多慮了，他們雲中書院聽說管理很嚴格，裡面的學生平時都不許下山，吃住都在院裡。那書院也大，竟然占了半座山，比起南郊江家的那所庭院還要寬呢！」

永柱道：「他肯用功，以後會有好日子的，現在吃點苦也沒什麼，畢竟年紀小。」

說著說著，白氏就想少南想得緊，整個人快快的，也不怎麼吃飯了，放下了碗筷。

明霞卻興致勃勃地聽她大哥講省城裡的見聞，聽得入神了，就像自己也去過一回般。

永柱明早還要起來忙碌，因此也不多坐，吃了飯、沖了涼便要去休息，這裡也漸漸地散了。

青竹趕著將屋子打掃一遍，又洗了碗筷。

翠枝哄了豆豆睡覺，這裡又催促著少東梳洗了，而後將房門掩了，夫妻倆在屋裡說些離情別緒的私房話。

白氏看了一回麥稈上的蠶，再過兩日就能拿去賣了，這一季比春蠶餵養得還多，心想能多賣幾個錢。

明霞嫌熱，坐在堂屋的門檻上搖著蒲扇乘涼，過沒多久，突然聽見大哥的屋裡傳來一些奇怪的聲響，不一會兒又有什麼東西在搖晃，她心下好奇，想要聽個究竟，莫非他們屋裡鬧耗子不成？

白氏走來，聽見了這些，皺眉低罵了一句。「到底是年輕，仗著身子好，妳倒是生出個兒子來啊，我便說妳有本事！」見明霞在跟前正聽著，不禁又羞又氣，連忙將她給拉開，催促她趕快去睡覺。

明霞還想聽聽大哥他們有沒有將耗子給捉住呢，卻被母親生生地給拉開了。

翠枝突然聽見外面白氏訓明霞的聲音，疑心她們聽了去，便揪了一把少東，嗔怪著他。「你還真是胡來！」

少東卻笑說：「乖乖，我整個命都是妳的，還怕什麼？」

這邊青竹好不容易才收拾完家務，痛快地沖了個澡，經過翠枝的窗下時，也聽見屋內傳來異樣的聲音。青竹年紀雖小，但怎麼說也是兩世為人，不會不明白，頓時心跳得飛快，趕緊快步走過，心想這兩口子雖是久別重逢，也算是人之常情，但怎麼也不顧天色尚早，不顧家裡還有人沒睡覺呢？

少東在家歇了兩日，自是和翠枝百般恩愛，小倆口就如新婚那會兒般蜜裡調油，好得沒話說，過了兩日便又去雜貨鋪幫工了，想著趕快攢些本錢，也好自己出來謀生路。

這會兒恰逢馬家太太要過壽，雖然馬老爺子的孝期未滿，不打算大宴賓客，但自家親戚相互走動一下也是應當的，白氏少不得要打點幾色壽禮讓少東送去。

隔日，馬家又派了婆子親自來接白氏過去吃頓便飯。

白氏將平日不大穿的好衣裳翻出來換上了，帶上明霞便往馬家而去。

第四十三章　橫禍

夏蠶已經結繭賣過了，如今小屋子都收拾了出來，灑了石灰水消了毒。青竹不住裡面了，除了養蠶，在空閒的時候就堆放些雜物。

青竹趕著將屋子打掃一遍，心想著中午就她和大嫂在家，該弄些什麼來吃？又覺得犯睏，便和衣在床上躺了一會兒。

不多時，翠枝走到窗下喚她。「妹妹，妳在屋裡嗎？」

青竹迷迷糊糊地應了一聲，只好起身趿了鞋，給翠枝開門，揉揉眼說：「大嫂有什麼事嗎？」

翠枝滿臉堆笑地道：「真有一事要求妹妹幫忙。」她手中拿著張大紅紙，進到門內來，笑著和青竹道：「我們家豆豆多病多災的，前兒我去廟裡上香，師姑說要我寫了她的生辰八字給她，讓給換了寄名符。」

青竹聽說也沒多大的事，便去找來少南以前用過的筆墨，翠枝幫著磨墨。

「大嫂以前對這些不是不大相信嗎？這會兒怎麼就信起來了？」

翠枝道：「誰叫她這樣磨人呢。以前我是不信，可是事到如今，只好寧可信其有，不可信其無了。什麼主意都想了，不就是盼著她好好地長大嗎？」

青竹提了筆，待翠枝唸了，幾下就寫好了。等到墨跡變乾，青竹和她說：「還真是可憐天下父母心。」

翠枝一臉的無奈，又誇讚青竹的字寫得好。「合該妹妹的命苦了些，妳能寫又能算，模樣也還好，要是生在有錢人家，一定也是個出色的人物，偏偏埋汰在這裡，還不知幾時能熬出頭呢！倘若是大戶人家的嫡女，將來配個才貌相當的郎君，做個當家太太，憑著妳這點聰明勁，主持中饋，哪個不誇讚呢？還真是命不好呀！」

青竹苦笑道：「大嫂又何必來打趣我呢？這也是我的命呀，怨不得別人。我也不想依附於誰，想著自己努力也能過得好一些，男人終究是靠不住的。」

翠枝頓時笑道：「妹妹這話就不通了，再說，妳年紀小小的，也不該說這樣的話。妳在這屋裡久了，總會有好日子過的。我見小叔子也還算個出眾的人，倒還靠得住。」

翠枝道：「罷罷，怎麼又牽扯到我的事來？大嫂中午想吃點什麼？」青竹趕緊岔開話題。

「天熱，就覺得口渴得緊，早起就喝了不少水存在肚子裡，這會兒也不覺得餓。再說了，吃什麼都沒胃口，妹妹就不用管我了。」

青竹道：「不吃怎麼行呢，熬到天晚他們回來再用飯，那得到什麼時辰啊！我去做個酸辣湯來，給大嫂醒醒脾胃吧！」

翠枝收了紅紙，笑說著。「妳也怪靈巧的。對了，等我們豆豆大一些，妳來教她讀書認字好不好？」

青竹卻謙虛地答道：「只怕我才疏學淺，教不好。」

翠枝笑道：「不過是讓她認幾個字，不做睜眼瞎，強過我罷了，難道還指望她學她叔叔一樣去考功名不成？不落得別人笑話嗎？」

青竹滿口應承下來，也沒了睡意，走到灶間，洗了手，準備弄午飯。乾筍已經泡發上了，還備了豆腐、肉絲、粉條和豆芽，並將昨日吃剩下的、鎮在水缸裡的豬肉取來，切成片兒，備用。鍋裡熱了油後，下了切好的青椒碎、花椒粒和蒜片炒香，等將湯頭煮開，便開始下配菜。正煮著，翠枝抱了豆豆來和青竹說話。

「聞著真香，好像又有些食慾了。」

青竹道：「他們不在家，我們倆也方便，不拘什麼都打發了。」

翠枝和豆豆說：「豆豆，妳聞聞，妳二嬸做的菜好香是不是？」

青竹忙道：「大嫂別教她喊什麼二嬸，我聽著彆扭，別人聽了也彆扭，渾身的不自在。」

翠枝笑道：「妹妹是害羞了，妳在這裡長久了，自然是她的二嬸，以後還得靠妳教養她呢！」

這裡青竹弄了酸辣湯，與翠枝二人吃了，豆豆只喝青菜小粥。飯罷，翠枝說要去午睡，青竹則回房編了回草帽辮後，也覺得眼皮沈，索性丟過這活兒，上床躺著，偏偏又悶熱得緊，只得搖了幾下扇子。

迷迷糊糊間，覺得門外進來一人，身穿大紅官服，後面還跟著好些僕從、丫鬟……

青竹問他。「你是誰？來我家做什麼？」

「娘子，我這是要接妳回去的。如今我做了大官，我們夫妻也該團聚了。」

青竹惱了，指著他罵。「你休得與我胡說！我一個十歲的小姑娘，哪裡來的什麼夫婿？快出去！」

那人要來拉扯她的衣裳，青竹卻不認得他，只推搡著，後來自己跌了一跤，轉瞬間，眼前的情形又變了，只見青梅和謝通走來，對著青竹一口一個「好妹妹」地喊著，又說給她定了門親事，青竹便問是哪家？

青梅指著謝通說：「就是妳姊夫家的兄弟，娘也說好，如今花轎正在外面等著，妳快快裝束了去吧！」

青竹急忙道：「我不去，我不去謝家，不嫁他家！」

「傻妹子，既已說定的親事，如何不依？如今已經收了他們謝家的彩禮，妳再鬧性子，只怕娘是要惱的，快別說胡話了。」

青竹死活不肯，掙脫了青梅一行人就往外跑，跑了沒多久，便覺得腳下無力，可後面有人追她，直將她逼到了崖邊，後來青竹竟失足跌了下去！

原以為會摔死了，沒想到竟又遇見前面那位穿大紅官袍的人，此時看來依稀像是少南的樣子，只是生得格外高大，青竹便問他。「你來這裡做什麼？」

「來接妳回去呀！走吧，爹娘還等著我們行禮呢，妳別再亂跑了。我新升了官，要去湖北，妳收拾了與我一道去吧！」說著便去拉她的手。

青竹不肯，又想嚷嚷，不料卻喊不出聲，於是急得想跑，卻發現自己根本就跑不動……

青竹躺在床上，急得一陣亂蹬，彷彿聽見屋外狗叫得厲害，將她給吵醒了，這才發現自己一額頭的汗，後背上也全是汗，此時又聽見門外有人在大喊——

「項大姊！快開門啊，項大姊！」

青竹心想翠枝在裡屋睡覺，八成是睡沈了，所以沒聽見什麼聲響，這「項大姊」定是在叫白氏，只好披了衣裳，也顧不得攏頭髮，穿了鞋便去開院門。

青竹往外一瞧，卻見是同村的二栓子他爹，都喚他老栓子。

老栓子見是青竹，忙問：「項大姊呢？」

青竹答道：「大伯娘去馬家了，也不知什麼時候回來。老伯有什麼事嗎？」

老栓子神色慌張地說道：「不得了了，出了天大的事了！妳公公在窯上出了大事，現在躺在那裡，流了一灘的血，人事不省啊！快快叫了人去將他弄回來吧，窯上已經慌亂了。」

青竹沒想到竟然是這等大事，頓時覺得一道焦雷在頭上響過，心想向來好好的，怎麼突然就出了事？可是白氏他們也不在家，只好對老栓子道謝後，趕緊跑到翠枝房門前，拍著門板大喊：「大嫂、大嫂，妳快起來！」

翠枝聽見聲音，披了衣裳，趿了鞋過來開門道：「什麼事呀？這麼慌慌張張的。」

青竹便急忙將老栓子的話說了一遍給翠枝聽。

翠枝聞言，著實嚇了一跳。

青竹道：「真是要急死人了，偏偏家裡沒什麼人在。大嫂，妳往大哥的鋪子裡跑一趟，去將大哥叫到窯上去，要快，千萬耽擱不得！」

翠枝沒經過這樣的大事，有些害怕，見青竹吩咐了，只好答應。豆豆還在床上睡覺呢，只得用背帶捆了，將她揹在身上，急急忙忙地鎖了門就往鎮上去。

這裡青竹也顧不得換什麼衣裳，略攏了頭髮，將自己存的錢裝上，便往窯上奔去。永柱多好的一個人啊，她在項家的這些日子，就永柱對她最關心，甚至還會背著白氏給她錢用，還替她操心夏家的事。她在項家過得雖然不好，但多得永柱照看，日子也不算是太壞，這麼忠厚老實的好人，為何偏偏會遇上如此的橫禍？

青竹撒腿跑著，心裡胡亂地想，越發的急，又向各方菩薩祈禱了一番。老天保佑，得讓大伯平安無事才好啊！

日頭正毒辣，青竹也沒個遮陽的東西，跑得氣喘吁吁又大汗淋漓。幸好這瓦窯她來過兩次，大致的路她也認得，一口氣跑到之後，見許多人圍在一處，黑壓壓的一團，吵吵嚷嚷的，也不知爭論些什麼，青竹心裡越發害怕起來，七上八下、忐忑難安。

青竹鼓足了勇氣，連忙撥開人群，湊上前去看個究竟，赫然見項永柱躺在地上，身下不知是誰給墊了床草蓆，右腿的膝蓋至小腿處全是鮮紅的血跡，將身下的蓆子也給染濕了，極為觸目驚心。

周圍的那些人還在指指點點，有人說要不要送去醫館？也有人說要不要報官？青竹眼睛一熱就掉下淚來，見永柱閉著雙眼，便上前輕輕地探了探他的鼻息……還有。老天保佑，還有一口氣在，幸而傷的不是致命的地方。

圍觀的人見項家只來了這麼個小姑娘，便說：「快去叫妳家大人來，將項老大給搬回去，不能死在外面，不然棺材也進不了屋。」

青竹聽了這話更是心疼，又連忙向那說話的人啐道：「是誰在咒他？人還活得好好的，你與他有什麼冤仇，要這樣誹謗？他死了你能得什麼好處？」

看熱鬧的人被青竹這一嗆，也乖乖地閉了嘴。

青竹忙找人要了些溫水來替永柱清洗傷口，又要了乾淨的布條，將傷口簡單地包紮一下，避免再次感染。只是永柱仍在昏迷中，吉凶未卜。

青竹甚是擔心，不過她雖也著急，卻還算臨危不亂，鎮定至極。這裡安頓好永柱，讓人幫忙守著後，便又趕在少東來之前找知情人問了話，她得知曉永柱到底是如何受傷的。

聽那人說起，當時好像是堆放的瓦垮塌下來，正好砸傷了永柱，流了許多血，青竹這才明白，心想這是工傷吧，那麼窯上總得給個說法才是，便又在那人的帶領下去事故現場看了，只見碎了一地的瓦礫，還能看見已經凝固的鮮血，此時已經變成暗紅色。青竹又問窯上主事的人是哪一位，便有人給她指了那人住的屋子，青竹聽說便找去了。

低矮的瓦房，門虛掩著，青竹先拍拍門板，聽見裡面有人高聲問道——

「啥事？」

青竹回答了。「有話要請教。」

青竹站在門外等候了一陣子，才見有人來開門，卻見那個大漢赤裸著上半身，披散著頭髮，底下只一條齊膝的短褲。青竹乍一看到，連忙別過目光，說：「我家大伯被砸傷了，聽聞您是這裡的主事，還請指教該如何算責任？」

那漢子將青竹上下打量個遍，見只是個毛丫頭，壓根兒就不放在眼裡，一面催著她。「小孩子家家的跟著湊什麼熱鬧？快去將妳家裡人給拖走！」

青竹卻擋在前面不走，不依不饒地說：「現場我去看過了，也有證人，您總不會賴帳吧？我家大伯可是在您窯上受傷的，要給個說法，私了公了總得占一頭。」

那漢子聽了青竹這番話，倒覺得有幾分意思，看她年紀不大，辦事竟然如此老練沈著，一點也不像個小孩子，便笑說了句。「什麼私了公了？倘若他死了，這燒埋費我倒還願意出一點，本來就是同村的人。」

青竹登時就拉下臉來了。「沒事還好，若有事，項家也不是那麼好欺負的，遲早會找了族人來討說法！」一句話讓漢子噤了聲。

青竹惦念著永柱的傷勢，便不和他多計較，表了態就急急地折回去了。

這漢子見青竹走遠了，不禁罵罵咧咧一通。「小丫頭片子，毛還沒長齊就學著耍威風了！不就是傷了個人嗎？看這樣子倒像要將這窯上給翻過來一樣，我就不信了，還奈何不過一個小丫頭！」

青竹左等右等也不見少東來，心想耽擱不得了，只好央人做了個簡易的擔架，將永柱抬放在上面，一路護送著往鎮上的醫館趕去。

且說少東正在鋪子裡忙碌，突然見翠枝揹了豆豆匆匆趕來報訊，少東頓時驚得三魂去了兩魂半。

那鋪子裡的掌櫃忙道：「你快去看看吧，耽擱不得！」

少東忙忙地告辭，撇下翠枝就往窯上奔去，還沒到村口，卻見青竹和一行人往這邊走來，中間抬著的想來便是父親了。少東大喊一聲，奔跑了過去，只見永柱躺在架上，人是昏迷的，身上蓋了條舊毯子。

少東拉著青竹問：「爹他怎樣呢？」

青竹搖搖頭說：「不大好，這要給大夫看了才知道。」

少東帶著哭腔說：「老天爺呀，這叫什麼事啊！」

一行人匆匆趕到鎮上，好不容易找到醫館，大夫出來看過一回，又掐了人中、又捏了虎口，好一陣子永柱才醒過來。大夫又檢查了腿上的傷勢，據說是傷到骨頭，情況有些不樂觀，不過好在沒有生命危險。

大夫開了一大堆的藥，青竹和少東身上的錢都不夠，少東只好又跑去雜貨鋪找掌櫃借了幾兩銀子。

後來大夫說：「只怕要在床上躺幾個月，目前來看不是很樂觀，怕的是以後不能再做重體力活了。」

這話讓青竹和少東皆是一震。

青竹心想，永柱是項家的頂梁柱，又是莊戶人家，這突然說不能做重體力，就彷彿天塌了似的，以後這一家子可該怎麼辦呀？

少東痛心疾首，又不好讓永柱聽見了，怕他多想。這裡清理好了，少東便將永柱揹了回去，又忙讓人去馬家那邊捎個信，讓白氏母女趕快回來。

白氏帶著明霞正在馬家作客，高高興興地陪馬家太太話家常來著，突然有人跑來告訴她家裡的情況，白氏震驚之餘差點暈過去。

馬家人也跟著慌亂了，這裡馬家太太連忙叫人備車，又讓馬元和明春一道送白氏母女回去，順便看看要不要緊。

當白氏帶著女兒、女婿趕至家裡時，已經是掌燈時分了，白氏大哭道：「老頭子，你到底造了什麼孽，怎麼會出如此禍事？要是有個好歹，叫我以後靠誰去？」守著永柱跟前哭了一陣子。

永柱已經十分清醒了，覺得心煩，因此冷言冷語地說：「我還活著呢，還沒到死的時候。你們都出去吧，讓我一人靜靜。」

白氏聽說，忙擦了擦眼淚，不敢在他跟前多嘮叨。

這裡明春又安慰了永柱一回。

永柱不大怎麼肯說話。

白氏到現在還不清楚到底發生了怎樣的事，便將少東和青竹叫到跟前來問了。

少東說：「幸而弟妹在家，又知事體，及時將爹送去醫館，不然還不知要鬧成哪樣。對了，為了給爹看病，我在掌櫃那裡借了錢，所以還得讓娘拿些錢出來，我明天去還了。」

白氏聽說，便去開了箱籠給少東數了錢，又問了青竹一番事。

青竹說：「我一個小孩子家家，今天到窯上去問，那裡主事的人頗不把我當回事，所以明日還得大伯娘和大哥一道去了，大伯的事總不能就這樣算了吧？雖然沒有鬧出人命已經是萬幸，但大伯以後連體力活也幹不了，總得賠償點損失。」

白氏點頭道：「是這麼個說法。但我一個婦道人家，能有什麼說話的餘地？我看這事還得將你們小叔叔請來，再找幾個族中說得上話的人一併去了，才不會被人看不起。」

少東答應了。

這裡永柱躺在隔壁，也大約聽見堂屋裡的談話內容，心下覺得淒涼。他還以為自己身強力壯，能夠再幹好幾年，多存點錢，哪知飛來橫禍，斷送了他一切的盤算。他這一倒下了，家裡的事又該誰來擔著？少東想要自立門戶，少南還小，又在外面讀書，還有個年幼的女兒，又有外債沒有還清，舉目都是煩心事。他不免想著：老天爺，祢好狠的心，索性將我給打死了，也不用管這一攤子的爛事了……

正在惆悵感傷時，明春端了熬好的藥來讓永柱服下。

永柱起身喝了，又覺得那藥格外的苦。

明春心疼地道：「爹老實憨厚了一輩子，這榔頭村哪個不說爹好呢？沒想到竟遭如此的禍事……老天爺不開眼，為何不懲治那些惡人去？」

永柱嘆說：「合該是我命苦。好在妳也出嫁了，不用在家裡跟著受苦。」

明春卻正色道：「爹說的這是什麼話，難道我嫁人就不是項家人了嗎？」

永柱道：「我現在是個沒用的廢人了，以後還得靠你們小輩來支撐這個家，項家這一支不能就這麼倒了。」

鬧到半夜才漸漸地安靜下來，白氏讓明霞和青竹擠一床，明春兩口子住少南的屋子。明霞倒沒說什麼，早早地就上床睡覺，倒也不給青竹添麻煩。

青竹忙碌完家中裡外的事，沖了涼後，一身疲憊地躺下了。白天的事又在腦中飛快地過了一遍，心想這以後的日子該怎麼過呢？永柱是個莊稼上的好手，力氣也大，這突然說幹不了了，田裡的那些事以後誰來管？少東一心去外面，滿腦子想的都是做買賣的事，莫非還得靠白氏和她來經營起十幾畝的田地嗎？她可沒那個能耐。可這一家子要吃喝，總得想個門路才是……

青竹躺在床上想了一陣子，聽見明霞傳出了呼嚕聲，看來已經睡得很沈了。夜深如墨，青竹想，車到山前必有路，沒有過不去的坎，便探身將桌上的油燈吹滅了，準備睡覺。

第四十四章　趁火打劫

因為永柱受了傷，難以下地，家裡也沒人能揹得動他，所以少東一連數日都在家照顧父親的起居，倒也沒有怨言。

永柱比起以前更加沈默寡言了，脾氣也不大好，經常對家裡人吵吵嚷嚷的，家裡人體諒他是個病人，倒也不和他計較。

瓦窯那邊原本不想賠償，少東帶了些人鬧了好幾次，後來主事的為了息事寧人，也為了留住別的幫工們，不得不先結了永柱的工錢，又給了十兩銀子做賠償。

出了這麼大的事，竟然才給十兩的賠償？這些天光請醫、用藥就花了不少錢！青竹有些氣憤不過，她也想過要找上門去要的，但窯上的那些人根本不將她放在眼裡。她心想，難道項家就這麼算了嗎？

白氏說永柱這裡受了傷，流了那麼多血，傷了元氣，讓青竹每日做些滋補的湯羹給永柱補身子，青竹倒也無怨無悔。

家裡只剩下四隻雞，白氏又去買了些雞鴨棒子骨來讓青竹熬湯。

過了幾日，蔡氏提了兩隻雞，和青蘭一道來了。蔡氏見了白氏，說道：「親家公好好的一個人，怎麼會遇上這樣的事呢？我在家聽說了這事，倒驚了一跳，可把人給嚇壞了。」

白氏的態度依舊和平時一樣，有些冷漠，只淡淡地說：「是福不是禍，是禍躲不過。合該我們項家倒楣，攤上了這檔子事。勞妳走一趟，有這個心意我們也領了。」再沒別的話。

蔡氏又去青竹屋裡和她說話。

青竹便說：「這大熱的天，難為妳們趕來，略坐坐，我去給妳們熬點消暑的茶來。」這便到廚下燒了水，取了鮮嫩的桑葉，加了白菊花，煮了桑菊茶，一併捧了去。

蔡氏見青竹忙來忙去，欣慰道：「妳在這裡快兩年了，看來也適應了這裡，不像剛來的那陣子又哭又鬧的，到底是大了。」

青竹坐在床沿，又讓青蘭吃西瓜，和蔡氏說道：「娘剛才去那邊屋裡了，大伯娘和妳說什麼來著？」

蔡氏垂眉道：「她和我能有什麼好說的？就和往常一樣拉著臉。妳這個婆婆我算是親近不了，也沒什麼好溝通的。對了，妳大姊的事已經定下來了，謝家說等播了麥子，就修房子。」

青竹一聽，心想是件好事，又見蔡氏喜氣洋洋的樣子，便問什麼時候修房子？謝家願意拿多少錢出來？

蔡氏道：「說是要修三間大瓦房，這人工、瓦、石頭都要錢，算下來也得好幾十兩銀子。我的意思是冬天家裡房子修好了，正月就讓他們完婚，也了卻我一件心事。」

青竹聽說倒也沒別的話。

青蘭在跟前道：「二姊，娘說等大姊成了親，就讓我住大姊現在的那間屋子，那麼大的一間就我自個兒住呢！」

青竹笑道：「我們三妹是高興壞了吧？妳一人睡覺不害怕嗎？」

青蘭樂滋滋地答道：「我有什麼好怕的！」

蔡氏又和青竹道：「原想著這邊安生，哪裡料到竟出了這檔子事。我還說修房子怕錢不夠，想要過來借上一點的，看來是沒指望了。」

青竹冷笑著說：「娘是個糊塗人，別說大伯受傷用了許多錢，就是沒受傷，人好好的，那白姓婦人會願意拿錢出來幫襯著咱家嗎？靠人不如靠己，依我看，家裡也要幹個營生才好。娘餵了些雞，如今有多大呢？」

蔡氏說：「還不足一斤呢，端午回去的時候妳又不是沒看見。還指望著賣了牠們給你們大姊辦婚事用。」

青竹算了一下，到大姊成親還有半年的光景，半年需要多少糧食來餵牠們？若只是餵青草菜葉的話，又要幾時才能長大？沈思了一會兒方和蔡氏說：「這養雞也是件費糧食的事，好在家裡的院子夠寬。我倒覺得兔子還能賣出價來，我這裡餵了四隻，中秋前應該就能出錢了，也省事得多。」

蔡氏想了一下方說：「原也打算餵兔子來著，可如今養了雞，也只好等著牠們出來了，以後再養兔子吧。再說妳是知道的，家裡屋子少，實在沒處養牠們。」

這裡商量了一回家務事後，蔡氏惦記著夏家那邊，便說要回去了，青竹也沒多留。白氏在房裡不肯出來送客，青竹倒也不在意，給了蔡氏兩個西瓜，讓帶回去給青梅他們吃。

夜裡，家人商議著永柱的事要不要告知少南？

永柱說：「我看還是算了吧，讓他安心唸書。這才去了多久，難道又讓他回來不成？」

白氏卻道：「倒不是讓他回來，再說他也小，回來能頂多大的事呢？不過是寫封信去，告訴他家裡的事，也囑咐他幾句罷了。」

少東聽說了也贊成，便說明日要找村裡的一個窮秀才幫著寫一封信，再打聽一下有沒有人上省城去，幫忙將信捎過去。

翠枝在旁聽了，忙笑道：「你好糊塗的人，家裡現有一個能寫會算的人，何必去求別人？」又指了指青竹。

少東還有些不信，忙問青竹。「弟妹能寫這封信？」

青竹回答得很輕巧。「有何難的？你們只管告訴我要交代他些什麼，我這就去寫了，大哥找人帶給他就好。」

永柱聽說青竹能寫信，倒也不意外，心想當年夏臨也是遠近一帶聞名的才子，養出的女兒自然也差不到哪裡去。

這裡白氏嘰嘰咕咕地說了一大堆，青竹在心中理了一遍，只揀幾件緊要的事告訴少南，而後自個兒回了屋子，找了少南昔日用的筆墨紙硯，端坐在燈前，蘸了墨，腦中思慮一番這信該如何寫？她已好些年沒寫過信了，這言詞造句也是番難事。斟酌了好一會兒後，才提筆慢慢寫來，雖文白夾雜，但重要的是能將意思表達清楚就好。

不一會兒就寫了好幾頁，這豎排紙張，又是毛筆字，一頁也寫不了多少內容。待寫完時，白氏一腳走進來，將桌上那些紙收起來看了看。

青竹有些詫異，這個女人不是不識字嗎，難道能看懂這些字？還真是奇怪了。

只見白氏來回地看了一通，上面密密麻麻的字，寫得還算工整，心想這夏家的女兒倒還有些本事。她看了一回也不識上面的字，便將那一遝紙又放到桌上，對青竹道：「妳唸給我聽聽。」

青竹推辭不過，只好拿起信紙，逐字逐句地唸了一遍。白氏聽後也沒覺得有什麼地方不妥，便說：「據說那田家有個兒子時常在外跑些買賣，明日讓妳大哥過去問問，看能不能許點錢，將這封信給帶出去。」

青竹說睏了要睡覺，白氏便出去了。

這裡白氏回了房，見少東揹了永柱方便了才躺好，旁邊還放著半碗搗好要敷的藥，便對少東說：「你也累了一天，快去睡吧。」

少東便道：「爹有什麼事只管叫我。」

白氏便替永柱解了腿上纏著的紗布，給他上藥。

永柱嘆氣說：「我現在成了個廢人，別說自己使不上一點力，就連少東也整日被綁在家，長期下去怎麼好？」

白氏道：「哪有長期的道理，快別說這話，你這傷用不了多久就會好了。你一輩子要強，乘機也歇歇吧，就是鐵打的身子也禁不住呀！」

永柱道：「都說傷筋動骨一百天，總不能讓少東一直在家裡待著，我看過兩日還是打發他去鋪子裡幫工吧。對了，說起來玉米地裡也該灌水了，豆地裡的草也該鋤一鋤，唉，到處都是事。」

「別想那些了，安心養病吧。我帶了青竹去，幾日也就幹完了。」

永柱聽說也不言語了，直到白氏替他上好了藥，又驅了蚊蟲，放下帳子，一動也不動地躺著。

「我見青竹實在是個好孩子，當初我要了來妳還擋著不許，現在上哪裡去找像她這樣來事，又能寫會算的丫頭？配我們家少南是足夠了。」

白氏撇嘴道：「我就看不慣她那作派，也不知是誰教她的？一個女孩子家家，學得跟個爺們一樣，幸而年紀還不大，要是再大一些，也是那樣挽著袖子插腰和男人理論，只怕落得別人笑話，也太沒教養了些。我看她根本不知賢良淑德怎麼寫，要是不高興起來，連我也敢忤逆呢！再說，少南是怎樣的人？我們二老不是一輩子都想將他培養成個人才嗎？要是有那個福氣，他以後做了高官，就夏家丫頭那樣也能上得了檯面？所以我才說，你當年也太草率了些，真不知你到底看上那丫頭哪一點，就為了點舊情面做這檔虧本買賣！」

永柱聽見妻子這番言語，知道不管自己說什麼她是聽不進去了，於是賭氣地面朝裡躺著，不理會白氏。

白氏見永柱不吱聲，知道他心裡不高興，也不去招惹他，躺在床上默默地算著帳。這些天家裡只有出沒有進，長此下去如何是好？如今又斷了一條生計，只怕日子久了會漸漸地露出短來。這件事愁了她一整宿，後來又想起在外唸書的少南來，也不知他過得如何，要沒病沒災的才好，這個家再禁不起什麼事了。

由於少東好幾日沒有去雜貨鋪那邊，雜貨鋪的老闆重新招了個夥計，少東也沒什麼好理論的，畢竟照顧老爹更要緊。

只是這事到底讓永柱給知道了，將少東給罵了出去，不讓少東進他屋。

少東有些害怕，白氏將兒子拉到一旁說：「你爹不是存心要罵你，他是心疼你，這些天我瞅著他一點兒也不高興，說是自己耽誤了你。」

少東垂了腦袋說：「我怎麼會不知道？只是爹這個人脾氣倔，為了這個家辛勞了一輩子，以前我也沒在跟前好好地盡過一點孝心。」和母親說完話後，他就回自己房裡了。

家裡一下子就斷了經濟來源，少東本想出去開鋪面做買賣的，可一來父親的腿傷未好，需要自己照顧；二來本錢也還不夠。因此心想，等父親能夠下地了，再去找份活兒幹，待明年再說開店的事吧。

翠枝在旁邊說：「如今就這樣賴著，也不知哪天能離了這個鬼地方。要不我回娘家一趟，問我大哥借點錢給咱們好做本錢？」

少東卻說：「這個時候提借錢的事幹麼？這個家裡已經有不少外債了，到時候誰來還？罷別的不說，妳大哥又沒當官，又沒做買賣，能有幾個錢？明知道我這一筆是個大數字。罷了，過陣子再說吧，也不急在這一時。等到收了稻子，播下麥子，爹的腿傷也好得差不多了，我趁著冬天空閒也出去找點事做，就是當泥水匠幫人家蓋房子也成。」

翠枝聽說倒也不好追究了，準備要去燒水給豆豆洗澡，少東卻叫住了她。

「妳給我點錢吧。」

翠枝問：「你要買什麼東西嗎？」

「出去看看，倒不一定真要買什麼。」

翠枝也不深究，將豆豆抱給少東，這裡拿了鑰匙開了櫃子。

少東愛憐地親了親女兒嬌嫩的臉龐，或許是鬍鬚扎到了豆豆，只見她一臉的不高興，癟了嘴就要哭的樣子，少東忙逗著她說：「我是妳老子，怎麼就跟耗子見了貓似的，這麼怕我？我又不打妳。」

翠枝問少東要多少，數了兩百個銅板給他，然後將豆豆抱回來。「她和你不大親近，都是因為你在家陪她少了的緣故。這可是你第一個女兒，要多疼她些。」

少東笑嘻嘻地說道：「那我們什麼時候添第二個呀？」

翠枝紅了臉說：「錢給你了，要買什麼自己買去，我燒水給她洗澡。別在跟前嬉皮笑臉，我才不和你來這一套！」

少東又伸手刮了刮豆豆的小鼻子，笑道：「好閨女，爹爹這就出門了。」

豆豆根本不理會他，頭扭向了別處。

少東這又到了永柱這邊，卻見永柱並未躺在床上，而是歪在躺椅裡編草鞋呢，少東忙道：「爹還是一點也不得閒，何不去床上躺著？」

「成天睡著，一身都不舒服。」

少東見父親今日精神還好，便笑說：「兒子想要出去一下，行嗎？」

白氏抱著些洗乾淨的衣裳走進來，說：「我能扶他，你要出去就出去吧，別又跑去和你那些狐朋狗友湊一塊兒，沒什麼事早些回來。」

少東笑著答應了，見沒什麼要幫忙的，揣著翠枝給他的兩百文錢就出了門。

這裡少東才出門沒多久，同村的羅老三就來了。

恰巧白氏正在外面清理陰溝，見他往家裡來了，心裡一震，心想這人登門必沒什麼好事。去年明春成親，打家具的木料不夠，去他們家買了兩棵香樟樹，因為價錢的問題還差點鬧翻了臉；這回永柱受了腿傷動不得，也向他們家借了錢。莫非是來要債的不成？偏偏少東這會兒出去了。

白氏見他走近了，連忙迎上去笑道：「羅三哥怎麼有空上我們家來坐坐？」

羅老三捻鬚笑道：「沒事走動走動，項老大在家吧？」

白氏本想說「不在」，又突然編不出什麼理由來，只好說道：「他現在腿不好，能上哪裡去？羅三哥快請屋裡坐！」一忙忙地丟下鋤頭，開了院門，牽了狗，側身請羅老三進院子。

羅老三走進院子一看，左手邊的空地上栽種著些蔬菜，絲瓜、豇豆、苦瓜之類的都頗繁茂；棚子裡拴著牛；屋簷下的竹竿上晾曬著衣裳；場地上也搭著架子，曬的是棉絮。

白氏一面笑著請羅老三進屋坐，一面忙喊青竹燒水煮茶，哪知青竹此刻並不在家，白氏叫了半天也沒人答應，便有些氣憤，又到裡屋和永柱說：「羅老三來了。」

永柱蹙眉說：「他來怕是要錢的吧？」

白氏道：「不然還能為了啥？我扶你去堂屋坐著吧，畢竟這裡屋有些亂，外人看著也不好。」再有，這裡是他們夫妻二人的起居處，也沒有在此待客的道理。

永柱倔著性子，不讓白氏攙扶，自己扶了牆，試著慢慢地走了兩步，可右腿只要稍微一用力就刺骨般疼痛，才沒挪多遠，就急得他一頭的汗。

白氏有些看不過去了，上前去攙扶他。

永柱不免有些悲戚，心想：我果真這麼不濟了嗎？這已經過去半個來月了，竟然連走路都還不能，以後難道要靠人扶一輩子不成？

白氏費了很大的勁才攙著永柱到了堂屋，那羅老三還在屋簷下站著，未曾進來。白氏扶了永柱在藤椅裡坐好，這才又來請羅老三。

羅老三進屋來，向永柱雙手一拱，笑說道：「項老大，別來無恙。」

永柱捶了捶膝蓋，苦笑著說：「還活著罷了。三哥快請坐。」

羅老三便在一條長凳上坐了。

永柱本來就是個直腸子，不喜歡兜圈子，索性開門見山地問道：「不知三哥駕臨有何指教？」

羅老三笑道：「當然是來瞧瞧你呀！我聽窯上的那些人說起你傷得如何厲害，還真為你叫屈呢！沒想到那姓張的竟然只給十兩的賠償，也太不是東西了！順便，我還有一事相求。」

永柱道：「攤上這樣的事，合該我倒楣。三哥有事就直說吧，我是個粗人，喜歡說話直接的。」他心裡早已經有了準備，欠羅家的那十幾兩銀子，暫時是拿不出來了，只怕白氏也是不肯這個時候還的。

果然，那羅老三開口便道：「項老大你受了傷，前幾日你家大兒子在我面前借了些銀子，只是現在手上有些短，所以想來問問有沒有？還等著急用。」

永柱點頭說：「這事我知道，都是為了我這腿，借了三哥十二兩銀子，雖是少東借的，但也該我還。只是讓三哥白跑了這一趟，請再寬限些時日吧，中秋前給三哥送去好不好？」

羅老三皮笑肉不笑地說：「只怕不成，等著急用呢，項老大還是想想辦法吧！」

永柱沈思了一陣，心想他這輩子也沒欠別人多少人情，換作以前，十二兩銀子家裡隨時都能拿得出的，如今竟然為了這個而犯難了。

白氏在外聽見了，連忙走進來賠笑道：「三哥親眼看見了，夫君他這裡剛能下地，天天吃藥敷藥的，開銷也不少，實在沒那閒錢還三哥，還請再等幾天吧？等有了，我立即讓少東給你送到家裡！」

羅老三卻堅持不肯。

翠枝帶著豆豆在隔壁屋子，聽見了這些話，心想要說十二兩銀子，她或許還能拿出來，不過既然婆婆沒有找上門來問她要，她何必送到跟前去？還討不到一句好話呢！再說，這些錢可都是少東攢下來的本錢，她也不敢輕易動用。

白氏一臉為難的樣子，永柱沈吟片刻後，立刻作出了決定。「家裡也沒什麼值錢的東西，三哥要是信不過我項永柱，那棚子裡還拴著一頭耕牛，我餵了好些年，也還值些錢，不如你先牽了去吧，等我們這裡有了閒錢再將錢送去，將牛換回來。」

羅老三心想，這項老大頭腦轉得還真快，不過這筆買賣也成，一頭耕牛怎麼著也能值幾兩銀子，再說到農忙的時候，哪家離得了牠？想來想去就答應了。「好，項老大是個爽快的人，這樣也使得，而且我多少也能心安一點。」

永柱實在是無奈之下才走了這一步，家裡的這頭牛，還是小牛犢的時候他就親自牽回來養到這麼大，在這個家一直任勞任怨地幫著分擔了好些農活，這一旦要被牽去了，多少有些捨不得，不過話已出，就再沒收回來的道理。

白氏泡了滾熱的茶來，羅老三也不喝茶了，自個兒到棚子裡去解繩子，要牽牛。

永柱只好別過頭去，裝沒看見一般。

第四十五章　糊塗

青竹割了滿滿一背簍的青草趕回家，卻見棚子裡空空如也，根本看不見牛的身影，翠枝這才將下午的事告訴她。青竹很意外，心想難道這個家瞬間就這麼窮了嗎？欠了十二兩銀子還要牽牛去抵債？

翠枝又悄悄地和青竹道：「妳當心些，今天老倆口都不高興，別惹著他們了。」

青竹便問：「大哥呢？大哥怎麼不擋著？」

翠枝道：「誰知道妳大哥上哪裡去了？出去一陣子了還沒回來。」

待到太陽已經下山時，依舊不見少東回來，這下翠枝可是著了慌，心想少東莫非又被哪個給拉去喝酒了不成？如今連家也不回了嗎？

自從羅老三將牛給牽走後，永柱一直陰沈著臉，不與旁人說話，白氏也沒什麼好臉色。總之，青竹覺得這一家子的氛圍很詭異。

已經是掌燈時分了，青竹這裡已經生火做飯，明霞在堂屋裡編草帽辮。

翠枝開了院門焦急地等待著，還是不見少東的人影，不由得胡亂想著，莫非他遇上什麼事不成？這會子了還不知道回家，真是越發地放縱了，一會兒定要好好地訓他一頓。

等到青竹做好飯，給永柱端了去，永柱方問青竹。「妳大哥呢？叫他過來，我有話要問他。」

青竹道：「大哥現在還沒回來呢。」

永柱看了一眼外面，天色已經完全黑下來了，他竟然未歸，出了什麼大事？

這裡正說著，白氏也有些擔心，便說要出去看看，卻聽見院子裡傳來翠枝和少東的說話聲——

「好呀，你這個沒良心的，這麼晚才回來，家也不要了，你還回來做什麼？快去找你那幫狐朋狗友鬼混吧！」

翠枝的聲音有些刺耳，明顯能聽出她的怒火與不滿。

永柱也不吃飯了，對白氏道：「去將少東給我叫來，我有話要問他。」

少東喝了不少酒，翠枝聞到他衣服上有一身酒氣，心裡便不痛快。盼了他大半天，沒想到回來的時候竟然是這樣的德行！她又問他要那幾百個銅板。

少東迷迷糊糊地說：「都用光了，沒錢。」

少東這句話嗆得翠枝差點要揚手打他，結果白氏突然出來了，喝止住了翠枝。

「鬧什麼鬧？大夜晚的，別家要睡了，別吵得都不得安寧！」又對少東說：「你爹有話要問你。」

少東便撇下翠枝，往永柱屋裡去。

永柱仰臥在躺椅上，跟前的小几上擺著飯菜，也還沒來得及動一筷子。

青竹見少東從印堂一直紅到了脖頸，又聞見酒氣，這才明白翠枝剛才為何發火，看來他是出門喝酒快活去了，才這麼晚回家。

看情況，是要過會子才能開飯了，見沒她什麼事，青竹便退了下去。

青竹走到灶間，見翠枝正坐在柴堆旁抹眼淚，她甚為訝異，忙上前問道：「大嫂，妳這是怎麼……」

翠枝別過頭去，也不掏手絹，就著衣袖擦眼淚，哽咽道：「妳大哥變了，這才多少天，竟然學得跟那些浪蕩子弟一樣。我看他也不知該如何上進了，還說要做買賣，只怕在這之前就會將家給敗光了！」

青竹忙笑著寬慰道：「大嫂是多想了吧，大哥應該還不至於這樣。再說妳跟了大哥也幾年了，難道還不瞭解他？」

翠枝梨花帶雨地道：「他的壞處妳是不知道的，以前也有過兩次，沒想到現在又冒頭了。他和他那些朋友出去喝酒我也不說什麼，頂多嘮叨兩句，可是千不該萬不該，就不該拿錢去賭啊！妳說沾上了這個，不是要敗家嗎？更何況家裡還沒幾個錢，哪夠他瘋呢？」

青竹一震，看上去老實本分的少東，竟然也會去賭？要不是翠枝和她說，她還真不相信。看來這都是閒出來惹的，以往少東在鋪子裡忙，自然是沒這個時間。

這裡少東在父親跟前候著，父親好一陣子沒開口，倒讓少東有些心虛，莫非父親知道自己在外面的事不成？若是真的暴露，定少不了一頓打罵的，因此他垂著頭，不敢去看父親的臉，只暗地裡打量著，一面揣摩父親的情緒。

永柱沈默了半天，一句也沒問少東出去做什麼，而是和他說起下午的事來。

少東聽了後頗有些憤怒，忙道：「爹還真讓那個羅老三將家裡的牛給牽走了？」
永柱道：「不然還有什麼法子？家裡也沒剩下多少錢了，還得餬口，總不能讓幾口人跟著喝西北風吧？」
「但這羅老三也太會落井下石了吧？看著我們家現在不好，主意立刻就打過來了！我看他今天來，就是衝著那頭牛來的，沒想到爹竟然還順了他的意，這不是中了人家的詭計嗎？」少東的酒意已經醒了大半。
「先將眼前應付過去再說吧，待籌了錢送過去，再把牛給牽回來。家裡十幾畝地，哪能少得了牠？沒了耕牛還得去別家借呢。」
少東承諾了會籌錢，父親也沒說什麼別的，只問他吃飯沒有，他說在外面吃了。父親這裡用了點飯菜，胃口不是很好，他在跟前伺候一番，便回房去了。
青竹已經嗅出這個家很快就要掀起一場不小的風波，到時候還不知要鬧成哪樣，看剛才翠枝的情形，便知道那對夫妻一定會大吵一頓的。
白氏讓青竹擺了飯菜，青竹又去請翠枝來吃，翠枝只說自己不餓，白氏也不理會了，娘仨匆匆用了晚飯。飯後青竹忙著收拾，在灶間就已經聽見翠枝屋裡傳來時高時低的爭論聲——
翠枝已經將豆豆給哄睡了，少東坐在窗下的長椅上，擺弄著一把摺扇，和翠枝說：「妳拿十二兩銀子出來。」

翠枝聽了這個數，便知道是怎麼回事，一口回絕道：「沒有。」

「沒有？我往日每個月都是將月錢交給妳，難道連十二兩也拿不出來？」

「就是拿得出來也不該我們出這個錢！這些都是留著給你做本錢的，為何要我們拿？別處想辦法去！」翠枝一臉的不高興。

少東見翠枝不肯便急了，前面他已經答應父親會想辦法，沒料到翠枝卻是這樣的態度，不免有些冒火。「這錢是我掙的，該怎麼用、用到什麼地方，難道我還作不了主？」

翠枝板著臉，一字一頓地說道：「你是掙了兩個臭錢又怎樣？別以為我不知道你幹的好事，項家沒那個本錢能讓你出去賭！這些錢我給你保管著，除了開鋪面、買屋子外，別的我一個子兒也不會拿出來的！」

少東見翠枝帶出這番話來，臉色立即嚇得鐵青，忙向她使眼色，又做手勢，讓她別嚷大聲了，怕父母聽見了又有一頓好說。

翠枝看他這神情，心想他倒還知道害怕，不如將此事鬧大了，也讓少東收斂一些，反正自己是拘不住他的，總得有個讓他服軟的人。於是，翠枝不慌不忙地走至門邊，將門拉開了一條縫，大聲嚷嚷道：「好呀，如今你跟著那些不三不四的人，別的不學好，倒學會聚賭了！這個家你要敗光才安心嗎？」

少東嚇得渾身顫抖，忙拉了翠枝要去掩她的嘴。

翠枝掙脫少東的手，嘲笑著他。「怎麼著，怕了嗎？我就是要鬧得所有人都知道，你也好收收！我管不了你，自然有人能管你！」

「小祖宗，妳別再說了，要是讓兩老知道了，我還要不要活？我都這麼大年紀了，妳好歹給我留點臉面吧！」少東彎了身子央求著。

翠枝冷笑道：「往日我怎麼說來著？你只不聽，這會子怎麼又害怕了呢？」

青竹在灶間忙碌，聽見了這對夫妻的爭吵，翠枝的話她更是聽了個明白，心想翠枝是要將此事鬧大了。

白氏正和永柱說話來著，突然聽見翠枝的這些嚷嚷，臉色瞬間就變了，又和永柱道：「你聽聽那屋裡說的是什麼？少東這個不肖子也出去賭來著？我將他叫過來，你好好地訓他一頓，也讓他長點記性，這個家可禁不起折騰了！」

永柱卻一臉疲憊地說道：「妳就少折騰吧。少東這個人我不是不清楚，說到底是我誤了他，如今還能教訓他什麼話？再說，他也老大不小了，什麼事做得、什麼事做不得，他心裡也有把尺。」

白氏見永柱不願意管，倒很意外，忙起身說：「你過不過問我不管，但他總歸還是我們養的兒子，我可不想眼睜睜地看著他去走什麼邪路，我得去和他理論理論！」

永柱聽了也沒說什麼，由著白氏去了。

白氏前去推開翠枝他們的房門，沈著臉將少東叫出來。

少東心裡明白，低著頭走去，也不敢怎樣違逆。

這邊青竹收拾好一切，心想著該去睡覺了，明兒一早還得起床忙碌，還得餵牛……她突然想到牛被人給牽走了，無處可餵，且家裡人又沒有誰要趕著早出門，稍微晚一點想來也沒什麼關係，頓時覺得輕鬆下來。

當她走過堂屋前，雖然關著房門，但卻清楚地聽見裡面傳來白氏的聲音——不見少東答話，全是白氏在數落，又聽見她的腔調裡帶著哭聲。

被白氏訓了一通，少東有些悶悶不樂，待回到屋裡，卻見翠枝帶著豆豆已經睡了。少東上前去拉了拉翠枝，翠枝卻一聲不吭。

少東肚裡有氣，低低地罵了幾句。「我的事妳以後少摻和，現在如妳的意了？」

翠枝翻了個身，面朝裡躺著，就是不理會他，繼續裝睡。

少東見狀也沒法，只好脫了衣裳，也上床躺著，夫妻倆各不相干地睡了一夜。

到了第二日，永柱依然是一句責備少東的話也沒有。

少東被母親訓了一頓，也收斂了些，成日守在家裡，哪裡也沒去，服侍永柱倒還算盡心盡力，並將大夫請到家裡，給永柱診斷了一回。

大夫說：「恢復得還好，如今只用湯藥調理，不用再敷了。」

永柱還不死心，又問道：「還要多久我才能下地幹活？」

大夫聽後，苦笑著搖頭。「您老人家這條腿沒有斷就是萬幸了，以後只怕還得拄柺杖，還說要下地？我看難啊，還是不要抱什麼希望的好。」

永柱的腦袋嗡嗡地響，頓時只覺得天塌地陷。難道就真的無法養活一家子了嗎？他別過身去，半天不言語。

少東看著這樣的父親，心裡覺得難受，又見父親的肩膀微微地聳動了兩下，心想著該如何安慰呢？

眼見田裡的稻子要黃了，轉眼又是一年農忙的時候，在這之前還得趕著搶收旱地裡種的玉米。白氏帶了青竹和明霞去收幾塊地的玉米，青竹和明霞負責掰，白氏負責砍玉米稈，少東就負責將這些玉米往家裡擔。

才幹了大半天，少東便覺得有些受不住了。他十二、三歲起就開始在鎮上的鋪子裡學幫工，要說這樣的重體力活還真是幹得不多。換作往年，有父親在支撐著，少東做得也有限，如今所有的擔子都壓在他的肩上，他明顯有些吃不消了。

忙了幾天，少東感覺身子骨像要散架一般，每日回來倒床就睡，連動也懶怠動一下。翠枝見了這樣的丈夫，也難免心疼。

收了玉米後，差不多就該收稻穀了。

項家今年竟忙到中秋後，幸好請了人來幫忙，不然靠家裡這幾口人是收不回來的。

半月後，田家捎回了少南的信。

信是少東給帶回來的，此刻青竹不在家，少東當著大家的面拆了信，只見滿滿地寫了好幾頁，他粗略地看了一遍，除了感嘆弟弟的字寫得好以外，到頭來認得的字也不多。他憋紅著臉，最後放棄了，道：「還是等青竹回來唸吧……」

當青竹回家時，白氏便將這封信遞給她唸了。

翻到最後一頁時，青竹突然住了口，那一頁分明寫的是「青竹臺鑒」，她一時傻了眼，好端端的，他給自己單獨寫這麼一頁紙到底是什麼意思？

白氏見青竹遲遲沒再開口，便皺眉問她。「怎麼了？怎麼不繼續讀下去？」

青竹道：「大致意思就這些。少南說他在那邊過得很好，讓雙親勿念，還請雙親保重。」

白氏雖然有些疑惑，但那些字她更是不識幾個，只得作罷。

青竹暗暗留下最後一張紙，其餘的都原樣封好，交還回去。

白氏聽了少南的來信，也就放心了。農事已忙得差不多，如今除了永柱的病以外，也沒多少煩心事。

青竹回到自己房裡後，才將袖中藏著的那頁紙拿出來，細細地往下看著——

來省城已有數月，雖諸多不便，倒也還瀟灑自在。余為同窗最幼，先生乃一代大儒，才高八斗，學了幾月，收穫不小。汝安否？切勿為余牽掛，珍重平安！

短短的，沒幾行字，青竹一眼就看完了，不過為何要單獨給自己寫這一紙呢？青竹弄不明白。而且她幾時為他牽掛過？真是自作多情。青竹將那頁紙隨意一摺，順手夾進一本書裡，再不去理會。

青竹躺在床上心想，要寫回信嗎？看樣子白氏並沒打算讓她寫。是呀，畢竟這裡還沒有完整的郵政系統，驛站什麼的都是官員之間傳遞書信用的，普通人家就只能靠熟人捎信。幸而田家有人在省城那邊跑生意，也不知這封信到她手上時，輾轉過多少回，經過多少人的手傳遞。

青竹不禁又想，要是大伯的腿傷發生在年初的話，只怕少南也去不了省城唸書了。還真是有福氣呀，一人在外面逍遙自在，家裡的這些困苦可以一點也不見。

過了兩日，賀鈞竟然來了，倒把項家人給嚇了一跳，心想少南不在家，他來做什麼？賀鈞依舊是一襲陳舊的、洗得發白的粗布衫子，瘦瘦高高的個子，提了二十個雞蛋、兩斤蜂糖。

永柱和家裡其他人不一樣，覺得賀鈞學問好，又肯上進，將來說不定比少南還出息，因此見賀鈞來看他，倒是歡歡喜喜的。

「中秋過了十來天時，晚輩在雙龍竟然遇見了左相公，左相公說起項伯伯的事來，倒將晚輩嚇了個半死。家母說項家是晚輩的恩人，不能不來看看，但因家母染病多日，這幾日才好索利，所以晚輩這會兒才得空閒趕來看望項伯伯。」

永柱微微一笑。「倒難得你有這份心。少南不在家，也沒人陪你說話，疏忽之處還請見諒。」

賀鈞笑道：「項伯伯這說的是什麼話。」

兩人正說話時，明霞突然捧著個小茶盤進來，裡面放了一盅熱茶、一碟醃漬過的杏脯。明霞放下茶盤就要走，卻被永柱叫住了。

「有客人來，怎麼連句招呼也不打？」

明霞心想，這個窮酸鬼怎麼又上門了？見父親如此說了，只好彆扭地說了句。「賀兄請用茶。」

賀鈞慌得連忙起身作揖。「有勞妹妹了！」

明霞受不得這樣的禮數，只好福了福身子，轉身便出去了。

永柱這裡又忙著和賀鈞說：「我這個小女兒是被她娘從小給慣壞的，你別見怪。」

賀鈞面帶羞色地道：「不怕項伯伯笑話，家母只養了我這麼一個兒子，兄弟姊妹俱無，所以晚輩一直很羨慕人口熱鬧的人家。」

永柱點頭道：「你們家是太單薄了些。再熬幾年，等你當了官，出息了，娶妻生子後，慢慢地也就繁盛了。」

賀鈞紅著臉說：「一來年紀還小，二來家裡實在沒錢，確實不敢想娶妻的事。」

這話引得永柱一笑。或許是永柱想念小兒子了，因此和賀鈞相談倒也歡快，又留他吃飯，還讓青竹揀了些自家地裡出的芋頭，讓他帶回去吃。

青竹幫忙選了十來斤的芋頭，用蔴袋裝好。她看見賀鈞的衣服實在陳舊，補丁都不知有多少處了，後背上也不知撞到了什麼，給刮出一道長口子來，因此留了意。想到他三番兩次來這邊，都帶了不少東西探望，即便是家裡窮，禮數也從未少過。她心想，窮人家的孩子真是不易，因此思前想後，便對他說：「那個……你請站一站。」

賀鈞忙回頭。

青竹又和他說：「你先別急著走，我還有東西要交給你。」青竹這才又折回去。她想到少南還有一套衣裳因為做得比較大，所以沒有帶走，若是等他幾年後回來的話，只怕也穿不下了，放著也是白放著，不如就給了這個窮小子吧，也算是在幫項家還些人情。

青竹很快就找到那件因為放得久，已經快要發霉的衣裳，是件三梭布的藏青直裰，少南一次也沒穿過，白放了這麼久。疊好後，她便拿出去，正好家裡也沒人看見。

青竹笑道：「你別嫌棄，這是少南的衣裳，一直放在那裡，一次也沒穿過。有些霉味，你拿回家洗幾次、曬幾回，還能勉強穿。」

賀鈞呆怔在那裡，遲疑了片刻，不知該不該接？又見青竹笑靨如花，更是愣了半晌，頓覺兩頰滾燙，窘迫極了。

青竹見他像個傻子般，又不肯接過去，只得硬塞給他，囑咐道：「快收著吧，別讓其他人看見了。」

賀鈞這才深深地向青竹做了一個長拱，微微垂了頭道：「項妹妹恩情，在下心領了。」

青竹見他將自己當成這家裡的人，倒也沒工夫和他解釋，又怕白氏出來看見了不高興，忙道：「一件放了許久的衣裳，不值什麼。有空來坐坐，大伯他好像很喜歡和你說話。」

賀鈞收拾好東西，這才道別，青竹轉身便走開了。

賀鈞走到院門前，回頭往小院裡一瞧，並不見青竹的身影，這才訕訕地回去了。

青竹去回了永柱的話。

永柱點頭道：「難得他有心來看我，自然是他的一番好意。無意中也算是救了他一命，都是機緣巧合。我見這個姓賀的面相生得不錯，將來應是有福分的人，說不定以後比少南還有本事呢，都別小看了他。」

青竹聽了便含笑說：「誰說不是呢？哪有窮就窮一輩子的？」

永柱道：「俗話說，跟著好人學好，希望少南也能有點長進。」

青竹道：「會的。」

永柱突然想起青竹以前和他提過的一件事來，不禁有些愧疚。「我記得前幾個月，妳和我提過，說你們家要修房子，還等著要瓦。當時我滿口答應下來，說是幫你們家去問問，看能不能便宜些，可是我現在連門也出不了，這個忙只怕也幫不了了。」

青竹心想，都過去這麼久了，難為他還記得，忙道：「大伯不用過意不去，想來娘也清楚，他們應該會想其他辦法的。」

永柱聽說也就作罷了。

第四十六章　獻計

現在農田大都還空閒著，種小麥得等到立冬前後。

青竹賣了自己養的兔子，得了幾百文錢，一點點地積攢著。雖然都是些零碎的錢，但青竹想，積少成多，只要自己有毅力堅持下去，說不定還真能還上所欠的銀子。

十月初一這一天，項家來了不速之客——兩個身穿綢緞衣裳的男人，說是找項家有事要談。

青竹不認識他們，來往項家，還穿這樣好衣裳的，也沒什麼人。

永柱和白氏不認得，少東也不認得。

兩人自稱府上姓江，倒把永柱等人一驚，莫非是南口那處偌大庭院的江家，家裡的老爺是做知府的？項家人頓時有些忐忑不安。

永柱拄著枴杖，在堂屋裡接待兩人，少東在旁邊作陪。白氏在隔壁屋裡沒有出來，青竹在菜地裡插蒜，翠枝帶著豆豆在一旁玩，明霞不知跑哪裡去了，也沒人管她。

翠枝小聲地問著青竹。「那些人來做什麼？」

青竹茫然道：「我哪裡知道呢？從來沒見過什麼江家的人登門。」

翠枝按捺不住好奇，便說要去打探打探。

青竹沒說什麼。

翠枝抱著豆豆，假裝說要給她換衣裳，便進自己的屋裡，關上房門，不過堂屋裡談什麼她卻是聽得一清二楚。

來的這兩人年紀不過三十幾歲，都說是江家的僕人，一個姓曾，一個姓李。

「這次貿然來造訪項老爺子，是有事相求。」只見說話的這位曾姓男子生得方形臉，眉毛濃黑，嗓門也洪亮，說起話來條理清晰，又不尊不卑。

永柱想，他們找來能有什麼事？那江家權勢大，不要惹上才好。

曾姓男子接著說：「聽說區家墳那帶五畝多的地是尊府上的？」

永柱和少東互看一眼，心裡有些明白了，原來打的是土地的主意，怎麼就被江家人給惦記上了呢？他陪笑說：「是祖上買的。」

「那就找對人了。我們太太的意思，是要將這幾畝地都買了，您老開個價吧？」

翠枝在隔壁屋裡一聽，原來是為了田地的事呀！

永柱一時沒個主意，又去看少東。

少東也沒個準備，突然間來這麼一句，他都還沒清醒過來呢！區家墳那一帶可是肥田，也算是榔頭村這一帶的好地了，難怪江家人會惦記，看樣子是凶多吉少，保不住了。

父子倆交換一個眼神，後來永柱說：「這個也太突然了，還請容老夫考慮考慮，再給二位答覆。」

兩個男人便起身道：「也好，我們等項老爺子的好消息。」茶水一口也沒喝，便告辭了。

哪知會突然冒出這樣的事，永柱頗有些煩惱，少東也不知說什麼好。
白氏在跟前道：「看樣子是被人惦記上了吧？」
「賣地容易買地難，區家墳那幾畝地是當初我爺爺給置辦的，沒想到我卻守不住嗎？」永柱想的是家裡現在沒什麼營生，用錢的地方又多，如果連地都賣了，將來還能做什麼呢？
少東見父親不捨的樣子，便道：「爹捨不得又能如何？江家勢力我們可是惹不起的，只怕在價錢上也不能好好商量了。」
永柱苦惱道：「難道就沒退路了嗎？」
白氏道：「賣了這幾畝地後，要想再買可不容易了。再說，那幾塊田種什麼都出，若是沒了，只怕口糧也要短下來。」
永柱聽後更是覺得心裡亂糟糟的。
青竹打量這一屋子的人滿是煩惱的樣子，自從永柱受傷以後，她一直在考慮一件事，心想現在也是個時機，成不成，她總得說出來，要不要採納也在他們身上。
「我倒是有個想法，不知能不能說？」
白氏聽見青竹又在動什麼心思，便一臉不喜，道：「妳還是別開口吧，這裡沒人把妳當啞巴！」
青竹停頓了一下。
永柱卻說：「妳也是家裡的一分子，有什麼話就直說吧。」
青竹這才道：「依我之見，大伯現在腿不好，大哥又想著做買賣的事，家裡的這些田地本來就照看不過來了，再說欠的債也有好些沒還，不如趁此賣些也好。」

白氏冷笑道：「我還當妳有什麼高見，說來都是些廢話！」

「不過我想的卻是下一步，賣了這幾畝地，想來還些債務之外，應該還能剩下些錢。那淺溪灘一帶不是還有好些田空著嗎？因為長年積水，連稻子也不好種，不如——」

「妳這出的是什麼餿主意？難道賣了好地，去買那些連稻子也種不了的地？」白氏覺得這個丫頭怎麼突然變笨了？

永柱見青竹下面還有話，生生地被白氏給打斷，便輕斥道：「等青竹說完，別胡亂插嘴！」

白氏有些惱怒地看了丈夫一眼，張了張嘴，將要說的話都嚥了回去，她倒要聽聽這個丫頭到底有什麼見識。

青竹依舊不緩不急地說道：「淺溪灘地勢不好，積水多，不過離家不算遠，照顧起來也方便，而且要買的話應該花不了多少錢。」

少東忙問：「別人都不要的地，我們買來做什麼呢？」

青竹輕笑一聲。「用處大著呢，請人幫忙挖出來，壘出堤道，不就是個大池塘嗎？養魚、種藕、種茭白、種菱角，哪一樣不行？其實也用不著全部開成池塘，畢竟有風險，周圍的那些積水田，養蝦、養螃蟹，應該也都行吧？只要魚貨出來了，大哥幫著去跑一下集市，找找買家，直接賣給市場上的攤販，銷路應該是不愁的。」

青竹的一席話讓屋裡人啞口無言。

永柱心想，夏家這丫頭倒還有點眼見，這說不定還是個來錢的路子。要是這樣的話，他也能幫著照看一二，不會一點用處也沒有，而少東願意留在家裡幫忙的話，比做買賣又穩當許多。

少東也有些訝異，沒曾料到這個弟妹年紀雖不大，倒還有些見識，考慮得竟然比他還遠還廣。要說開魚塘總比種地輕鬆些，或許可以朝這條路試試看。

青竹見屋裡人都看著她，心想看來他們也有些心動了，因此又說：「自己不想經營的話，承包給別人也行，每年我們只抽幾成就行，風險又要小一截。當然，這些都是我閒來無事的一些想法，最終要不要辦，決定權還是在大伯身上。」

不得不說，永柱有些心動了。祖祖輩輩一直是種地的，項家雖然溫飽有了，可從沒富裕過，就是因為沒有嘗試過別的路子。這個建議固然讓人心動，但還是得問問少東。「你是怎麼想的呢？你若不肯在家幫我，一心想要做買賣，這個魚塘光靠我自己是弄不起來的。」

少東沈吟了下，忙笑道：「妹妹這個主意不錯，說不定可行。買賣自然我也想做，只是目前的時機好像不大好，弄這個魚塘的投入應該比開鋪子要小些吧？爹若是允准的話，我願意在家先做著，等以後上了正軌，用不上我時，我再去跑買賣。」

永柱道：「那麼你就這麼去回江家吧，就說地我們願意賣，但在價格上你可要留意一點，不能太虧了。」

少東忙起身答應。「好，爹吩咐了，我照辦便是。」

白氏見他們已經拿定主意，可這條路子到底好不好，也沒有誰家能借鑑一二，單憑青竹一張嘴，難道就要定下來了嗎？她對永柱道：「此事事關重大，不如找人商議了吧？」

永柱道：「我找誰商議去？這也不失是條路子，我還不想當一輩子的廢人。」

白氏見永柱一臉堅定的樣子，便知道丈夫已下了決心，不管自己怎麼說是說不動了。

翠枝在一旁聽見了，雖然她從未插嘴說過什麼，但看這形勢，想要在近期內分家，看來是無望了。心底不免嗔怪青竹多事，只是臉上不好露出什麼來。

永柱誇獎了青竹幾句。「沒料到妳竟然能想這麼遠，要是這個家興旺了，也多虧妳的點子好。」

青竹謙遜地回答：「能不能興旺，還得靠一家子齊心協力，光有點子是不夠的。」

永柱也笑了起來。「是呀，妳說得不錯。」

白氏在一旁看著火大，難道這個家以後還真要給青竹作主？這她可不答應！

第二日一早，少東便出門去南口江家的宅院商量土地的價格。

項家人都在等待少東能帶回一個稍微好點的消息。

少東去了半日，回來時歡歡喜喜的，大聲說道：「爹，好事呀！江家給了二十一兩四分二文銀子！」

永柱道：「他們家出手還爽快。」

少東笑道：「可不是爽快！不過聽說江家不是買去種的，而是準備以後建墳塋，說是那裡的風水好。爹，你說要是打聽清楚了，說不定還能賣個更好的價呢！」

永柱心想，這個價也差不多了。

項家靠賣地得的這份錢，先還了幾兩銀子的債後，永柱又讓少東去打聽那幾畝積水田的價錢。

少東去了半晌，回來和永柱說：「爹，那一帶總共十畝七分四厘的地，全買下來的話，只要八兩銀子。」

永柱沈吟片刻後道：「價錢倒還划算，正好身邊還有點散錢，我看不如都買過來吧。」

少東道：「就等父親這句話了！那麼我這就過去將田契簽了。」

「去吧。」永柱也下了決心。

永柱拄著楞杖站在屋簷下，見兒子開了院門出去，還想在外面多待一會兒。這外面的風雖然有些冷，不過吹在臉上卻覺得舒服。

白氏走出來，給永柱披上一件褂子，心疼道：「外面冷，進屋坐著吧。」

「我還想多站一會兒。」

白氏又道：「十畝多的地呢，你竟然全部買下來了。」

永柱道：「下手要趁早，全部買過來也不吃虧，再說價錢也合適。這裡不決斷的話，只怕以後想買就難了。」

白氏冷冰冰地說道：「你還真聽夏家丫頭的話，我看你們爺兒倆也不多想想，現在全被那丫頭忽悠著，牽著鼻子走。」

「怎能說忽悠呢？青竹的這番見識不錯。種了幾代人的地了，不還是這樣嗎？」

白氏知道事已至此，自己說什麼都沒用了。「得了，你們幾個興致勃勃地弄這些，我現在說什麼你們都是不會聽的。既然認準了要幹，那就好好地幹吧。看來你還真的存心將少東拴在身邊，不讓他去做買賣了。」

永柱感嘆道：「他這個人有些惡習，再說什麼經驗也沒有，不過是在雜貨鋪當了幾年的夥計罷了，在我眼皮子底下我也放心些。這個家遲早會交給他來掌管，就是這會兒我沒受傷，可年紀也漸漸大了，總不能為這個家奔波到死。」

白氏見永柱雖然說得有些淒涼，不過心想他能想通這些也是不容易，看來是已經走出前段時間的陰鬱了，因此她也放心不少。

少東跑了好幾個地方，總算拿到淺溪灘的田契。

這裡要趕上種小麥了，事情本來也不少，永柱說忙過了這陣子，再請人來幫忙開池塘、蓄水，等到來年開春的時候，就能種藕了，然後再去買點魚苗放下去，等到下半年就是收穫的時節。

青竹見項家這些時日來都在為賣地買地的事而奔波，又說道：「種藕倒還好，不過是幾個月就能見收益了，只是養魚的話，可能生長期要更長一些，只怕有些魚還得長兩、三年呢！前一、兩年都是投入，後面才能說到賺錢的事。」

永柱說：「這個我也早就想過了，既然決定幹了，就不會再有什麼遲疑。等到少南學成歸來，家裡也大致走上正軌了吧？即便他考不中，也能留條後路給他走。」

少東在旁邊笑道：「二弟天資聰慧，誰人不讚？一定會高中的。」正好豆豆自己坐在地上玩，少東便和她笑說：「以後我們豆豆能天天喝魚湯了，妳喜不喜歡？」

豆豆抬頭看了眼她父親，或許是少東在家待久了，她已經和這個爹爹混熟了，雖然年紀小，但少東的話她是聽明白了，便笑嘻嘻地說道：「好！」

白氏不見翠枝，便問：「你媳婦在做什麼？」

少東道：「她說睏得緊，正睡覺呢。」

白氏撇撇嘴說：「大白天的就睡覺，連女兒也不管！」

這裡正說著話，突然見明霞跑進來和大夥兒說道：「舅舅他們來了！」

白氏一愣，連忙起身笑道：「他怎麼來了？」便要去迎接。

永柱不喜這個小舅子，沒什麼好臉色；青竹想，家裡來了客人，還得準備吃的，琢磨了一會子就自個兒去忙碌了；少東也忙去迎接舅舅。

白顯帶著一家子大小四口人過來了。白英正和明霞說話，白顯家的手中牽著七歲的兒子。白氏才走到簷下，就見他們一家大小。

白顯大步走來，和白氏問好。「姊姊可好？」

白氏笑著點頭。「好著呢！進屋裡坐吧。」

一行人進到堂屋，那白顯見姊夫癱坐在圈椅裡，旁邊放著一支枴杖，忙道：「姊夫的氣色好上許多，看樣子恢復得差不多了。」

永柱可沒什麼好臉色。「哪能呢？」

白顯並不計較。

白氏叫了青竹倒茶來。

永柱不大說話，心想著這一家子大小都趕來了，看來準沒什麼好事，說不定又是因為日子過得太窮，要這邊接濟他們。這個小舅子就是個紈袴的主兒，家產敗得差不多了，竟然一點悔改的意思也沒有。若自己一人過也就算了，如今拖家帶口的，讓妻女兒子跟著受苦，算個什麼男人！

白顯家的和白氏笑說著。「今年前面雖然遭了水災，不過好在我們家秧苗下得晚，損失不是很大，還多打了兩擔糧食呢！除去一些要繳的賦稅，也夠一家子吃了。」

白氏道：「這樣就很好！別再拿去賣了，白英他們正是長身體的時候，要吃不少，別餓著了兩個孩子。」

白顯臉上微紅。「姊姊說得是。」

永柱拿起枴杖想去別處坐坐，他不喜歡和這一家子人打交道。

白顯見姊夫要走，也知道是嫌棄他，可今天來是有事相商的，因此忙道：「姊夫再坐坐吧，兄弟有事和姊夫說。」

永柱也是個直爽的人，不等白顯說明來意就直說道：「要借錢我們家可沒有，你看我，現在算是個殘廢了，還欠著外債呢！」

白氏連忙嗔道：「你怎麼也不聽聽人家說什麼，就直接回絕了！」

永柱轉過臉去，一點也不在意。

白顯心想，自己的名聲算是壞透了，要想立刻轉變好像是不大可能。

白顯家的一臉不高興，心想大老遠的來了，怎麼著也是客人，怎麼竟給臉色看？

白英在明霞屋裡說悄悄話呢，她弟弟正在屋角跟豆豆兩個玩，全然不管大人的交談。

白顯的臉上有些尷尬。

少東瞅著父親不高興，母親臉上有些難堪，忙在旁邊打圓場。「舅舅好不容易來看我們，大家就少說一句吧？會找上門來，必定是有什麼難事。」

白顯這才緩緩說道：「我聽說姊夫打算弄個魚塘？」

永柱摸不清白顯的心思，便道：「有這麼回事。」

白顯看看自己媳婦，含笑道：「這幾日孩子他娘老是在我耳根旁念叨，說我一把年紀了，也該幹點正經事，回頭想想是這樣。家裡如今已經拿不出什麼了，英兒的嫁妝也沒有，以後怎麼許人家呢？所以也暗暗下定決心，過來問姊夫一聲，看能不能讓我們家湊個份子，搭個夥呢？」

永柱這才抬頭看了小舅子一眼，原來打的是這個主意，倒也難得。

「才將地買下來，八字都還沒一撇，你說得也太早了些。」

白顯笑道：「早有早的好處。以前是多虧姊夫、姊姊幫襯著，家裡才能熬到今日，好在媳婦賢慧，還不至於挨餓受凍。想想以前那些渾噩的日子，如今也該醒悟了。等到種了小麥，也沒什麼活兒了，不如我過來幫姊夫起魚塘吧？」

永柱心想，這個小舅子到底是吃了什麼藥轉性的，倒讓人刮目相看，臉上這才有了幾絲緩和。「你有這個心是好的。既然要上進，從現在做起雖然晚了點，但還不至於收不了場。起魚塘是件大事，的確需要不少人，你願意過來幫忙，我自然歡迎。」

白氏見丈夫答應了，忙笑道：「這樣就好，只要人能幹，日子也會慢慢好過起來。」見兄弟難得走上正道，她心裡突然很感慨，又瞧瞧身邊坐著的弟妹，心想往日倒看輕了她，沒想到也是個有見識的女人。

堂屋的談論還在繼續，這裡小房間裡的兩姊妹也在說著話。

白英臉上有些驚恐，悄悄地和明霞說：「和妳說吧，前日幾乎將我嚇得半死。」

「怎麼了？」

「我爹在外喝了酒回來，醉得厲害，打了我娘，我娘後來去上吊了！老天爺呀，就差那麼一點點，我娘就沒了！好在我及時發現，才將我娘給救了下來。爹知道自己闖了這麼大的禍，酒意頓時就醒了大半。我娘只是哭，哭得讓人心酸，又數落我爹好一頓。我爹為了我娘不再鬧什麼事，這才答應了她，說來求姑父，看能不能有什麼活兒讓我爹做做。」

明霞聽後也嚇了一跳，當真是人命關天，幸好沒什麼事。

白英回想起那一幕幕，依舊覺得心悸，心想這些年來家裡總沒個清靜，就是因為她有個不成器的爹，希望娘這一鬧，多少能讓爹改變一些。

白英又悄悄地和明霞道：「這事千萬不要讓姑姑知道了。」

「為什麼？」明霞不大明白。

白英苦惱道：「我爹是個好面子的人，只要他能真心改過，就原諒他吧。我也想過過幾天清靜日子，要是姑姑知道了那還得了？」

明霞點點頭，似乎也明白了白英的苦心。

第四十七章　正軌

麥子下了地，農活就少下來了。永柱不大出面，只是交給少東去打理，請人幫忙起魚塘。

要請人工，勢必就要涉及到工資、伙食等問題，永柱將管帳的事交給青竹，讓她幫忙梳理一下每日的進出用度。

白氏見讓青竹管帳，原本是不答應的，可這家裡又沒別人能寫會算，請了別人來幫忙，更是信不過，於是便提出讓青竹管帳目，她來管現錢。青竹倒沒什麼意見，這就跟會計和出納一樣。這事不複雜，青竹處理起來一點困難也沒有。

項家人見青竹諸事妥當，那些帳目記錄起來一目了然，竟比一些帳房先生還有用，不免對她刮目相看。

永柱後來說：「以後家裡的銀錢支出，妳來慢慢接手吧。這個攤子拉大了，也不用再去請個專門管帳的人，交給妳我是極放心的。」

青竹笑道：「大伯一片苦心託付給我，我也不能坐視不理，也成，以後有什麼事我都會向大伯稟告的。」

永柱點點頭，心想他果真沒有看走眼。青竹人聰慧，做事勤謹踏實，又有幾分男子般的果決，這樣的人物給少南當媳婦，哪一點配不上？若是少南那小子以後沒出息的話，只怕還辱沒了她呢！

翠枝連日來精神都不大好，每日必是犯睏，身子又乏，算算日子，好像又有了身孕，但她也不敢告訴白氏，生怕白氏又去找什麼人來給她算，要是肚裡的這一個還是女兒的話，只怕是等不到她出生就會被白氏給弄沒了。翠枝小心翼翼地保護著，心想等到了五、六個月大，慢慢顯身子的時候再說，那時候也不會輕易給弄沒了。

儘管翠枝掩飾得很好，不過卻被青竹瞧出了端倪，因為以前翠枝愛吃的東西，似乎現在都沒什麼胃口，每日只吃酸棗。

青竹悄悄地將翠枝叫到一旁詢問她。「大嫂看上去瘦了好些，是不是病了？」

翠枝一笑。「哪裡病了？妹妹別亂猜。」

「不是病了嗎？我見妳最近身子好像不大好，不如去醫館請大夫給看看吧？有什麼病得趁早治，延誤不得。」

翠枝見左右沒人，便悄悄地和青竹說：「並不是病了，因為又添了身子，哪知這次比起懷豆豆的時候還明顯些，沒想到竟讓妹妹留了心。」

青竹笑道：「這不是好事嗎，大嫂幹麼弄得那麼緊張？再說又不是頭一回了。」

翠枝嘆氣道：「哎，我這個情形難道妳還不瞭解嗎？之所以要瞞著，也是為了肚裡這塊肉，倘若她又聽了別人什麼話，只怕等不到這孩子出世就留不住了。不管是個什麼東西，也是我身上掉下來的肉，哪裡捨得呢？」

青竹便想起白氏對翠枝生女的態度來，的確讓人有些心寒。見翠枝也不容易，便笑道：「既然嫂子不想讓別人知道，那麼我也替嫂子瞞著吧，只是這事怕瞞不住大哥，大嫂和他說了沒？」

翠枝笑道：「還沒呢，這段時間他都在外面忙，也沒那個空檔來理會我。」說著又覷著青竹看，笑著點頭說：「妹妹還真不簡單，到這個家才多久來著？不過兩年多吧，沒想到就已經管家了。」

青竹忙說：「大嫂快別說這種話，這些日子大伯讓我幫著管一下帳目，妳沒見有人的臉色就很不好嗎？但凡處處都得陪著小心，一點錯也不能有，千萬別再提我管家的話了。」

翠枝笑道：「妳怕什麼？我看呀，照這樣下去，這個家遲早還得妳來管。這出入銀錢可是大事，公公能將這個交給妳，可見是多麼信任妳。等到後面賺了錢，就更有妳的好日子過了！」

青竹還沒怎麼想到自己的以後，只想著若是這個家能有項產業的話，大家日子好過一點，說不定自己也能輕鬆些，沒準兒當她提出要退婚時，大伯他們見自己為這個家付出不少，索性連那二十兩銀子也不要了。

青竹雖這麼想過，不過若真是退了婚，以後自己要幹什麼，她卻沒仔細想過。

起魚塘的活兒幹了將近二十來天，不僅白顯過來幫忙，連鐵蛋兒也來了，還請了五個幫工。每日管一頓伙食，每日工錢二分，白顯和鐵蛋兒不要工錢，因此算五個人的工錢，前後加上伙食也花了五、六兩銀子。

魚塘是有了，就等到了春季放水、蓄水，然後買魚苗，種藕、種菱角。

到了冬天，青竹的事彷彿就少一半，只是幫著管了將近一個月的帳事也不少，好不容易竣工了，她也該歇歇。

忙完了農事，夏家也該修房子了。要用的瓦，永柱親自出面找到以前的瓦窯，好說歹說，終於說到了個滿意的價格，每兩批瓦一文錢賣給夏家。這個價格已經算是很不錯了，別家買，一般都是每批一文。

家裡修房子，青竹又幫不上什麼忙，因此知道家裡忙碌，便一直沒有回去。

臘月初一永柱生日這天，蔡氏讓人捎了點東西過來，自己是無法抽身來給永柱賀壽了。

轉眼之間，臘盡春回，又是一年。

乾康十七年正月，新年還沒過完，項家也連日地各處趕年酒。

正月二十一日是青梅的大喜之日，作為嫡親妹妹的青竹自然也得備上一份禮，不過永柱開了口，這份禮交給白氏去置辦。

白氏可不高興，再說家裡這攤子的事，今年又準備大幹一場，還不知要用多少錢呢！不過既然永柱吩咐了，她也不得不去照辦，再者她也是個好面子的人。於是帶上青竹、明霞兩人，去街上買東西。

正月裡的街市還很熱鬧，因為大家都還算清閒。好些鋪面因為趕著新年，又新換了桃符，掛了大紅燈籠，新做了招牌等，一切都是欣欣向榮的樣子。

青竹穿著簇新的桃紅襖裙，走在古樸的街面上，她也難得出來透透氣，此刻心情還算舒暢。過了年自己就十一歲了，日子過得可真快呀！她也不知還要在項家待幾年才得自由？明霞快十歲了，個頭竟然和她差不多高，這幾日總要拉了青竹比高矮，這讓青竹很鬱悶。這具瘦弱矮小的身子讓青竹覺得討厭，什麼時候才能長大呀？她厭倦了還是孩子一般的身子，也不喜歡別人看她的目光全是打量小孩一般。

白氏走進一家布店裡，看了一回，那些布料都是令人咋舌的價格，且因為是新年，又比往日漲價不少。

青竹和明霞很感興趣，兩人這裡看看，那裡瞧瞧。

明霞想穿這些上等布料做的衣裳不是一、兩天了，偏偏母親又不買給她。

白氏看了一圈，後來指著一疋大紅繭綢問了價格，掌櫃說了「二兩三分」，白氏還是覺得太高。成親送什麼東西，本身就是件頭疼的事，再說兩家的關係要說疏遠也談不上，要說親近更談不上，總的來說有些尷尬。最後，白氏硬是咬牙買下那疋大紅的繭綢。

掌櫃的見白氏還算爽快，正趕上新年，因此又添了塊茄色二梭布，雖然是塊零碎的布頭，不過拿去做個包袱什麼的也夠了。

白氏見有東西送，臉上的神情才緩和了些。出了布店，想著還要去買些什麼好？

明霞嚷著肚子餓，白氏見花了這麼多錢，心疼得緊，因此也沒什麼好臉色。「好了，大過年的別亂嚷嚷，一會兒回去吃。」

白氏後來又去買了四斤乾果，想到家裡還有繡的枕帕都是嶄新沒用過的，一併拿去的話也送得出手。禮算是備齊了，便要和青竹、明霞趕回家。

白氏摳門，青竹也沒什麼好抱怨的，想到她對夏家不喜，如今讓她拿錢出來置辦東西已經是太難為她了。東西不在多少，有這份心意就足夠了。

娘仨走著，過了一條巷道，正要轉彎時，突然聽見身後有人喚——

「項伯母！」

白氏覺得這聲音有些陌生，到底是誰呢？回頭去看時，卻見是賀鈞，一愣，便住了腳。

賀鈞走上前來，向白氏深深作了一揖，又笑著問了兩位妹妹好。

白氏臉上掛著笑說：「喲，原來是賀家哥兒，怎麼在這裡遇見你？」

賀鈞忙說：「有事來著。」

白氏禮貌性地邀請賀鈞往家裡坐，結果賀鈞一口答應下來。

「好呀，正好我也要去拜訪項伯伯，還有事要請教他。」

白氏心想，窮鬼一個，登門的話能有什麼好事呢？但既然已經開了口，又不好擋著不讓賀鈞去，只好道：「也好，那麼就同路吧。」

青竹暗自打量賀鈞一回，身上是件半新不舊的藍布夾襖，下面露出條粗布褲子。依舊是乾癟的樣子，臉色也有些蠟黃。

賀鈞突然對青竹說：「我來幫妹妹提東西吧！」

正好，反正占著手也不舒服，青竹便遞了過去，卻瞧見賀鈞的臉微微有些泛紅，不禁心想著，雖已立春了，但天氣還是有些冷，他身上衣服不多，臉都凍紅了。還真是個窮人家的小子，吃不飽、穿不暖的，什麼時候才是頭呢？

且說賀鈞隨白氏等來到項家，只永柱在家，少東去別家吃年酒還沒回來。

永柱見賀鈞來了，倒也高興。

明霞還在一個勁兒地嚷著餓，白氏便讓青竹去做飯，青竹倒也沒說什麼，就去廚下忙碌了。

這裡賀鈞正和永柱說話來著。

「項伯伯，冬至那日我託人給您送了半邊羊肉來，可還喜歡？」

永柱笑說：「當然喜歡，難得你有這份心。怎麼不見你過來玩呢？雖說少南不在家，可少東在呀，再說我還等你來說話呢！」

賀鈞道：「因為事情太忙走不開，又偶然得了一口羊，家母說反正兩人也吃不了，讓送些過來。恰好我們那邊有人住在這邊的鎮上，也還便宜。」

永柱道：「難為你們母子了。」

賀鈞又說：「晚輩有一事相求，本來就打算過來拜訪伯父的，剛剛在街上又偶然遇見伯母和妹妹們，便一道過來了。」

永柱聽說，便正色道：「什麼事說來聽聽，看我能不能幫上忙。」

賀鈞垂下頭說：「因為過年時，我們家隔壁在炸油貨，後來引起一場大火，將我們家給燒了，幸好我在家，母親沒什麼事，可如今我們沒個去處，所以想著來這邊鎮上找個住所，將母親一道接出來。只是晚輩今天走了一圈，想要賃房子卻找不到合適的，跑了幾家，價錢都太貴了，所以不知能不能請項大哥幫一下忙，找處我們母子可落腳的地方？」

永柱聽了嘆道：「還真是天災人禍，好在人平安無事。只是少東此刻不在家，下午應該就回來了，我再和他說吧。」

賀鈞忙道：「那麼多謝項伯伯了！」

永柱道：「也不是什麼多為難的事，你放心吧，也請令堂安心。等一有消息，我就讓少東給你們捎話，到時候幫你們搬家。」

賀鈞再三作揖謝了，說完了事就要走，永柱卻要留他吃飯。「你急什麼呢？本來就中午了，用了飯再回去吧。現在你要走，餓著肚皮上哪裡填肚子去？如今你們住在哪裡？」

賀鈞道：「暫時住在我堂叔家。不過堂叔那人不大好相處，母親一心想要搬出來，我又要唸書，一直寄居別處也不是辦法。」

永柱道：「也好，你來這邊依舊可以唸書考試，平時還可以在鎮上找件事做，不僅照顧到令堂了，日子也能好過一點。」

「項伯伯說得很是。」

白氏在隔壁屋裡聽見這一席話，心裡嘀咕著，又要去管那些閒事了，只怕沒那麼簡單。幫忙找房子，要是錢不夠的話，依著永柱的性子，說不定還會倒貼。一面又嗔怪少南只會交這些窮人做朋友，到頭來還得自己幫襯著，本來家裡就不富裕，沒想到因為這些朋友，連這份家私也給賠上了，因此對賀家更沒什麼好臉色了。

青竹趕著在廚下準備了些飯菜，明霞因為餓極了，所以倒還勤快，幫著擺碗筷、布菜。翠枝說身上不大好，不出來吃飯了。青竹心裡明白，又送了一份到她屋裡。

永柱喚道：「青竹，妳替我把酒拿出來，今天我要和賀家姪兒喝上兩杯。」

賀鈞連忙推託。「伯父就饒了我吧，晚輩不善飲酒。」

白氏在一旁道：「你身上不好，喝什麼酒呢？正經地吃了飯，要睡就去睡吧。」她看不慣賀鈞那窮酸樣，便讓青竹將她的那份飯菜送到裡屋去。

賀鈞見桌上菜色還算豐富，一盤臘豬頭肉、一碟炒麵筋、一缽菠菜圓仔湯、一盤五香大頭菜。青竹替賀鈞添了飯來，賀鈞忙起身雙手接住了，又道了謝。

永柱又請了一回，賀鈞極為謙讓了一番。

青竹坐在一旁吃著，冷眼旁觀著，心想一個男人，以後還可能是要出入官場的男人，也是這樣拘謹不成？這樣以後能上什麼大場面呢？

賀鈞小心翼翼地吃著飯菜，又覺得青竹的手藝確實不錯，比他母親平常做的菜式還要香甜可口，又很下飯。雖是如此，但他只吃了一碗飯就不再添了。

飯後賀鈞匆匆說要走，卻突然下起雨來，賀鈞沒有雨具，永柱便讓青竹找了蓑衣和斗笠給他。

賀鈞道了謝，接過青竹遞來的雨具，感激道：「有勞妹妹。」心想著：「珠簾半床月，青竹滿林風」，實在是個不錯的名字！他暗暗地記於心上。披好了雨具，這才作別。

等賀鈞走後，白氏忍不住數落起永柱來。「你倒是會做好人，幹麼要答應這事？」

永柱道：「他大老遠地找來，難道我能不管嗎？」

「家裡有錢也就罷了，問題是自己的日子都過得緊巴巴的，他們賀家和我們項家並不沾親帶故，你還這樣幫襯！當初我多顧了一下兄弟，你就百般不如意，如今又怎麼說？」

「好了，妳少說兩句行不行？我不過是看這孩子肯上進，且也算不上幫什麼大忙，哪知竟兜出妳這番話來，到頭來我還做了壞事不成？我看呀，人就是不能太功利了！」

白氏撇撇嘴，她現在是弄不懂這個與她生活了二十幾年的丈夫心裡想的到底是什麼了。

「我昨日和少東說，讓他去省城一趟，給少南捎些東西，你為何擋著不讓呢？」

「少東這一走，來回又是一、兩個月，家裡的事誰來管？少南也不是小孩子了，妳有什麼放心不下的？」

白氏聽到這裡便有些憤懣，心想難道她偏少南也錯了嗎？因而賭了氣，不再理會永柱，去別處坐著了。

第四十八章　良緣

這裡青竹忙完了事，又見這雨還沒停息的跡象，心想要出去做個什麼也不能，索性就回房去，琢磨著青梅的親事她當妹妹的必定也要準備一份禮才行，白氏買的那些算是公中的，青梅向來對自己很照顧，不能沒表示。她將平日做的針線拿出來瞧了瞧，彷彿沒什麼送得出手的東西，便又將這些日子所得的錢拿出來數了好幾遍，也不過五兩多的樣子。

清算這些東西時，青竹無意中翻到少南走之前送她的手串，拿出來看了一回，又戴在手上，可惜她細胳膊細腿的，這手串明顯有些大，戴在腕上會直接往下掉。她心裡不禁想著，他在外面過得怎樣？頭一回沒和家人在一起過年，肯定會不適應，也定會想家吧？

青竹找了個荷包將手串放好，又繼續翻尋能送青梅的東西，找了一圈依舊沒什麼收穫，心想看來得去買點什麼。

當少東回來時天色已經晚了，瞅著兩位老人不高興，悄悄問青竹發生了什麼事，青竹便將賀鈞的事給他說了，少東心想，倒也不是什麼大事。剛換了身乾淨衣裳，永柱就將他叫過去，吩咐了找房的事，少東二話不說就答應下來。

「這事不大，回頭我去幫忙問問，賃間他們母子住的屋子，價錢上也好商量，這幾年鎮上的人大都認識我，多少會給點臉面的。」

永柱點點頭，沒說什麼。

眼瞅著青梅的婚期不遠了，白氏答應會帶明霞去夏家道賀。

青竹少不得也要給她敬重的大姊買些賀禮。她上街去挑了一盒胭脂。那盒子很雅致，白瓷小扁盒，更巧的是蓋子上畫了兩簇青色的梅花，盒子裡的胭脂猶如石榴花一般紅豔。青竹想，青梅平日只顧忙著幹活，也沒時間好好打扮自己，買這個送她，希望她能打扮得漂漂亮亮的，也希望她能喜歡。

光這盒胭脂彷彿還不夠，後來青竹又去買了一對銀質的耳墜，也是梅花樣式的，小小巧巧的，不算貴，心想有這兩樣也足夠了。

很快就到了正月二十這一天，青竹先回了夏家。

夏家這邊早已經忙碌開了，蔡氏請了全福人正給青梅鋪設床帳呢。

青梅見了青竹笑道：「二妹趕來了。」

「我提前回來是想幫忙做點什麼，大姊有什麼儘管吩咐吧！」

青梅道：「妳是客人，不麻煩妳做什麼。」

青竹又將她選的東西送上，青梅只盯著那瓷盒看，臉上漸漸綻出一朵笑花來。

青竹暗自在旁邊打量著，但見青梅一身半舊的襖裙，綰著少女式的髮髻，目光癡癡地盯著那盒胭脂看，臉上不見即將成為人婦的羞怯。雖沒絕色容顏，不過卻清淡如梅，那純真的笑容打動了青竹的心。

蔡氏走來和青竹道：「正好妳在這兒，我有話要問妳，隨我來。」

「喔，馬上就來。」青竹答應一聲，又笑著和青梅道：「大姊長得真好看！」從來沒有人這樣誇讚過她，青梅登時兩頰緋紅，比搽了胭脂更甚。姊妹倆四目相對，青竹心裡有好些話，全都是祝福青梅的，此刻竟一句也說不出，不過她想，不管怎麼樣，青梅都一定會幸福的。

新修的三間大瓦房，其中一間便拿來作青梅的新房。門窗用大紅漆新漆過不久，當中放著一架新做的香樟木架子床，鋪陳著大紅的繡花被子，並排放著一對枕頭，枕帕繡的是鴛鴦戲蓮，床圍子繡的是梅蘭竹菊四君子圖，懸著的紗帳是雙繡的喜上眉梢，銀紅的細紗上，是撚了銀線繡出的一簇簇綠萼梅。鋪陳的這些活計全是青梅連同蔡氏做出來的，一針一線，旁人也忍不住稱讚青梅的手的確靈巧。

屋裡還擺放幾套家具，這些都是謝家一併置辦送過來的。青竹、青蘭兩個替青梅換上那套大紅喜服，又請了村裡幫忙梳頭的媳婦，正給青梅梳妝打扮著。

青竹在旁邊看了笑道：「大姊今天是女主角，這樣的光彩照人倒十分相宜。」

青梅羞澀地笑道：「就妳會說。」

青蘭也一個勁兒地誇讚大姊好看來著，倒把青梅弄得不好意思。過了今天她就不再是那個青澀的少女了，雖然沒有大紅花轎，也沒有鳳冠霞帔，沒有迎親的隊伍，沒有熱鬧的喜樂吹打，一切從簡，不過青梅也沒什麼好抱怨的。即便是成了親，她也和娘住在一處，能夠照顧好妹妹和弟弟，能照應這一大家人。

待梳妝整齊，沒什麼遺漏的，接下來就是坐在這裡靜靜地等待女婿上門，再行大禮。

屋裡看熱鬧的人漸漸都散去了，只青竹還陪在她跟前，仔仔細細地替她調理髮髻上的簪子。青梅看著銅鏡裡有些模糊的人影，依舊覺得不大適應，臉上堆了這麼多東西，也覺得不舒服。

青竹替她整理一番，看罷才道：「一會兒等姊夫揭了喜帕，瞧見大姊這副花容月貌，還不知要怎樣疼愛呢！」

青梅便去擰青竹的臉，嬌嗔道：「好一個伶牙俐齒的姑娘，我今天要撕爛妳這張嘴！」

青竹連忙躲閃了，一面告饒道：「好姊姊，妳就饒了妹妹這一次吧！」

青梅也不和她打鬧了，怕弄花臉上的妝容，只一眨也不眨地盯著青竹看。

青竹很疑惑，忙問：「大姊看我做什麼？」

青梅卻突然正色道：「我是替妳難過呢，當初妳去項家的時候什麼都沒有，只包了兩套換洗的衣裳帶去就算過了門，大姊心裡覺得對不住妳，要是我再能幹些，也不會讓妳這麼受委屈……」說著，眼中已經蓄了淚水。

青竹聞之，鼻子也一酸，卻強顏歡笑道：「大姊不用難過，要是哪天我被項家趕出來了，不照樣可以嫁人去？那時候我一定會好好地選個丈夫，定不會讓自己吃苦，也坐一回大紅花轎，妳說好不好？」

青梅依舊覺得心酸，摟著青竹的脖子，極力克制自己的情緒。

青竹卻低低地說道：「大姊，妳為這個家犧牲了多少我是知道的，我從來不敢怪罪妳半點。事到如今，除了祝福的話，也找不到別的語句了。當妹妹的就這麼個心願，真心希望大姊能夠得到幸福，將以往的不好都抵過去。」

青梅用力地點頭，也和青竹道：「二妹也聽我一句，不管日子多麼艱辛，也要咬牙過下去，總有一天會好的。」

「是呀，總會有那麼一天，一切的困難都會迎刃而解的。」

姊妹正說著私房話，突然聽見外面鞭炮聲響，青梅便知道是新女婿登門了。

青竹忙忙地將旁邊一塊大紅喜帕拿來給青梅蓋上，在她耳邊低語了兩句。

青梅羞得滿臉通紅，又推著她說：「妳快出去吧！」

屋子裡終於只剩她一人了，青梅心跳加速，變得有些忐忑不安。雖然天氣還有些涼，不過手心裡卻一直冒著汗，久久都沒有人過來告訴她要怎麼做。又過了好一陣子，才聽見腳步聲，有人來攙扶她，青梅知道身邊這人是姑姑，忙和姑姑說：「姑姑，我有些害怕。」

夏氏聽青梅這樣說，笑道：「傻孩子，妳怕什麼呢？這是在自己家妳還怕呀？」

青梅心裡的害怕來自於她的不安。謝通究竟是個怎樣的人，她也不是很清楚，是姑姑作的媒，她也沒見過幾次面，見母親喜歡就答應下來了。後來修房子時他來送過錢，兩人連話也沒說多少，難道就要這樣將這一生交給那個人嗎？

青梅在夏氏的引領下起身，由於頭上蒙著帕子，她看不清面前的景象，不知怎的，眼前突然閃過阿大的身影，青梅很疑惑，忙掀了頭巾來看，心裡想著要找阿大的身影，卻根本不見他。

夏氏忙替青梅蓋好，輕斥著她。「妳這是做什麼？別自己掀開，一會兒等謝家小子來掀！」

青梅心裡暗想，原來是錯覺……是呀，他怎麼會出現在這裡，指不定此時正在某個地方唾罵自己呢！從新房到正堂本來不遠，可能是因為看不清的關係，這一路走來青梅覺得竟是那麼漫長。

直到有司儀唱禮，在姑姑的指點下，她行了禮。雖然瞧不清楚，不過她明白坐在上方的母親此刻一定是一臉喜氣。是呀，這樣就足夠了。隨著司儀唱和的「禮成」，耳畔傳來刺耳的鞭炮聲，她還隱約聽見夏成的歡笑聲。感覺有人牽引她走向別的地方，青梅閉了眼，心想：只要你是個老實可靠的人，我願意讓你牽一輩子……

回到新房裡坐了床後，青梅覺得身子微微有些顫抖，她想，自己的害怕還沒有消除。頭埋得低低的，直到有人將她頭上蓋著的喜帕揭開，青梅連頭也不敢抬一下。

這裡夏成和青蘭兩個，一個捧盆，一個捧巾，要請兩位新人洗臉洗手。

兩人只象徵性地做了一下，然後青梅摸出兩串錢來賞了他們。

接著是喝合巹酒，兩只酒杯繫了條紅絲線，兩人做了交杯狀，青梅也只象徵性地抿了一小口酒。接下來上了子孫餃、長壽麵。待賞錢都散了後，屋裡人也漸漸出去了。

青梅依舊頭也不敢抬，卻又忍不住暗地裡打量身旁坐著的這個人。她自始至終沒有聽見他說過一句話，餘光瞥去，見他也是一副窘樣，額上已經布滿一層密密的汗珠，紅暈從臉頰一直染到脖子、耳根上。

半天後，才聽謝通說道：「妳請先休息，我出去應酬一番。」

青梅點點頭。

謝通很是侷促不安，忙要起身，又有些心不甘，突然伸手過去，緊緊地攥住青梅的手，卻覺得她渾身都在顫抖，害他越發緊張起來。「妳……別……妳……」半天也不知他要說什麼。

青梅含羞帶怯地道：「你去吧，我又不走。等你回來。」

謝通答應一聲，兩人這才打了個照面，謝通瞧見他新娶的媳婦今天妝扮起來，比往日更好看幾分，不禁越看越喜歡，心裡的緊張也少了些，訕訕地放開青梅的手，便起身去了。

且說白氏帶了明霞一道來赴喜宴，母女倆都穿著簇新的衣裳。

明霞兩眼隨處亂瞧，也不和別人說話。

蔡氏過來和白氏說了兩句，因為客人多，還得招呼別人，又將她給撇下了，白氏倒也不在意。後來夏氏走來，白氏聽說這門親事就是這個姑姑幫忙作媒的，她見過這個姑姑幾面，倒有些印象。

夏氏和白氏笑道：「親家母別客氣，都是一家子，隨意些。」

白氏笑答道：「不拘禮。」兩人相互客套一番，白氏又叫明霞喊姑姑。

明霞雖然不知道這是哪門子的姑姑，但也照做了。

青梅的飯菜還是青竹送進去的，就在新房的小桌將就吃了一點。

青竹和青梅笑說：「大姊，外面人都說這個大姊夫靦覥得很，說話不到三句就臉紅。不過有人說，愛臉紅的人心腸好，看來大姊是撿到寶了。」

青梅道：「都這會子了，妳還拿我取笑呢！」

青竹忙道：「不敢不敢！」

等到青梅再見謝通時，已是夜幕降臨，桌上的大紅喜燭燃得正旺。

謝通在她耳畔說：「能娶到妳是我的榮幸。」

青梅卻促狹地笑說了句。「喂，你弄錯了關係，明明是我娶了你。」

謝通臉一紅，也不分辯。見青梅已經除去了頭上的髮簪，只鬆鬆地綰了個髻，白天所見的妝容也被她清洗乾淨了，依舊是那個素面的女子，穿著桃紅的細棉布長襖，正坐在桌前將那些髮簪首飾等往小木匣裡收拾。

謝通輕輕走到青梅的身後，將青梅圈在懷裡，下巴正好頂著青梅的頭，又嗅到青梅頭髮裡傳來的一陣陣馨香。擁著青梅，謝通心裡滿是喜悅，心想長了十幾年，自己從未像現在這一刻般心滿意足。他滿是柔情，低聲說道：「這些明日再弄吧。」

青梅轉過頭來，謝通捧著青梅的臉，仔細端詳了好一陣子，而後輕輕地在她的臉頰上印下一吻。

青梅覺得臉上發燙得厲害，想要將他推開，但謝通卻將她圈得更緊了……

第四十九章 插手

經由少東出面，替賀家在平昌鎮上尋了三間半的屋子，房主見是少東出面，給了優惠的價錢，於是賀鈞同寡母一併從雙龍鎮那邊搬了過來。

這裡新立門戶，在鎮上住了下來，初來乍到，人生地不熟，來往走動的也只有項家。

賀鈞說項家幫了他們家那麼多忙，因此與母親朴氏商議了，賀鈞打算幫項家幾天忙，正好他們家也要準備種藕、養魚。賀鈞只為還人情，不要工錢，項家倒也樂在其中。

魚塘蓄水還不多，連同自家的幾個人，還請了兩、三人，買了大概有上百斤的帶芽母藕，斜插入土。其實和青竹想的不大一樣，畢竟她也沒有種植這些的經驗，不過是提供點子而已，幸好有村裡懂技術的人指點。這些蓮藕也不是都要種在魚塘裡，不過淺水、泥肥的地方栽種了不到半圈的樣子，一是為了以後挖藕方便，二是為了以後養魚有利於透風透氣。

剩下的藕就種到旁邊一些比較低窪的深水田中，這邊的魚塘還有上方的河塘能夠供水，倒也方便。青竹說單種藕不划算，請教了技術人員後，又讓少東去販了些泥鰍、黃鱔之類的來，放養在裡面。

魚塘裡放養了各式的鰱魚、鯽魚等，還種了些菱角、芡實之類，初步的生態養殖算是漸漸地成形了。

村裡人見項家這麼大的陣勢，便笑道：「你們家是要大幹一場了！這幾畝積水田放了這麼久，被你們家撿了便宜占去，看來還真是有眼光，要變廢為寶了！」

永柱聽了只是淡淡地自嘲道：「我現在是個殘廢，幹不得體力活，種那麼多的地也忙不過來，弄點養殖的話比較省事些。幸好大兒子願意在家幫忙，不然也只有發愁的分兒了。」

前後弄這些也忙碌了許久，青竹說魚塘的那些魚沒有肥料也沒飼料，生長會較緩慢，該去買些鴨子來養。

永柱說：「這個主意不錯，我讓人在魚塘邊搭個草棚，中午的時候我可以過去看守魚塘，也能放鴨，倒是一舉兩得的事。」

白氏見家裡人現在只聽青竹的安排，不免有些鬱悶，但見青竹似乎真有些遠見，家裡忙的這些也剛上道，因此也不便多嘴。只希望這個家不要被青竹敗光，真正能賺到錢才好。

青竹原以為項少東只一心惦念著要做買賣，不願意在家幫忙弄這些，但幾月下來似乎也沒見他有什麼抱怨的地方，整天奔波忙碌似乎還很樂活。一家子齊心協力才好，也才有奔頭。別說少東，就是白顯那個舅舅，這些天也總往項家趕，幫忙跑腿下地的活兒也做，一改往日的紈袴。青竹心想，有個正經事做還真的能改變一個人。

一切都在青竹的預想中慢慢進行著，雖然大小麻煩事不斷，但都還算順利，沒有出什麼大的紕漏。

初夏的午後，天氣有些悶熱。青竹沒有睡意，她坐在以前少南坐過的桌前，桌上的小水杯裡養著兩枝潔白的梔子花，花香四溢，青竹閉上眼深深地吸了一口氣，這花香讓她覺得有些提神。身前放著一張泛黃的紙頁，旁邊是磨好的墨，筆正架在硯臺上。她原本是想給少南寫回信來著，可思量了半天也不知該如何下筆，兀自盯著那梔子花看了一會兒，出了半刻的神。院子裡靜悄悄的一片，白氏和明霞此刻應該在午睡吧？翠枝也在午睡，少東出去忙了，永柱則是在守魚塘。

青竹發了會兒呆後，又將少南擺在架子上的書尋了一本來看，卻是一本詞集，青竹隨手翻了兩頁，一點興趣也沒有。信的內容如何寫，她還是沒有底。

青竹取了紙筆，端好坐姿，握了筆，心中卻一片空白，心想先練練字也好，她的字寫得馬馬虎虎的，只怕少南是要嘲笑的。提了筆，目光掃過旁邊的詞集，一筆一畫慢慢地寫著，卻見原來抄寫的是歐陽修的〈玉樓春〉——

樽前擬把歸期說，欲語春容先慘咽。人生自是有情癡，此恨不關風與月。離歌且莫翻新闋，一曲能教腸寸結。直須看盡洛陽花，始共春風容易別。

抄寫完後，青竹反覆地看了一回，搖搖頭，心想自己再怎麼練也寫不出少南那樣好看的字體來。這是為什麼呢？她還是于秋時，可是從小學開始練起的，後來雖然沒怎麼寫了，但也不至於丟得太多啊！只是她這字和真正的古人一比，再和讀書人一比，便什麼都不是了。

白氏突然一頭走來，見著了眼前的情形，便和青竹說：「信寫好沒有？」

青竹如實回答：「還沒呢。」

白氏道：「正好，我還有一事要囑咐他，妳替我寫上，叫他睡覺別老是貪涼快，要晾肚皮，到時又喊肚子疼。他從小就有這毛病，我說了多少次他也不改。」

青竹聽了差點笑出來，這點小事要她怎麼下筆呢？不過見白氏一臉正經的樣子，只得拚命忍住了，心想當母親的還真是難為。「好，我給他說便是。」

青竹重新取了紙來，蘸了墨便提筆而書。

白氏在跟前看了一會兒就出去了，她不識字，想著青竹正寫信，還是別去打擾的好。

寫一會兒想一會兒，青竹倒極為認真，並且把別晾肚皮的這件瑣事添了進去。等她抬頭休息時，卻見養著的梔子花落了兩片花瓣。青竹拈了一片來，放到鼻端前嗅了嗅，這香氣真是醉人呀！

粗略地看了下她才寫好的信，確定沒什麼紕漏便摺起來。又看了眼放在一旁、墨跡已經乾掉的那張詞，青竹趕著收拾，便連同梔子花瓣一併夾入了詞集裡，又放回了原位。

拿著寫好的信出了房門，白氏剛好餵完雞回來。青竹便說：「信我已經寫好了。」

白氏看了一眼，並沒再讓青竹唸一遍，或許是已經信任她了吧，畢竟已幫著寫了幾回。

「等妳大哥回來，我就讓他送到田家去。」

青竹也無話。

白氏收好信，又喃喃自語道：「說到這田家，家裡那麼富裕有錢，每一季都要去省城販貨來賣，怎麼連這點小錢也瞧得上……」

青竹聽見她的嘀咕，隨口問了一句。「他們說什麼呢？」

白氏看了青竹一眼，原不想和她說的，想了想才道：「不就是打探我們家這攤子的事嗎？魚苗才下塘，藕也才種下去，見我們好不容易做起來了，大概是眼紅了吧，聽妳大哥說，在探問要多少錢轉給他們田家。」

青竹一怔，心想這才起步，怎麼就被人惦記上了？難道是樹大招風的過？可他們家只有投下，還沒收入，怎麼就讓人給盯上了？見白氏有些為難的樣子，青竹心想，是了，他們田家在這一帶權勢不小，家業是數一數二的富裕，可能是不願有別的人家冒頭，搶了他們家的風光吧？不過現在家裡給少南通信，也多虧了田家的這個管道，來往傳信還算方便，要是和他們家鬧僵了，對項家來說是沒好處的。

「大哥怎麼回話的？」

白氏道：「妳大哥聽見這話時也驚了一跳，當下敷衍過去了，這才回家告訴了我，都還沒跟妳大伯說呢，怕他操心。」

青竹道：「只怕是瞞不過他的。」

白氏嘆息道：「可不是。」

青竹道：「大伯娘同大哥說，和田家那邊萬不能鬧翻了臉，不然於我們家是沒什麼好處的。他們眼紅我們事情做大，所以也想從中得到些好處，這種心情我是能體會。先和他們悠著吧，總會有個萬全之策的。」

白氏見青竹一臉沈思的樣子，心想這個小丫頭能有什麼法子呢？這是讓大人都為難的事，她不相信青竹能解決掉。

項家這會兒從前些日子的興頭上，立刻陷入了愁雲慘霧裡。

永柱念叨著。「這該如何是好？該如何是好……」

少東一時也沒個對策，想想田家的勢力，他們家哪敢得罪了？苦想了一陣，只好發狠心說：「我看也沒別的法子了，他們要就拿去吧，再也不兜攬這勞什子了！」

永柱聽了這話，猶如刀割一般。從賣地買地，到現在一切齊備，花了多少的人工成本，好不容易有點眉目了，難道就要這樣放棄？這叫人怎麼甘心呢？他想問問青竹有沒有什麼辦法，畢竟這一切都是在青竹的建議下才弄成的，也有她的一番心意，卻不見青竹在跟前。

白氏在旁邊也跟著一道犯愁。「真不知我們家弄這個礙著他們田家哪點呢？他們家還缺這個錢使不成？聽說那田老爺也是個樂善好施的人，當初左森中了相公，還主動送銀子去呢，沒料到這會兒竟針對起我們家來了。你們有沒想過，現在這份產業，不僅是我們項家的，你舅舅也在裡面投了錢，小叔家也入了一股，到時候可是要分紅的，若給了田家的話，怎麼和這兩家交代？」

這也正是永柱犯愁的地方。

青竹燒好了水，要過來請人去洗澡，卻見這一家子都陷入愁悶中，青竹心裡明白所為何事。

永柱叫住了她。「妳有什麼法子嗎？」

青竹道：「暫時還沒想到，不過我想不能太如了他們田家的意，這真是欺負到頭上來了。」

白氏冷不防地說道：「妳一個小孩子家家的，能有什麼法子？大人都解決不了了！」

青竹沒將白氏的話當回事，永柱卻輕斥她。

「妳別瞎插嘴！青竹年紀雖不大，到底也是有見識的，別不把她當回事。要不是她幫著出主意，只怕賣地的那些錢也早就揮霍光了，哪還談什麼產業？」

白氏便閉了嘴，但不免有些怨氣，心想這是什麼世道呀，如今一個童養媳，都還沒真正成為項家的兒媳婦呢，竟對家裡的事指手畫腳起來了！更可恨的是，一家子竟然沒人站在她這邊！

少東是個明白人，當然知道父親所說的揮霍是指自己，臉上不免有些發燙，不大好意思地垂了頭。

翠枝哄了豆豆睡覺後，此時出來乘涼。因為月分久了，孕肚十分明顯，藏也藏不住，家人都知道她又懷上了。她一手扶著腰肢，在屋簷下站了一會兒，卻見這些人都坐在堂屋裡，不到外面乘涼，一家子如臨大敵的樣子。她知道是為了田家那點事憂心，張嘴便說：「哪有白白送去的道理，怎麼也得談個好價錢。賣了這個，有了閒錢後，去賃兩間鋪子，不拘做個什麼小買賣倒也好啊！」

少東現在哪還有心情做什麼買賣呀？聽見媳婦這樣說，不禁又想這畢竟是青竹想出的點子，老爹前後忙碌了好一陣子，也都是高高興興的，翠枝說起這個來，明顯就是嗆人的，因此斥責道：「妳懂什麼？別胡亂插嘴！」

翠枝撇撇嘴，心想著，再這樣下去，何時才能分家？再過兩年豆豆都大了，肚裡這個也會跑了，還是一大家子擠在一處，讓她處處看人眼色嗎？想到這裡，她就百般的彆扭不悅。

白氏心想，翠枝這是來添堵的，不免冷言冷語地說：「妳安心養胎就好，操這份閒心做什麼？還由不得妳來操心這些事。」

翠枝被堵得無話可說，也不乘涼了，氣呼呼地便回房去睡了。

少東也不理會她，這個媳婦自從有了身孕後，脾氣就變得有些古怪，實在伺候不了她。

青竹心想，翠枝這時候來添什麼亂呀？又見天色有些晚了，便說道：「我看不如這樣吧，大哥明日去將田老爺請來家裡坐坐，好吃好喝地招待他一頓，再交談一下，看有沒有可以退讓的地方？想來他們田家也是要面子的人，應該不好把事情做得太絕了，也不可能不給人活路，或許還真有辦法解決。」

眾人都望了青竹一眼。

永柱沈吟片刻後道：「這話在理，我看可行。大家都散了吧。少東要是抽不出身，我上門請去。」

少東道：「爹還是守魚塘吧，我去請便好。」

永柱心想也好，便對白氏說：「酒菜之類的妳去置辦。」

白氏見事已至此，也只好這樣，便滿口答應下來。「成呀，就算是他們幫我們家來回捎信的一個謝禮吧！」

這一晚，總算安定下來，各幹各的去了。

青竹沖了涼後，回屋準備睡覺。關於明天的事她已經想到了一定的對策，到時候就看那田老爺如何說了，果真是無恥、不要臉的話，那麼她也不用顧忌什麼。

第五十章　中間人

到了第二日，白氏和明霞上街買酒菜去。青竹看家，餵了雞、餵了兔子，屋裡屋外地忙碌一番，又從菜地裡摘了一大把的四季豆、幾條苦瓜。

豆豆正在棗樹下追著一隻菜粉蝶，大黃狗悠閒地躺在樹下，時不時地搖一下尾巴。

豆豆撲了一會兒便熱得滿臉的汗，拉了拉青竹，聲音稚嫩地央道：「二嬸，幫我捉。」

青竹此刻哪裡有工夫，遂笑著哄她說：「這會兒我不得空，等空了再給妳捉好不好？」

豆豆只好眼睜睜地看著那小蝴蝶飛走了，目光很是不捨。

青竹這裡趕著將菜簡單地處理出來後，白氏和明霞母女便回來了。

白氏將一攤子的東西放在灶上的案板上，又嚷著說：「這鬼天氣可真熱！他們還沒來嗎？」

「是呀，也不知來不來，可能還要過會兒吧。」

白氏聽了也不忙著處理這些東西，而是跑到裡屋去歇息了。

見到明霞回來，豆豆立刻跑去纏她了，明霞倒也喜歡和她玩。

豆豆和明霞坐在門檻上玩，突然聽見爹爹的聲音傳來，便立即起身，口中喊著「爹爹」，就要去迎接。豆豆跌跌撞撞地跑到院門外一看，果見是爹爹回來了，只是後面還跟著別人。豆豆有些膽怯，不敢上前去。

明霞跟了出來，拉著她說：「我們進屋去吧，這外面多熱呀！」

少東終於將田老爺給請來了。

田老爺原本是不想來的，推說天氣熱，但抵不住少東一陣好說歹說，終於願意過來一趟。田老爺從沒將項家放在眼裡，他也清楚請他來是為了魚塘的事，不過他已做好了準備。

白氏讓明霞去將永柱叫回來，這裡和青竹兩人在廚下忙碌著，少東陪在田老爺跟前說話，又請他吃桃。

田老爺連忙擺手說：「不吃了，上了年紀，脾胃虛弱。前兩天見孫子吃這個，一時嘴饞，也嚐了大半個，結果夜裡竟然起了四、五次。」

少東陪笑道：「有些年紀的人大都這樣，我爹也漸漸不行了，以前的胃口可好了，現在每頓也就只吃兩碗左右。」

正說著，永柱一瘸一拐地回來了，田老爺連忙起身，永柱極為謙讓了一番。

青竹和白氏忙活了半晌，汗水將衣服給打濕了，好不容易做出幾道像樣的菜──苦瓜釀肉糜、乾煸四季豆、豇豆乾蒸扣肉、兩道現成的熟食、火腿冬瓜湯、素炒黃豆芽。這裡酒菜齊備，便讓擺了桌，請田老爺上座。

青竹趁著擺菜的工夫，暗暗打量這位財主家的老爺，年紀和永柱相差不多，一身淺絳紗袍，頭上戴著網巾，左手的食指上戴著枚金燦燦的、鑲著綠寶石的戒指，那綠寶石足有蓮米大小。還真是渾身散發出一股暴發戶、鄉下土財主的氣息。

永柱親自給田老爺倒滿酒，陪笑道：「小兒在外面讀書，隔得遠，每次都煩勞田老爺家幫忙捎信，還真是過意不去。」

田老爺倒不在意。「這點小事不值什麼，說來都是同村人，幫一下忙也應當。」

少東聽著這話，心想著，一副大方的樣子，為何連自家那點小產業也要惦記上呢？心裡不免有些憤懣。

青竹備了些飯菜送到翠枝屋裡，和她一道吃，並不去前面的大桌上，順便也聽聽他們談論的內容。

這裡永柱和少東輪番攻擊下，給田老爺斟了好幾次酒，但田老爺酒量本來就不錯，腦袋依舊清醒。

「項家老大，那日我和你說的事，考慮得怎樣呢？」

少東面有難色，吞吞吐吐地道：「田老爺這不是讓人犯難嗎？」

田老爺大聲笑道：「這有什麼難？一句話的事罷了！我是個爽快人，你們要是交給我們田家的話，盡可以放心，一定會照顧得極好的。」

青竹聽到這裡就有些聽不下去了。天底下哪那麼多的便宜事？憑什麼好處都讓你姓田的占了，別人就沒活路？

翠枝吃著飯，見青竹面有怒意，便笑道：「妹妹這是何故？」

青竹也不吃飯了，只站在簾內聽外面的談話。

永柱道：「現在我成了個殘廢，重體力活也幹不了，好不容易找到這麼條路子，為了養家餬口也實在不易，還請田老爺體恤。」

田老爺卻說：「你們家這個攤子撐不起來的，既沒人力又沒銷路，白白糟蹋了東西。還是讓給我吧，保管能打點好！」

青竹聽了這話，早已按捺不住，不禁揭起竹簾，一腳走了出去。見那田老爺幾杯酒下肚，滿臉通紅，一心惦記的還是項家魚塘，這讓青竹很不爽。

她走上前去，不卑不亢地說：「田老爺，小女子這裡有幾句話，不知您要不要聽？」

田老爺回頭看了眼這毛丫頭，失笑道：「喲，項家還真是出人才啊，連個毛丫頭也出來說話了！」

白氏忙給青竹使眼色，讓她別瞎摻和。

青竹可不管這些，臉上雖然帶著幾分笑意，說起話來卻擲地有聲。「俗話說背靠大樹好乘涼，如今榔頭村放眼望去，除卻南口的那兩家不算，自然是田老爺家排第一。您老在這邊長了這些年，什麼事沒見過，家裡自然也不缺這點錢花的。如今我們項家好不容易弄了點魚塘，沒想到田老爺竟然如此感興趣，實在是讓人有些受寵若驚呢！」

永柱和少東聽見青竹這樣說，都有些納悶，不知她要做什麼。想要阻攔，又不好開口，且看田老爺如何對答。

田老爺斜睨了青竹一眼，壓根兒沒有將她放在眼裡，不過聽了青竹前面的那番話，突然覺得這個小丫頭說起話來倒是有一套，有理有據的。他雖然喝了酒，但頭腦還算清醒，便笑道：「呀，沒料到這麼個小丫頭倒伶牙俐齒的。聽妳這話是願意轉讓了？只怕妳是作不了這個主的。不過妳有什麼見識，且說來聽聽吧。」

青竹正色道：「這個魚塘如今不是我們一家說了算，還有兩家參了股，要說轉讓只怕是不能的，這一點得明明白白地告訴田老爺。」

田老爺這可有些不樂意了，他看中的東西還沒有得不到的！

「我就說妳一個小丫頭作不了主嘛！」田老爺撇下青竹，又看向永柱父子。

永柱看了眼青竹，他倒能體會青竹的心情，畢竟是一家子齊心協力出來的結果，哪能就這麼轉給別人的？只是田家又得罪不起，實在是左右犯難。

青竹神色稍霽，也顯得謙卑了幾分。「田老爺，或許您認為這只不過是個小姑娘的見識，算不得什麼，不過我倒是有個主意能讓田老爺從中獲利，還不用出多大的力氣。」

田老爺心想，還有這等好事？忙問：「什麼主意？」

青竹不緩不急地說：「我們家養殖這些，一直愁銷路怎麼打通，畢竟在這圈子裡沒混過，也沒認得多少人，大哥來往跑了好幾次也總沒摸透。田老爺家是做買賣的，還到省城去販貨物，聽說縣裡也有您老的幾家門面，當真是不得了。田老爺見多識廣，想來路子也寬，前面我不也說了嗎？大樹底下好乘涼，不如我們將中間商這一塊讓給田老爺吧，我們只負責養殖，田老爺幫我們聯絡買家，然後田老爺再從中抽成，您意下如何？」

青竹洋洋灑灑的一番話，倒讓座上的人醍醐灌頂。

少東拍拍腦門，心中有些悔恨，他怎麼就沒想到這一點呢？如此的話他也省事不少，田家也得了利，就不會太逼迫人了，實在是個好主意呀！

田老爺捻鬚笑道：「讓我做個掮客？倒有些意思啊……二位是怎麼想的？」

永柱忙道：「我十分贊成，只要田老爺點頭。」

少東也說：「倒是個可行的法子。」

田老爺好生思量了一番，又打量了下青竹，心想她年紀不大，沒想到竟深諳這一套，很讓人有些意外，遂含笑著說：「有些意思，那麼也可以再商量。」

屋裡的人都鬆了口氣。

酒飯過後，三人還在為如何抽成的事爭論不休，青竹已經不管這些了。她看不慣田老爺這張老臉，但項家要想在榔頭村徹底翻身的話，只有等少南高中，以後混個一官半職，朝廷裡有人說話撐腰，這些土豪們才會忌憚的。目前只好一步步來，丟點甜頭給田家嘗，也算是保護自家產業了。

等送走田老爺後，項家人全大大地鬆了口氣，總算請走了一尊菩薩，今後的日子只好大家多多關照吧。

回頭少東和青竹說：「弟妹那番話說得真漂亮！」

青竹卻謙虛道：「大哥只是陷入轉讓與不讓的圈子裡出不來，一時沒想到罷了。」

少東嘆了一聲。「只是不甘心，就這麼眼睜睜地看著他拿走一塊，這一年下來得損失多少？他倒好，不擔任何風險。」

青竹笑說：「這條路我們都不熟，有個引路人也好。要想翻身還得看大哥呀，交情廣了，結識點靠得住的大人物後，也就離了這姓田的了。」

少東笑道：「只怕難呀，不過一步步慢慢來吧！」

白氏對青竹有些改觀了，只是想不明白，一個寡婦帶大的女兒，又從來沒出過遠門，家裡一窮二白的，是哪裡長的這些見識？

午後，賀鈞來了，說是他母親做了點香糕要帶給大家嚐嚐。

見少東在家，不免和他交談了一陣。「項大哥，我在鎮上找到一件活兒，可以自己掙兩個錢供養母親，也能抽空讀書。」

少東忙道：「是件好事呀！其實我本來打算讓你去我以前待的那家雜貨鋪幫忙的，裡面的掌櫃對我極好，只是你從未開過這個口，我也不好貿然說起，如今這樣我也放心了。不知你找的什麼活兒？」

賀鈞笑道：「在醫館裡幫忙打雜，順便也學點醫理，說不定以後能用得上。」

青竹走來，聽見了這番話，讚揚道：「確實是一舉多得的好事呢！」

賀鈞見青竹來了，不敢正臉看她，心怦怦亂跳著，一面和少東說：「不過只要項大哥一聲吩咐，有什麼要幫忙的，我立刻就來。」

少東笑道：「既然你開了這個口，那我以後可就不客氣了！等到秋天挖藕、年下打魚，只怕都還得煩勞你呢！」

「這個好說。」

這時翠枝在屋裡喚青竹，青竹不知何故，連忙進去了。

「大嫂有什麼要吩咐的？」

翠枝面有愧色，含笑道：「剛剛沒吃多少東西，現在又覺得餓了，偏偏想吃那酸酸涼涼的東西，不知妹妹可不可以幫我做一碗？」

青竹心想，什麼東西是酸酸涼涼的呢？想了一下忙笑道：「正好有豌豆粉，我給大嫂做涼粉吃吧，多擱點醋好不好？」

翠枝笑說：「妳這麼一說我倒很想吃呢！」

明霞聽說要做涼粉，她也饞嘴，忙說要幫忙燒火，青竹樂見其成。

姑嫂倆在廚下忙碌了好一陣子，終於攪出半透明的涼粉來。為了使它涼得快，青竹將攪好的涼粉放進大瓦缽裡，鎮到冰涼的井水中，這裡又開始準備各式的調料。

明霞吞著口水說：「我能吃下兩碗！」

青竹心想，她還真的能吃，眼見如今都比自己還高了！唉，莫非自己就是這樣的身板，再也不發育了嗎？

這裡調好了調料，待涼得差不多時，趕緊切了一碗，讓明霞給翠枝先送去；明霞自個兒要吃的，青竹讓她自己弄；這裡又趕緊調好兩碗，準備給在堂屋裡說話的兩人端去；剩下的一些是打算留給永柱和白氏的。

少東見是涼粉，忙道：「中午酒喝得不少，菜也吃得不少。這會兒沒餓，妹妹吃吧！」

賀鈞倒是大大方方地雙手接過碗，道了謝。晶瑩的涼粉上澆了香油、醋、醬油，撒了花生碎、青蔥、蒜末和豆豉醬，他連忙拌勻了，嚐了嚐，的確是爽口。吃這個一點也不熱，他一口氣就吃了不少。
青竹在一旁見他這樣饞嘴的樣子，心想和明霞真沒什麼兩樣。
賀鈞很快地吃完了一碗，有些不大好意思再要了。
青竹見他碗底沒有了，便笑道：「要不我再給賀哥添一碗吧？」
賀鈞連忙推辭。「不，已經足夠了。」主動收拾碗筷，拿到廚下要自個兒洗。
青竹趕緊說道：「你是客人，這些活兒就不勞你做了，給我吧，我一會兒洗。」
賀鈞滿臉通紅，赧笑道：「那真是煩勞妹妹了。」便將碗遞給了她。
「不煩勞。」青竹立刻接了過去。
賀鈞頓時覺得有些侷促不安，連忙走出灶房。
少東已經到翠枝屋裡說話去了。
賀鈞在屋簷下站了一會兒，覺得這天氣實在有些熱。
青竹收拾好碗筷後，卻見賀鈞並沒進屋，這屋子有些西曬，他難道不怕曬嗎？還真是個傻子啊！
賀鈞見了青竹後，心中的那份躁動不安更加擴大了幾分，只好匆匆和青竹告辭。
青竹也不多留他。「好呀，你慢走，得空了再來家裡玩。」
「會的，妹妹多保重。」賀鈞儘量和青竹保持距離，突然覺得有些好笑，他讀了那麼多書，也去過好些地方，如今在小姑娘面前怎變得手足無措了呢？真真是好笑啊……

第五十一章 犬傷

七月裡，翠枝產下一個女嬰，重八斤三兩，白白胖胖的十分可愛。不過這是翠枝的第二個女兒，滿心希望生個兒子的願望又落空了，白氏更沒什麼好臉色。

少南不在家，翠枝便讓青竹幫忙取個名字，青竹想了兩天，才和翠枝說：「豆豆叫靜姝，不如依著她姊姊的名字，叫靜婷，如何？」

翠枝想也不想便答道：「倒還行。」

青竹笑說：「我不懂什麼典故，不過是覺得叫著順口。」

翠枝看著襁褓裡嗷嗷待哺的女兒，滿是心酸。她以為這次能得老天爺眷顧，給她一個兒子，哪知生的還是女兒，白氏那裡她交不了差，還得繼續抬不起頭。

當初生豆豆的時候白氏就是一臉的冷漠，如今見又是個女兒，更是不聞不問，從不幫著抱一下小孩，更不會幫著做點針線。

對翠枝的遭遇，在某種程度上，青竹是很同情她的。畢竟作為長房，生不出兒子，無法承宗祧，這可是天大的事。

少東整日忙東忙西的，也無法去顧及翠枝和新添的次女。對於子嗣的事，他表現得很平常，一連帶了兩個女兒，彷彿覺得也不是什麼無法承受的事。

翠枝捱過月子，依舊落下一身的產褥瘡，身上的氣味也有些難聞。白氏的冷漠雖然在翠枝的意料之中，但心裡始終無法釋懷，好在月子裡青竹經常做些湯羹與她。

出了月子後，翠枝變得不大愛說話了，有時候甚至連女兒也不大理會，任由她哭，心裡只惦念著能不能找人打聽一下，看如何才能生下兒子來？

「這事大嫂還是看開些好，其實依我看來，這根本不關大嫂什麼事。都說種瓜得瓜，種豆得豆，當初種下的是顆西瓜，難道硬要它長成南瓜不成？」

翠枝的臉色有些蒼白，目光無神。「當初妳也說過這樣的話，我知道妳是安慰我，可是畢竟是從我肚子裡出去的，他們並不這樣想，我也不願別人把我看扁了。等天氣涼快些，我去打聽一下哪座廟庵裡的送子觀音靈驗，必定要去拜一拜。」

青竹想，她出去走走也好，總好過整日在家陰鬱著。

青竹出了翠枝的房間，走到外面，見白氏正在打整菜園子，明霞帶著豆豆坐在南面的屋簷下和她玩。

青竹回了自己的屋子，也不做什麼，就坐在桌前，手托著腮幫子發了一會兒的呆。此時白氏走進來，青竹抬頭看了她一眼，想問什麼事，卻見白氏自己找了凳子坐下來了，看樣子是要和自己長談嗎？青竹覺得自己應付不過來跟前這女人。

白氏自顧自地坐在門口的地方，和青竹隔得不遠。那爺兒倆白天都不怎麼在家，自從明春出嫁後，白氏覺得家裡彷彿少了個說話的人，明霞這個女兒一來年紀小，二來性格又大剌剌的，像個男孩，而翠枝和白氏本來就有隔閡，再加上接連生了兩個女兒，白氏自然不喜。

青竹見白氏坐好了，便扭頭問道：「大伯娘有什麼要吩咐的？」

「沒什麼，不過是想找妳說說話。」

青竹微微一怔，心想她們之間能有什麼好說的？她們是互相看不順眼的類型，這不是添堵嗎？不過看這架勢，想要趕人是不大可能了。

白氏倒是一臉恬靜，慢吞吞地說道：「想讓妳幫著算一筆帳。」

青竹聽了忙問：「什麼帳？」

「今年兩季蠶桑，一季藕，還有泥鰍、黃鱔，總共下來能得多少銀子？」

青竹犯難道：「除了蠶繭已經賣了錢，是現成的帳，藕塘裡的這些都還沒出來，只怕算不了。而且還有幾處費用呢，到時候要支出了才知道。大伯娘也太心急了些吧？」

「算了，我不過白問一句，這些帳還是到年底再說吧。昨兒妳大伯撈回來的那條魚妳也看見了，連四指寬都不到，年底看來是無法捕撈了。也不知要長幾年，這樣可耗不起。」

青竹心想，沒有飼料也沒有肥料，就這樣自然地飼養，看來長得是太慢了些，得想想有沒有可行的法子，不然這樣耗費的成本也實在大了些。

「聽說妳家大姊也有身子了，還真快。」

白氏突然和青竹提起夏家的事，讓青竹一愣，明顯有些沒反應過來，這才答道：「也不算快吧，正月裡成的親，現在才懷上。」

「是呀，再生一個兒子出來，妳娘眼見著也輕鬆了。昨兒妳姊夫來，妳讓他到地裡刨了些黃鱔走，是不？」

青竹心想，終究是瞞不過的，她只是沒和白氏說而已，見問了也只好說：「大姊有了身孕，總得補一補，別的東西我也拿不出來。再說姊夫還幫了我們家一些忙，也沒要工錢，這點東西不算什麼吧？」

「得了，我不過問了一句，妳倒有十句話在等著我，別說得我那麼小氣，一定要和妳計較什麼似的。妳來這個家也三年了，如今比我管的事還多，偏偏那爺兒倆還都聽妳的。我也不是那起刻薄的人，這個人情我還做得起。」白氏言語冷冰冰的，不過她並沒有要責怪青竹的意思，畢竟家裡現在經營的這些可都是青竹的主意。

青竹知道白氏不喜她，她也刻意地與白氏保持距離，這些年間雖發生了幾件讓她委屈的事，不過那都過去了，至少在表面上，她現在也能夠勉強應付這一家人。

白氏見青竹雙眉低垂，一副摸不透的樣子，無論怎麼看，白氏都無法喜歡這個媳婦。她緩緩地說道：「核桃要熟了吧？明天妳帶了明霞，一道去將地裡的核桃收回來吧。」

「喔，好。」青竹點頭答應了。

核桃樹是在以前栽桑樹的地裡種的，有三、四棵的樣子。青翠的樹葉密密麻麻，掛了好些青色的果子，果殼裡包裹的就是核桃。

豆豆跌跌撞撞地跑來跑去，似乎玩得很開心。

明霞身手敏捷地爬上樹，青竹在下面張羅好兩個背簍。

明霞上樹以後，見滿樹的果子，用手摘是摘不完了，便又拿了根竹竿一陣亂敲，那些果子紛紛從樹上落下來，有幾個還砸中了青竹的頭。

「喂，妳別添亂行不行？打中了豆豆怎麼辦？」青竹趕緊將豆豆護在懷裡。

那明霞只顧玩得開心，坐在枝椏上一陣亂打，不光是果子，連同樹葉也紛紛落下。

明霞瘋鬧一陣後，又將自己倒吊在樹上，腦袋垂了下來，長髮也跟著垂下來。

豆豆見了，就要上前和她玩。

青竹心想，帶了這兩人來幹活，只有添亂的分兒，於是她自個兒彎腰將地上滾落的那些果子一一地往背簍裡撿。

豆豆也要撿。

青竹笑著誇獎她。「豆豆真乖！」

可下一秒，卻見豆豆將那些果子直接往嘴裡塞！青竹趕緊阻止了。「這樣不能吃。」

明霞身手俐落地從樹上下來，也幫忙撿核桃。

青色外殼上的汁液染黑了豆豆的衣服和臉，青竹對明霞說：「妳趕緊找塊手帕把她的臉擦擦吧，回去大嫂見了可要不高興的。」

明霞忙解了手帕，叫豆豆過去，使勁地在豆豆臉上蹭了兩下，豆豆嚷著疼，可是蹭了半天也沒蹭乾淨，明霞見豆豆一臉髒兮兮的樣子，不免覺得好笑。

青竹由著這姑姪兩個胡鬧，自個兒撿拾完地上的果子。還有其他樹沒有摘，偏她又不會爬樹，便讓明霞去弄。回頭見豆豆那張粉臉此刻跟隻貓沒什麼區別，嘴巴周圍還有一圈黑黑的痕跡，也忍俊不禁，笑道：「明霞胡來，一會兒大嫂問起來，我看妳怎麼應付！」

明霞才不怕呢，豆豆又最親近她這個小姑，玩得十分開心。

忙活了大半天，兩個背簍裡都堆滿了果子，青竹便讓明霞揹上一個，帶著豆豆先走。

青竹收拾了一下後，正準備回去時，突然不知從哪裡竄出一條野狗來，但見那野狗一身黑白花紋，若是站立起身，應該和青竹差不多高，正虎視眈眈地看著她們。

明霞瞅著有些不妙，喊了一聲。「快走，只怕遇上瘋狗了！」

「什麼?!」青竹回頭看了眼明霞，見她拉著豆豆，已經走出一段路了。青竹手裡沒什麼工具驅趕牠，和那條野狗對視了一陣子，覺得心臟都快要跳出來了。她一直告訴自己要冷靜下來，於是慢慢地蹲下身子，打算揹上背簍，試著不去惹怒牠，慢慢地離開這裡，此時想要拔腿就跑看來是沒什麼希望了。

哪知那條野狗或許是摸清了青竹的性子，身子一躍，竟就向青竹撲了來！

青竹大叫一聲，又對明霞大喊道：「妳們快跑！」

野狗拖住了青竹的褲腿，青竹的雙手在身後的地上胡亂摸一陣，希望能找到什麼東西將牠打跑，嘴裡大叫道：「滾！快滾呀！」青竹摸到地上有一塊石塊，忙向那野狗扔去，偏偏打空了！她感覺到野狗不僅是扯著她的褲腿，牙齒已經咬進了皮膚裡，有股切齒的疼痛。青竹悲哀地想著，難道今天她還要被一條野狗給吃了不成？想跑卻跑不了，四周又沒人，她不知自己還能和牠對峙多久，畢竟她力氣有限，於是放開嗓子大聲呼救。「來人呀！救命呀——」

那條凶惡的野狗正死死地咬住青竹的腿不放，殷紅的鮮血滲了出來，青竹試著想要起身，擺脫野狗的利齒，這時，突然聽見背後有人來了，她忙回頭一看，就見明霞叫了幾個粗壯的村民來，有的拿著鋤頭，有的拿著扁擔。

那條野狗見狀不妙，只好放開青竹，嗖的一聲往別處竄了。

青竹頓時覺得身上虛軟無力，腿肚子發著抖，又疼。她一臉的汗，驚魂未定地想要起來。

明霞連忙上前，將青竹的褲腿一撩，觸目驚心的，只見流了好些血！

村民們上來看了一回，有人建議找些什麼草藥，用些什麼土方子，青竹的腦中此刻是一片空白，竟一句也記不住。她會不會得狂犬病？這裡沒有疫苗注射，會是怎樣的後果？

明霞幫忙叫了人還趕了回來，這對青竹來說有些意外，她試著慢慢地站起來，好在傷口不是很深，勉強還能走路。青竹問明霞：「豆豆呢？」

明霞道：「我讓趙大嬸幫忙看著呢。」

青竹對前來驅狗的人致謝，又要去揹背簍。

明霞見狀呆愣了一下，阻止青竹，說：「我來揹吧！」青竹或許是為了拖住野狗，讓她帶著豆豆跑，才會被咬傷的，若不是為了顧及她們，青竹自己應該是能跑掉的……青竹的舉動讓明霞湧出一股負疚之情。

待三人回到家裡時，白氏嚇了一跳，幸好沒有釀成大禍，又見明霞好端端的，這才放下心來。

青竹諸事不管，回到房裡先是將沾了血跡、被撕爛的褲子換了，再將被咬傷的地方裸露出來。幸而沒有傷到筋骨，只是有一圈深深的牙印，血就從印跡裡滲出來，極為刺痛。

青竹想著，書上有沒有記載該如何治療被狗咬傷的方子呢？正要去翻書時，白氏卻進來了。

白氏手中端著一只粗陶碗，見青竹下了地，正忙著找東西，不禁皺眉道：「妳坐著別動。」將粗陶碗和一條乾淨的布條遞給青竹，讓她自個兒擦洗一下傷口，親眼看見了傷口，又皺眉念叨著。「真是作孽……」

青竹沾濕了布條往傷口上擦去，卻突然傳來一股更加刺骨的疼痛，忍不住呻吟了兩聲，忙問：「這是什麼水？」

白氏道：「是鹽水。」見青竹遲疑不決的樣子，有些看不下去了，忙替她擦洗著。

青竹心想，這就叫在傷口上撒鹽啊！她咬緊了牙關，不再叫出聲。

「以前有人被狗咬過，沒幾天就死了，這是件天大的事，耽誤不得。妳認得那是哪家的狗嗎？」

青竹搖頭道：「不認得。」

「那麼就更難辦了，聽人說，要將咬人的那條狗給打死，取出牠的腦花來敷在傷口上才能好。幸好妳的傷口不是很深，不過也大意不得，一會兒去醫館看看，讓他們給妳敷點藥，開點湯藥。」

敷狗腦花?!青竹聽也沒聽過，心中大駭。繼而心想，真的會死人嗎？為何這樣不濟的事偏偏讓她給遇見了？她不禁在心裡默唸佛號，祈求菩薩保佑，千萬不要感染才好，她貪生怕死，害怕一命嗚呼。明明日子才有些好轉，她還什麼都沒實現呢！

白氏給了青竹一串錢，卻沒陪她去醫館，青竹只得自己忍著疼痛，獨自一人慢慢地向鎮上的醫館而去。

到醫館時已是夕陽西垂了，醫館裡還有幾位病人，青竹便坐在門口的凳子上，心想此時只能依靠眼前的大夫了，但願能夠治好。坐了一會兒，突然有人叫她。

「項姑娘怎麼在這裡？哪裡不舒服嗎？」

青竹抬頭一看，見是賀鈞，想到他之前說過在醫館打雜，原來就在這一家。「被狗給咬了，來找大夫給開點藥。」

賀鈞聽說，急切地問道：「咬到哪裡呢？」

青竹便將褲腿捲起，給賀鈞看。

賀鈞有些不大好意思，只匆匆地瞥了一眼，見傷勢還算樂觀，便紅著臉說：「姑娘先坐一會兒，我去叫郝大夫過來幫妳診治。」

過了一會兒，郝大夫才過來給青竹檢查傷勢，他皺著眉瞧了瞧，又問青竹在之前做過什麼處理。

青竹答道：「用鹽水洗過。」

「那就好。幸而不是太嚴重，我給妳開個追風如聖散先敷上。」郝大夫先給青竹把了脈，又細細地診斷過一回，這才寫了藥方，接著將方子交給賀鈞，讓他幫忙拿藥。他來這裡將近兩月了，好些活兒已經上手，加上人聰慧，郝大夫對這個幫工算是挺滿意的。

賀鈞見那藥方上寫著「細辛、防風、川烏、草烏」等幾味藥，便一手拿著小秤，翻著藥櫃找藥。

好不容易配好了一方，接著搗好了，郝大夫調散開，先幫青竹敷上藥，又叫來賀鈞，讓他幫著纏紗布。他還得去配藥方，讓青竹帶回去外敷內服。

賀鈞蹲下身來，顫抖著散開布帶，哆哆嗦嗦地替青竹纏著，又害怕自己太用力，弄疼了她，急得滿頭的汗，纏了兩圈卻鬆鬆垮垮的。

青竹想，照他這樣纏下去，不知纏到什麼時候才會好，便說：「我自己來吧。」

賀鈞尷尬地笑道：「妹妹好好坐著吧，我會。」目光只落在傷口的部位，不敢抬頭去看青竹的臉。擺弄了好一陣子，總算是纏緊了。

青竹鬆了一口氣，心想包紮傷口不過是最簡單的事，賀鈞做來為何這麼難呢？還真是難為他了。

郝大夫給青竹開好了藥，又交代她怎麼敷、怎麼服，青竹一一記下了，到了付錢時才發現還欠著數。

賀鈞知道了，連忙上前道：「郝大夫，這個妹妹是我恩人家的妹妹，這錢我先墊上吧。」

郝大夫點點頭。

青竹道了謝。「我明日來還上。」

郝大夫交代青竹。「藥用完了，如果有惡化的跡象，一定要再來看看。」

「一定會的。」青竹想，這傷還真是折騰人，便告辭了。

賀鈞見天色有些晚了，青竹又是一人，身上還有傷，不如去送送她吧，猶豫了一下便對郝大夫道：「大夫，我今天能不能先回去？」

郝大夫見醫館裡已經沒什麼人了，便答應道：「我知道你是擔心家裡的母親，去吧，明日早點來。」

「欸，好的！」賀鈞匆匆地拿上自己的衣服，飛奔了出去。「項姑娘！」賀鈞大叫道。

青竹邊走邊想，這是叫誰呢？聲音很熟悉，回頭一瞧，卻見賀鈞趕上來。

「姑娘一人出來的嗎？」

「是呀，他們都不得空。」

「不如我送姑娘回去吧？」賀鈞看看西邊的雲彩，太陽已經落山了，只留下一團晚霞。

「不用麻煩了，我又不是不認得路。再說你來回地走，只怕天都黑了。」

「我沒關係的，一個大男人難道還怕天黑不成？」

青竹輕笑道：「倒不是天黑的關係，倘若路上再遇見什麼瘋狗可如何是好？」

賀鈞蹙眉正色道：「這樣更得送姑娘到家了。」

青竹見他一臉堅持的樣子，也不好再拒絕，心想他要送就讓他送一段路吧，畢竟是一片好心。

青竹在前面慢慢地走著，賀鈞小心翼翼地跟在後面，到了雇車的地方，卻見已經關門了。賀鈞本想替青竹雇輛車子的，畢竟傷口還未痊癒，只是希望落空了，只好一步步地往項家趕。

青竹本來想告訴賀鈞她不姓項，姓夏來著，可轉念一想，那麼賀鈞勢必會問她和項家是什麼關係？要是賀鈞知道她是項家的童養媳，又會怎麼看待她呢？青竹想想就覺得尷尬。賀鈞是將她當成項家的女兒了，自己如果解釋的話，彷彿會帶出更多的事，再說也不是幾句話就能說得清的。唉，什麼時候才能擺脫這童養媳的身分呢？

走了好長的一段路，兩人皆無話。

賀鈞跟在後面，目光落在青竹的背影上，心想，還真是單薄的身子。為何她出來看病，家裡竟然沒人陪她？

青竹終於打破了這寂靜，回頭問賀鈞。「賀哥打算什麼時候下場考院試呢？」

賀鈞道：「應該是明年吧。」

「也是春天嗎？」

「是呀！」

「賀哥天資好，一定能中的。」

賀鈞紅著臉，謙虛道：「倒不敢保證。不過若是一次不中的話，還會接著考。」

「你們讀書人也就剩下這條路了。你有沒有想過，要是沒有考中的話，預備怎樣呢？」

換作以前，若是誰和賀鈞說這話，他定會不高興，可這話是從青竹嘴裡出來的，他知道青竹絕對沒有看不起他、嘲笑他的意思，因此也沒有惱意，想了想才說：「若是沒那個命，我想或許就跟著郝大夫多學幾年，等到以後自己也開家醫館得了，總不至於餓死。」

青竹想，這倒是條路子。

走了一陣子，夜幕快要降臨了，突然瞥見田埂上有兩條狗站在那裡，青竹才被狗咬過，難免有些害怕，因此住了腳，不敢上前。

賀鈞見狀，忙護在青竹身前，安慰著她。「姑娘別怕，有我，妳只要跟著我就行。」又彎腰拾了些土塊、石塊握在手裡，準備那兩條狗撲上來的話好防範。

青竹心裡平定了下來，心想此時只好信任他，依靠他了。

第五十二章 收成

按照醫館裡郝大夫的吩咐，青竹一直自己換藥、熬藥，過了三、四天，傷口已經結痂，漸漸地也不疼了，似乎沒有落下什麼病根和後遺症，青竹忐忑不安的心才漸漸平定下來，好在沒什麼事。

過了一日，她就將賀鈞幫忙先給的錢還上了，沒想到那賀鈞竟然還和她客氣，不肯收，青竹理直氣壯地說「你就收著吧，何必打腫臉充胖子？又不是有錢人家的少爺」，說得賀鈞面紅耳赤，只得收了。

轉眼便到秋收時節，忙完了地裡的活兒，藕塘裡的活兒也跟著出來了，荷葉漸漸地枯敗，泥裡面的藕也大都成熟了。

挖藕可是件苦差事，要下到泥潭裡去，一身的污泥不說，再說天氣也漸漸冷了。不過這些活是輪不到青竹來做，自家一些親戚朋友也有五、六人左右，過來幫忙挖了三、四天。又捉了些黃鱔出來，大些的能到半斤以上，小的就二、三兩，再小些的，沒敢再捉了。

田家出面，幫項家找了縣城裡收購這些的買家來。洗得白白淨淨的大鮮嫩藕，買家給每斤八文，白氏和青竹倆纏著那買家好說歹說了好一通，才又給添了一文。頭一年種藕，也沒多少經驗，好在有人指點，種了三畝多點的深水田，魚塘裡還有半畝左右，總共也就四畝不到，共收了五千斤藕，也就賣了四十五兩銀子。

青竹對這個價格不大滿意，因為在這之前，田老爺已發過話，他願意當中間人，給的要求是每斤要抽兩文錢。

除卻藕這大樁買賣，地裡還有黃鱔、泥鰍百來斤，買家給到了三分的價。早些已經收了的蓮米、菱角總共也有三十多斤，幾樣加起來也賣了大概有三十四兩。

那五千斤藕，買家前後叫人來拉，共拉了三天才拉完，永柱也在地裡日夜守了三天。魚塘裡的魚今年是打不了了，大多還小，只看明年能有多少的收成。

到了年底算帳的時候，青竹將算盤珠子撥得嘩啦啦響，將帳本前後翻了好幾遍，今年弄這些總共賺了八十多兩，除去人工和成本，也有六十多兩淨銀，只是還得再拿出田老爺那一份，著實讓青竹心疼，算來算去，至少也得給他老人家十三兩。

永柱說：「整十五兩給他吧，來往也幫我們跑了不少的路。」

如此算算還是有五十來兩的收入，好過了永柱一年在窯上的幫工，也好過了少東給人家在鋪子裡跑腿，這還不算魚的錢呢！第一年的收入，總算讓項家人看到了希望。

白顯聽著青竹他們算好了帳，便笑道：「忙活了大半年，比種莊稼容易，倒還是可行。」

永柱看了眼這個小舅子，心想他當初也說入夥的，不給分紅不行，便悄悄和少東商議了一回，要給白顯十五兩。

白顯見給了他錢，忙推說道：「姊夫這就太見外了，我也不該得這麼多的錢！要說沒有田姓人家來插手的話，我也還能收著，如今我再拿掉這麼大一塊，實在是過意不去。再說到頭來我也只出了體力，都還沒湊數呢！」

白氏說：「難為你改邪歸正，給你十兩收著吧，來年還得要靠你幫忙。」

白顯見親姊姊出來說話了，心想十兩的數倒也能接受。

項家一開始便留下一部分物產，說是要給各家幫忙的禮。這裡給白顯秤了十斤的藕、五斤的黃鱔和泥鰍，白顯高高興興地接受了。

白顯憧憬道：「明年塘子裡的魚也出來了，打個兩、三百斤應該不成問題，到時候又能多筆錢。」

永柱道：「是呀，慢慢的日子也好過一點了。今年還賣了上百個鴨蛋、二十來隻鴨，也是筆收入。」

青竹除去所有的支出，細細算過後，總共賺了三十八兩六錢八分，便和屋裡人說：「頭一年，這點成績不算太差。我看來年不如再多種一畝的藕，除了黃鱔，再養些蝦也好。」

白顯一聽，忙道：「這倒是個好主意，又多一門收入。」

待白顯走了後，這裡永柱和白氏商議道：「我看還得給永槲、永林也送些禮去，每家也都十斤藕，黃鱔、泥鰍各五斤吧。」

白氏點頭應道：「都是自家兄弟，這些禮少不得。況且他們都知道我們家產這些，怎能不送呢？」

永柱又說：「馬家、林家、夏家三家也該送些東西過去。」

給馬家送東西白氏沒意見，再說平時也在隨禮，便說：「也給送十斤藕，黃鱔和泥鰍也秤幾斤給他們吧。」不過對於林家和夏家，白氏卻不怎麼願意了，只說送五斤藕。

青竹倒也罷了，可翠枝聽見了，又氣得咬牙。五斤藕也就打發了？說來還是親家呢！上個月母親才打發兄弟揹了十斤石榴來，她自己也沒吃多少，大多進了明霞的肚子，難道五斤藕就算還了人情？翠枝板著臉，抱著小女兒，一聲不吭地進裡屋去了。

永柱也看出來了，悄悄和少東說：「你媳婦不高興了，一會兒好好地和她說說。還是你跑這一趟，除了五斤藕，也帶些黃鱔過去吧！」

少東忙笑著說好。

算了一回後，永柱說也該備份禮給賀家。

白氏聽後更是不肯了。「他們姓賀的和我們家有什麼關聯啊？你還惦記上呢！」

「什麼關聯？這前後忙了幾次，難道他沒來幫我們家的忙不成？以前住得遠也就算了，現在可都在同一個鎮上！況且人家孤兒寡母的，吃得了多少？送些東西過去有什麼不行？」

永柱見白氏摳門小氣到這個分兒上，很是不高興。

白氏見永柱堅持要送，她也不好一直阻擋著不讓。

等各處送完後，又給左鄰右舍一些，自己剩下的已經不多了。

白氏親自拿了秤，每一樣都細細地秤過，藕還有七、八斤左右，黃鱔不過兩、三斤，泥鰍也只剩兩、三斤。她心裡各種不自在，心想一家子鬧了大半年，好不容易收了這些，沒想到家家戶戶都眼紅，送了這個送那個，自己還沒嚐著鮮就見了底。

送夏家的那份，永柱讓青竹自己揹過去，反正地裡的事已經忙得差不多，帳目也算清了，便說讓青竹在娘家多住幾天也沒關係，陪母親、姊妹們說說話。

青竹滿心歡喜地答應下來，她有好幾個月沒有回去了吧？也不知大姊怎樣了，她肚裡的孩子好不好？

晚上睡覺時，永柱躺在床上和白氏閒話。「妳說我們家還真是有福氣呀！」

白氏有些聽不懂，忙問他。「哪裡有福氣呢？難道受的磨難還少了不成？你的腿是怎麼回事，難道忘了嗎？」

「怎麼會忘呢？我想說的是，青竹能進我們家，還真是我們家的福氣。這一年裡要不是青竹幫忙出主意，支撐著這個家，指不定怎樣呢。少南那小子要是不肯上進的話，只怕還配不上她。」

白氏聞言冷笑道：「我當你說什麼呢！這日子總會慢慢好過起來的。要是田家不從中剝該多好？再添些錢，也勉強能過一年了。」

「妳抱怨也沒用，雖然他拿了一部分，不過總算將這點產業給保住了。再有，要不是田家見多識廣，各條道上都熟悉，我們上哪兒去找買家？說來還是青竹的主意呢！想不到她年紀小小的，竟有這麼多主見，等到她和少南圓了房，索性將這個家完全交給她來管吧？」

白氏聽了這話，立即就坐起身來。「什麼？讓她來管家？童養媳還能翻天了？」

「有什麼不好？我看她能寫能算，又有眼見，總好過妳我。」

白氏氣呼呼地說：「這個家還是你在當，裡面的事是我在管！我們還沒閉眼，她和少南也還不相干！未來會發生什麼事，誰也說不清，你現在說這話也太早了些！」

永柱知道自己說這些妻子會不高興，便不再說了。

白氏想了想，又和永柱道：「我看不如這樣，再等兩年，這邊一切都步入正軌了，便將她送回夏家去，那二十兩銀子也不要了。到時候少南書也讀出來了，考個秀才、中個舉什麼的，有了功名後，這椒頭村再也沒誰敢小瞧咱家，等到他十七、八歲了，再正正經經地給相門合適的親事，我的這樁心事也就了了。」

永柱聞言也立即坐了起來，臉上帶著些惱意。「妳能不能有點腦子？這樣好的媳婦打著燈籠也難找，妳竟還要給送回去？」

白氏也氣呼呼地說道：「好？她哪裡好呢？我怎麼一點也看不見！」畢竟是窮人家出來的，又能好到哪裡去？

永柱氣得撂下話。「我看妳是讓豬油蒙了心，糊塗了！我說過，誰也不許再提退親這碼事，除非我死了，閉了眼，才能由著你們鬧去！」

白氏微微一愣，她清楚永柱的脾氣，向來說一不二的，心下愁道：莫非真要讓夏家那丫頭翻了天不成？要是讓她來管這個家，家裡有什麼好東西說不定都被她牽回娘家去了！她也承認青竹是比一般姑娘有見識、有決斷，而且又勤快能幹，只是這樣的能幹讓白氏有些害怕，她覺得自己漸漸已經壓不住這個媳婦了。何況青竹脾氣不好，一點也不溫柔賢慧。

永柱面朝裡躺著，不再理會白氏，只是暗罵白氏不懂事、糊塗。當初他找人算過，如今正一點點地應驗了，哪裡有改變的道理？

當青竹將地裡出的那些東西帶回夏家時，大家都很歡喜。

青竹笑說：「忙碌了好些天，終於清靜下來了。」

蔡氏問道：「那麼大的攤子，賺了不少錢吧？」

青竹說：「也就差不多四十兩的收入。」

青梅聽了只是不信。「才四十兩？我和娘估算著，心想怎麼著也有百來兩呢！」

青竹搖頭道：「塘裡的魚還太小了，根本沒有起。好幾項共湊了八十多兩，可扣除人工、分紅什麼的，也就剩這些了。」

蔡氏聽了流露出羨慕的神情來。「到底是項家，有這個本錢魄力，這陣勢果然大。」

青竹沒有對家裡人說起這些都是自己的主意。見青梅的肚子已經有些顯了，便坐在青梅旁邊，笑問著她。「大姊現在一定是滿心的幸福吧？」

青梅道：「什麼幸福？總覺得是在遭罪呢！反應又大，睡也睡不好，吃也吃不好。」

蔡氏笑道：「我就說妳有些嬌氣，當初我有了你們幾個時，不還是得跟著下田種地？女婿疼妳，一聽說妳有點不舒服，立刻就跟著服侍妳去了，生怕妳受了半點折磨。不過熬過這段時間，興許就要好些了。」

從蔡氏的話裡得知青梅婚後過得很幸福，謝通看上去老實巴交的，卻是個溫暖的人啊！

這裡母女幾人正說著話時，謝通突然進來了，青竹忙起身叫了聲姊夫。

謝通笑道：「原來是二妹回來了！」

「大伯讓我送些東西來。」

謝通找青梅問了兩句話，便又出去了。

到了下午時，蔡氏將雞圈裡的雞都放了出來，院子裡撒了些粗糠拌的爛菜葉，一群雞出來後，立刻四處找吃的。

青竹看著雞群，覺得彷彿沒有長多大，心想只吃些青菜粗糠是不能長肉的。

「娘若是不成天關著牠們，散養的話，讓牠們自己去找吃的，加上每天跑動著，說不定長得更快。」

蔡氏嘆道：「妳這話說得輕巧，可咱們家沒那麼大的地散養，若放出去，沒人守著的話，指不定就被誰給捉去了。」

青竹心想，這的確是個問題，想了一通後又和母親說：「不如讓青蘭和成哥兒去捉些蟲子來餵吧？」

蔡氏笑道：「能捉多少來呢？那次陰雨天後，翻菜地時翻了些蟲子出來，這些雞好像還挺愛吃的呢！」

青竹聽說，心想要不要建議他們養蟲子當飼料來餵雞呢？只是又想到青梅現在正懷著身孕，只怕有些不便，也就暫時沒開這個口了。

第五十三章　團聚

今年的年禮就是先前那些送給各家的產物，沒有再特意備別的了。

明春回娘家來住了一日，不過看上去臉色有些不大好。

白氏便悄悄地問：「妳怎麼了？」

明春這才吞吞吐吐地說：「馬元他不是人，這會兒服還未滿呢，竟又惦記上別家的姑娘，已經好幾日不進我的房了。」

白氏聽後有些詫異。「我見這個女婿還算憨厚，怎麼如此不堪？像妳說的，服還未滿他就這樣亂來，難道他娘也不管管他？」

明春含淚說道：「倒說過兩次，只是他在外面的那些事，家裡又如何處處都知道？這才成親兩年，沒想到就變了心。我說他不去找件正經事做，天天跟著胡鬧做什麼？他也聽了進去，結果跟著大哥去做了兩天生意又嫌累，便不肯再去了。我稍微說他兩句吧，他就朝我扔東西，又吼我……」明春說著，就更覺得委屈，眼淚簌簌地掉落。

白氏心想，怎麼偏偏就看走了眼？本以為這個女婿不錯，哪知日子久了，什麼毛病都出來了。見明春這樣子，白氏很心疼她，又軟語勸慰了一番。「已經這樣了，妳也忍耐些時日吧。等到服滿了，妳添個孩子，有個盼頭，興許他也成熟穩重些了。」

明春只覺得這日子苦，要是熬不出頭怎麼辦？

馬家以前也是中等人家，雖然沒落了，但底子還在，到了梆頭村時也還興旺，在這邊也算得上是數一數二的人家了，那田家就絕對不敢去招惹半點。不過後來卻漸漸衰敗了，自從馬老爺子走後，更是不堪收拾。如今當家的是馬家的長子馬平，跑些生意買賣，可也漸漸地露出短來，可見「富不過三代」這句話還真是有些道理。如今白氏後悔也來不及了，只希望馬家還有點良心，能夠對明春好一點。

後來白氏向永柱說起明春的事來，永柱聽後有些心寒。

「還真是看錯了人，當初若不是顧及到祖上那點情分，或許也就不聯這個姻了。」

白氏嘆道：「這都是她的命呀！還剩下一個小的，再不能馬虎，我一定要仔仔細細地給她選一戶人家。」

到了送祭灶神這一天，田家竟然派人送了份禮來，讓項家人受寵若驚。不過田家帶來了一句話更讓項家人興奮不已——項少南就要回來了，和田家人一道！

白氏滿臉的喜悅。「這孩子怎麼突然就回來了？幾時能到家？」

田家人說：「我們管家押著貨，走的是官道，應該再三、四天就到了吧。」

白氏日日夜夜想念的兒子終於要回來了！這一走就是一年多，其間也就寫過幾次信罷了，也不知那孩子有沒有長高一些？不是說要去三、四年嗎？怎麼這麼突然就要回來了？

很快地，少南要回來的消息家裡每個人都知道了，白氏興沖沖地說要準備這樣、準備那樣，又讓青竹將屋子騰出來。

青竹也十分意外，怎麼一聲不吭的就說要回來？她在這邊的屋子已經住了一年多，現在又得將以前的竹床找出來清理乾淨，還得曬被褥。

白氏的興致顯得比別人都高，趕著殺了些雞鴨備著，又說還要再買些年貨。

青竹整整收拾了兩天，好在這兩天天氣算不錯，被褥也曬好了。

估算著項少南二十六能回家，到了二十六這一日，一家子都伸長了脖子等，從早盼到天黑，卻還是不見少南的身影，白氏又說要讓少東去田家問問，到底什麼時候回來。

少東卻不肯跑這一趟，淡淡地說道：「說要回來，總會回來的，我不去問。」

白氏又讓永柱去。

永柱道：「我也不去，他愛回來不回來，這日子照樣過。」

白氏見爺兒倆都不肯，本想叫青竹去，不過見天色已晚，才沒開這個口。

知道少南要回來，青竹幫他打掃好屋子，如今也搬出來，不在那裡住了，依舊住在隔壁小屋子的隔間裡。

青竹坐在竹床上，正一針一線地縫著她要穿的衣裳，身子部分都差不多了，就只差兩隻袖子還沒縫好。燈火昏暗，做起來有些費眼力，且數九寒天，冷風一陣陣地從牆上的那些縫隙裡灌進來，吹得燈火忽閃忽閃的。

在被窩裡待了好一陣子還是暖和不起來，青竹打了幾個噴嚏，揉揉眼，見還有很長一段沒縫好，又怕光線差，縫出來的東西也歪歪扭扭的，到時候她可穿不出去，只好收拾了。

然而冬季的夜很漫長，青竹一點睡意也沒有，於是從牆角堆放的雜物中翻出一部書來，卻見是本《玉嬌梨》，這是項少南的書。她心想打發時間也好，於是順手翻了幾頁，不過當她看到男主要享受齊人之福時，就再也看不下去了，將書一扔，罵道：「什麼玩意兒！」倒頭就睡。

因為太冷的關係，青竹不得不裹緊被子，身子蜷縮成一團。她沒多少睡意，思維還很活躍，心想著他離家一年多快兩年了，也不知現在是什麼樣子？希望不要書讀得越多，反而越遲鈍，若是成了個書呆子的話，還真不知道怎樣和他溝通了。

當第二日青竹起床開門時，那迎面而來的刺骨寒風猶如刀割一般，身子禁不住顫抖著，放眼望去，竟然在飄著小雪，難怪會這麼冷。

明日永柶和永林兩家要過來祭祖團年，還要備些祭祖的東西。剛用過早飯，永柱便說要去街上買香蠟、紙錢，還要打酒、買肉、買魚。

白氏在家準備祭祀要用的器皿之類，一心惦記著少南什麼時候到家，又讓明霞去村口接人。青竹和翠枝倆趕著打掃屋子，忙活了半上午。

一直小雪飄零，從未間斷，天氣越發地寒冷起來。

到了巳時，賀鈞突然來了，還送了年禮來。

白氏雖然冷淡，但也留下他喝茶，說是讓他用了午飯再回去。

賀鈞只喝了一盞茶便要走，青竹挽留道：「今天少南可能會到家，你多待一會兒，沒準兒還能和他說說話呢！」

賀鈞很意外。「怎麼今天就回來？我以為他還要一、兩年呢！」

青竹只笑著說不知。

待到快要午時的時候，終於聽見院門外傳來明霞的聲音——

「娘，二哥回來了！」

白氏聽說了，忙丟下手中的東西，大步走了出去。

青竹正在堂屋裡收拾東西，沒跟著湊熱鬧。

白氏還沒走到棗樹下，果見明霞和少南回來了。一年多不見，好像長高了不少，臉也有些變了，手裡提著個箱子，頭上戴著頂風雪帽，穿著身靛青的夾襖，這衣服白氏瞅著眼熟，是她親手做的！只是這兒子突然像變了個人似的，個子猛然躥高了不少，像是個大人了，白氏一時有些不敢相認。

少南趕了二十來天的路，總算到家了，見母親站在樹下，忙放下箱子，大步走上前去，恭恭敬敬地行禮喚了聲。「娘，我回來了。」

白氏激動不已，喃喃道：「回來就好、回來就好……外面冷，趕快進屋去吧！」

「欸！」少南清脆地答應道。舉目一看，卻見迎面走來一人，像是賀鈞的樣子，心想他怎麼也來家了？莫非是打聽到自己要回來，特意從雙龍鎮趕來的嗎？

賀鈞上前迎接道：「呀，真是項兄弟呢！他們說你要回來，我還只不信，沒想到是真的回來了！」

哥兒倆許久不見，相互抱了抱肩。

「你怎麼來了？讓我好生意外。」

賀鈞笑道：「過來跑腿的。你還不知道吧，我們家也搬到平昌來了。」

「是嗎？那真是太好了！」

兩人一齊進了屋內，雖然一年多不見，但談笑如初，就如親兄弟一般。

青竹幫忙收拾好了供桌，抬眼看去，只見門口站著兩個少年。項少南手裡提著箱子，正看向她呢，青竹只淡淡一笑，溫和地說道：「回來了。」

「是呀，青竹！」少南感覺自己猶如在夢裡，才分別了不到兩載，為何感覺那麼漫長呢？

白氏連忙叫青竹過去幫忙準備飯菜。

翠枝聽見屋裡的孩子哭，便說要去哄靜婷，又教豆豆喊二叔。

豆豆自然不認得少南了，怯生生的，不敢叫。

少南依舊覺得自己不大會應付小孩，只尷尬地笑了笑。

旁邊的賀鈞又問起少南在外面的見聞來。

少南覺得一身疲憊，此刻讓他說，他還真沒什麼心情，便含笑道：「既然賀兄搬到這邊來了，以後我必定要登門拜訪，到時候我們再好好地談上一天一夜可好？」

賀鈞笑答道：「這敢情好！」

待到中午時，永柱和少東也回來了。少南親眼見到父親的腿有些瘸，人消瘦了不少，好像也白了些。青竹信上說家裡遭遇了如此變故，他還只當不信，沒想到親眼所見時，真的是這幅景象，一時間只覺得心裡異常地難過，不敢面對這個為家操了半輩子心的父親。

永柱見兒子回來，心裡自然歡喜，不過言語依舊不多，只說「回來就好」。

少東和少南閒話，問道：「你不是說要待個三、四年才回來嗎？怎麼這會兒就回來了？莫非是想家了？這一回來還走不走？」

少南有些靦覥地答道：「可不就是想家了，所以回來看看。可能過了燈節就走。」屋裡人都聽得明明白白的，原來少南只是回來看看而已，還要去省城的。也是，當初送他走的時候可是兩口大箱子，現在回來只帶了一口，這就是說，並沒做長期留家的打算。

午後雪越下越大，賀鈞惦記著家裡的老母親，又想到這裡一大家子人團聚，他一個外人杵在這裡做什麼？便堅持要告辭。

少南說了隔日去拜訪，賀鈞方冒著風雪走了。

少南說一身的疲憊，要好好地休息一下，便回到以前住的屋子。陳設彷彿沒有多大改變，不過被褥什麼的都是才換上、洗得乾乾淨淨的。少南放下箱子，看著屋裡的一切，心中覺得暖暖的。在外面的這些日子以來，他哪天不想念這個家呢？

少南解下外面的衣裳，打算重新換一套時，青竹卻一腳跨進門來，見他正換衣服，又立即退了出去。少南扭頭看見了她，匆匆地穿了件半舊的棉袍，不過好像有些短了。

「有什麼事進來說。」

青竹方進屋內，將一個火籃子遞給他。「大伯娘怕你冷，讓備了這個。」

「謝謝！」少南接了去，無意中碰到青竹的手，她的手可真暖和。少南一時有些失神，兀自望著青竹看了幾眼。

青竹道：「沒什麼吩咐我就下去了。」

少南忙開口叫住她。「妳且等等！」

青竹回過頭去。

少南連忙開了箱子，在箱子裡翻尋了一陣，找出一把桃木梳來，遞到青竹跟前。「這個是送妳的。」

「還為我買了東西？」青竹顯然有些驚訝，接了去，只見是一把月牙形的梳子，通體漆成了黑色，一面刻了五彩的花草，另一面則是金漆鐫刻的一首詩，只見寫的是「自送別，心難舍，一點相思幾時絕？憑闌袖拂楊花雪。溪又斜，山又遮，人去也」。這把梳子很雅致，不得不說少南挺會選東西，青竹一瞧就喜歡上了。但，這詩意……

少南見青竹一臉疑惑的樣子，只好又笑著解釋道：「因為走得太匆忙，也不知選什麼好，所以就草草買了這個，希望妳能喜歡。」

「原來是這樣。」青竹便忽略掉詩詞裡的情愫，大大方方地收了下來，又微笑著說：「怎麼突然就回來了？這一來一去的路可不好趕。幸而這雪下得不大，要是封了路怎麼好？」

「在外面冷冷清清地過了一個年，實在有些不習慣，又總是惦記家裡的事，心想怎麼著也要回來看看，向山長祈求了好半天才允准的。」

青竹笑道：「你這一回來，家裡都很高興，安心地住幾日吧。」

少南心想，聽青竹這話，他回來，她也是滿心高興嗎？他真想開口問她過得好不好？這話久久地縈繞在腦海裡，見了面卻難說出口。看她的言談舉止，想來過得也不算差吧？那麼他也就放心了。

青竹怕打擾少南休息，便出去了。

少南將手放在火籃子上烤了一會兒，頓時全身都暖和起來，不多時，又覺得睏意襲人，於是上床揭了被褥躺著，一閉上眼，又浮現出青竹的一顰一笑來。快兩年沒見，見她言語談笑，似乎開朗了不少，不過在自己跟前，彷彿還是帶著冷漠和隔閡。少南也不怪她，心想再出去一、兩年，等回來的時候或許他能試著和青竹慢慢相處，試著去瞭解她、去接受她。

關於少南的心思，青竹是不知曉的。想到他在外面這些日子並沒忘掉自己，還特意給她帶了禮物，青竹心裡也頗感動。見他將自己照顧得好好的，心想這家裡的人或許應該放心了吧？畢竟項少南已不是她才認識的那個小屁孩，已經漸漸長大，能夠獨立了。

到了第二日，項家人早早地就起來了。白氏和青竹忙碌著祭品的事，早飯才過後，永梱和永林家攜家帶口的就來了。明芳越發的漂亮，鐵蛋兒的個頭和少南也差不多高了。

白氏吩咐翠枝和青竹看家，這裡一家子大小全部要去祖墳上祭祀。鬧哄哄的一場，又突然冷清下來了。

這樣寒冷的天，青竹一百個願意待在家裡；翠枝要照顧靜婷，也不願意出門。明霞主動地揹了豆豆去。

青竹照顧著灶膛裡的柴火，鍋裡燉煮的是中午要吃的雞。

靜婷醒後就不肯再睡了，翠枝便抱著她到了灶房，說是幫青竹燒火，一來也算是取暖。

青竹忙著切菜。

翠枝一面添柴禾，一面和青竹道：「我還只當小叔子這一回來就不走了呢！」

青竹笑答道：「不是說告假嗎？那肯定還得回去的。」

翠枝道：「他這一走又是一、兩年，倒難為妹妹妳在這裡苦苦地等。」

青竹先是呆怔了一下，接著才笑道：「大嫂胡說什麼呢？我才沒等他呢！他要幹麼隨他去，以後我離了這裡才自在。」

翠枝不懂青竹怎還說這話，不過倒一針見血地說道：「妹妹現在再說這話就晚了，這家人見妳有這麼大的本事，又給他們家帶來了收益、賺了錢，難道還會趕妳出去嗎？難道妳還想退婚不成？我看是不可能了。這一年裡，這個家不都是妳在幫著出主意嗎？別人就不說了，單是那白老婆子待妳也不似以前那般冷漠和刻薄了。其實我倒覺得小叔子這人挺好的，至少比妳大哥強，人也踏實，妳跟著他，想來也不會受什麼委屈。」

青竹停住了切菜的動作，心下暗想道：大嫂說得不無道理！只怕她之後要想抽身，或許更難了。可難道就真的要在這裡待一輩子不成？她的初衷可不是這樣。

她從來沒有放棄過讓項家退親，她也還在攢錢，只為將來的自由。希望局勢還能掌握在自己手中，青竹不喜歡自己的命運被別人操控著。

第五十四章 除夕

熱鬧了大半天，兩個叔叔家的人總算都回去了。

少南聽家裡人說的魚塘、藕塘，很想去看看。

永柱說：「那我帶你去吧。」便一瘸一拐的，領著兒子向淺溪灘而去。

「我們家世代種地為生，還從未養過魚、種過藕，也不知是誰想出的點子？」

永柱道：「除了青竹還會有誰呢？今年發生了那麼多事，要不是青竹幫著出主意，這個家還不知要亂成怎樣，只怕也沒錢供你唸書了。」

爺兒倆走沒多久便到了淺溪灘。在少南的記憶裡，這一帶以前四季都積水，連秧也插不下去，碧綠的水草長得比人還高，因為地裡不出什麼，所以一直擱置著，無人問津。這才走沒多久，沒想到就換了方天地。

數畝藕塘還養著些黃鱔，四周已經圍上了，不至於讓黃鱔逃跑。彷彿還能看見挖藕人留下的腳印，田裡依舊有不少積水。

又來到了魚塘，水面寂靜無波。可能是因為太冷的關係，連那些鴨子也不肯下塘。

永柱和少南道：「青竹說，來年這岸邊還要插柳樹，不然怕堤岸不牢實，會垮塌。到了來年秋天，魚也應該長大了，又能多筆收入，今年這魚塘裡也就只撈些菱角賣了點錢而已。想著過年要吃魚，昨天我來撈過，還是不到手掌寬。」

少南心裡很震動，沒想到青竹已經做了這麼多件驚天動地的事！他不得不佩服青竹的魄力，心想還真是個與眾不同的女子，一點也不像當初他第一次到夏家去時所見到的那個小姑娘，原來時間真的足夠改變一個人。

永柱望著自家的魚塘，對迎面而來的刺骨寒風絲毫不畏懼，誠摯地與少南道：「幸好青竹來了我們家，當初我讓人去算命時，那人沒欺騙我。以後你可得好好地待她，知道嗎？」

少南點頭道：「我可不敢欺負她，看來她現在是我們家第一不可缺的人了。」

「這個家缺誰都不行。再過兩年，等你學業有成，混出個名堂來，圓了房，我就打算將這個家交給青竹來打理，你負責外面的事。我老了，再加上腿腳不便，許多事力不從心，也想休息一下。一家子齊心協力的，有什麼辦不成呢？」

第一次，父母在少南面前說圓房的事時，他表現得很平靜，沒有一再地反對。心裡只是想著，這是老爹的意思，卻不知青竹心裡如何想的？還是在一個勁兒地攢錢，想要脫離他們家嗎？少南以前很討厭她，巴不得她立刻從這個家消失才好，就是到如今，他也沒想過要強留青竹。他尊重青竹的選擇。

今年沒有年三十，二十九這一天就是除夕了。永柱讓少東買了一張灑金的紅紙來，研了墨，讓少南寫幾幅對聯。

少南很有自信，裁好了紙，疊出印記，蘸了濃墨便揮毫而書，寫出的字已經是十分的渾然大氣了。

明霞熬好了漿糊，說要幫著黏貼。

豆豆坐在門檻上見他們忙碌的樣子，也覺得好玩。

飯後，住在他們後面的章家也來求少南幫著寫對聯，少南也不推拖，十分爽快地答應下來。

韓露悄悄地和青竹說道：「怪不得這幾日都不見姊姊出門，原來是妳家那位回來了！」

青竹紅著臉辯解道：「什麼這位那位的！」

韓露忍著笑說道：「姊姊這下高興了吧？對了，他娘說讓谷雨哥哥來年到你們家尋點事做，姊姊看行不行？」

青竹道：「開了春後事才出來，到時候讓他過來幫著栽藕吧，我給算工錢，管飯。」

韓露知道青竹在項家是說得上話的，見她答應下來，也就八九不離十了，笑道：「如此的話，我先謝過姊姊了，改天再幫妳納一副鞋墊子作為謝禮。」

青竹歡喜道：「呀，那我是賺到了！妳又是個巧手，做出來的東西我可喜歡得緊！」

韓露笑嘻嘻地和青竹道：「對了，他們說十五那日街上可以賞燈，要不約了一起去？」

「往年聽說也沒什麼陣勢，今年難道要大辦一場嗎？我是想去，只怕看了燈回來天色就晚了，必定不方便，再說也怕他們不答應。」

韓露笑道：「姊姊一起去嘛，冷清清地在家待著也沒什麼意思。我攛掇了谷雨哥哥一道去，他也答應了，到時候姊姊也可以攛掇妳家那位呀！有人陪著，想來他們也放心。」

青竹心想，少南會去嗎？會答應帶上自己嗎？兩人正說著，便聽見白氏在叫她，青竹忙和韓露道：「我回頭再告訴妳吧，再說還有半個月。妳要去的話，我也會想辦法去的。」

青竹和白氏忙活了大半個下午，總算張羅出一桌還算豐盛的年夜飯，飯菜擺在正堂屋裡的八仙桌上；神龕上供著祖先神靈，香爐裡插著檀香，兩旁燃著一對猶如手臂粗細的紅蠟，將屋裡照得亮堂堂的；簷下掛著一對大紅燈籠，是永柱親手紮的，外面包了一層紅紗。

少南回想起去年在書院過年的情景來，一人冷冷清清地吃了飯後，靜靜地待在房裡，外面的鞭炮聲猶如雷鳴般，不過熱鬧的是別處，他從來沒有感覺過那麼的寂寞。

少東幫著點著了鞭炮，噼哩啪啦地一陣響。

豆豆害怕，翠枝忙將她護在懷裡，捂住她的耳朵。

等到祭過神靈就該吃飯了。上首坐的是永柱和白氏，對面是明霞和豆豆，少東及翠枝在左，少南和青竹在右打橫。

每人面前有一小酒杯，除了豆豆不用喝，其餘人杯子裡都斟上了酒。

永柱先端起酒杯說道：「多災多難的一年，總算是過去了，來年更要齊心協力，將幾畝的藕塘照顧好，魚塘也要照顧好，希望來年魚塘能有個好收成。」

眾人亦舉杯祝福。

青竹不喜歡喝酒，更沒什麼酒量，不過遇上這樣的日子是推拖不掉的，只得小小地抿了一口。

少南倒很痛快，一杯很快就見了底。一桌子的菜餚都是他想念的味道，燻魚、燻臘肉、燉得滾熱的赤豆蓮藕豬肘、蒜燒黃鱔、酸菜燉泥鰍、自家做的豆腐乾炒芹菜、豇豆乾燉的雞湯等，滿滿地擺了一整張桌子。

明霞一面吃，一面和少南說話。「二哥去年是怎麼過年的？」

少南道：「怎麼過？一個人也就過了，其實也就那麼回事。」

白氏聽了很心疼，又忙忙地給他碗裡添菜。「只怕在外面連肉也吃不上吧？出去還沒兩年，倒像是越發瘦了。」

少南笑道：「每個月至少能吃兩回肉。」

明霞又央著問：「省城是什麼樣子？我也好想去看看，肯定比我們鎮上的街要大得許多，是不是？」

少東戳了戳明霞，嘲笑道：「妳說的不都是廢話嗎？等妳二哥以後做了省城裡的大官，將妳接去住幾年，難道還愁沒有妳逛的時候嗎？」

桌上人邊吃邊說，很是熱鬧，不過青竹始終沒什麼開口，只顧著吃飯。或許討論的這些話題她都不感興趣，又或許她根本插不了嘴吧。

少南就坐在她旁邊，見她落寞冷清的樣子，心想現在家裡的氣氛這麼好，怎麼就不見她笑一笑呢？或許是想讓青竹主動開口，少南便誇讚起青竹來。「爹帶我去自家的地裡看了一回，還真想不到短短一年間就做下這麼大的事！這藕塘裡養黃鱔和泥鰍好像並不常見，大多是單養的吧？」

青竹說：「人們是思維形成定式了，其實利用養殖，是能完全地利用現有的地，收穫也就跟著上來了……」

在少南的引導下，青竹的話也漸漸多了起來。
外面的鞭炮聲此起彼伏，漸漸的，年夜飯也到了尾聲。
男人們還坐在堂屋裡談論，女人們則幫著收拾了一下。不過時候確實有些晚了，等到燒了熱水洗了臉腳後，也就各自去睡了。
永柱還想守歲來著，白氏卻不讓。「你這兩天本來就沒睡好，還熬什麼夜呢？去躺著吧，明天也好好地休息一天。」
「那好，我就進去睡了。」永柱揉了揉有些乾澀的眼睛。
當地有一大火盆，少南正坐在火盆邊取暖，似乎還不睏。
「少南不去睡嗎？」
「我再坐一會兒吧，喝了些酒，等清醒一些再去睡，不然明兒一早又得頭疼。」少南是害怕宿醉了，那感覺像是腦袋要裂開一般。
「那我讓青竹給你做碗醒酒湯吧。」
「不用了，吃了那麼多，哪裡還喝得下？我坐會兒就沒事了，娘不用管我，先去睡吧。」
白氏便也不理會他了。
少南獨自坐在火盆前，隔壁大哥的屋子裡時而傳來幾聲話語。這種溫暖愜意的感覺，就是家帶給他的感觸。少南抱著雙膝，頭埋在膝蓋上，眼睛盯著那燒得旺旺的火炭。他一輩子都想出去看看，可當他真正出去後，卻又無時無刻不在惦記著家，惦記著家裡的每一個人。

外面此起彼伏的鞭炮聲，正在宣告著舊年的過去，新年即將來臨。

青竹見堂屋裡還有燈火，推門一瞧，便看見了這幅情景。

「這都什麼時候了，你還不睡嗎？」

少南抬頭看了眼站在門檻外的青竹，微笑道：「還不想睡，妳願意陪我坐會兒嗎？」

青竹便搬了張小凳子來，也坐在火盆旁，身子立刻就暖和起來。

聽她說腦袋有些暈乎乎的，少南便笑道：「妳才喝那麼點酒也醉上了呀？我幫妳揉揉吧！」

青竹原本還以為只是少南的一句玩笑話，沒怎麼當真，卻見他挨得近了些，又真伸出手來，要替她揉太陽穴。青竹忙將頭一偏，拒絕道：「我沒多大的事，睡一覺就好了。」

少南卻說：「別啊，我難得為人服務的。」說著，他已經輕輕地替她按摩起來。

青竹眼睛眨也不眨地看著他，火光映紅了少南的半邊臉龐，還有半邊隱在陰影裡。他的五官不算難看，反而還是耐看的類型。因為兩人挨得近，青竹能清楚地嗅到少南身上的酒氣，還有他衣服上的墨香……

她突然覺得臉頰滾燙，輕輕地將少南的手拉開，起身說道：「多謝你，不用了。」

「青竹。」少南喚了一聲，那聲音帶著幾分柔情，就連他自己也未能察覺。

「太晚了，先睡了啊！」青竹說完就急忙走了。

第五十五章　唐突

正月初一這一日，少南一大早就換了新衣，準備要出門。

白氏叫住他。「你上哪兒去？」

少南道：「和左兄、賀兄約好了，要聚一聚的，不必等我吃飯。」

白氏問道：「我本來說讓你跟著一道去廟裡上香的，你是去還是不去？」

少南有些為難的樣子，又說：「和他們早就約好了，這會兒突然改了的話怕是不好，上香的事我就不去湊熱鬧了。娘和誰一道去呢？」

「你大嫂、明霞，還有你章嬸。」

少南聽了便知道是留青竹看家，也沒多說什麼，便出去了。

這兒翠枝正在屋裡收拾衣裳。前日白氏就說讓她跟著一道去上香，婆婆的用意很明顯。她難道就不想生個兒子嗎？只是她覺得婆婆這個人嘴巴討厭，人也刻薄，不喜歡和婆婆一道出門，因此收拾起來有些慢吞吞的。

白氏已經催了好幾次，等得很不耐煩。

翠枝這才穿戴整齊地出來了，又給靜婷裹得嚴嚴實實的，幾人一道出了門。

田家那邊家裡唱戲，一早就請了永柱和少東過去看，父子倆也沒推辭，欣然前往。

於是，家裡便只剩下青竹一人了。

一人在家多少有些無聊，青竹便去章家找韓露，想讓她陪自己一道去逛街，卻說韓露也跟著上香去了，青竹有些失望。

突然之間覺得沒什麼事可做，青竹只得一人出去逛逛。她先到了魚塘看看，此時水面已經結冰了，靜得可怕。遠遠的不知從哪裡傳來了嗩吶聲、鼓聲、鞭炮聲，她心想，不知什麼地方在舞龍燈。

在魚塘邊逛了一圈，查看了下幾畝藕塘，想著再過幾月又該忙碌了。新的一年，希望能有好的收成。她在心裡盤算著，等一點一點地將事業做大後，再將周圍的田地買些來，看種個什麼或養個什麼都行。等掙到足夠多的錢了，以後再修個像南郊江家那樣的園子。

隨便走一圈後，青竹覺得這股寒風吹得有些受不了，只好又往家裡趕回。

等回到家時，卻發現少南已經回來了，她頗有些意外。「你不是和他們聚會去了嗎？怎麼這麼早就回來呢？」

少南笑說：「賀兄被郝大夫叫去了，說是有什麼事，便散了。」

青竹聽了也沒多問，因為覺得天氣突然變冷，只好回屋添了衣裳。

項少南在屋裡整理一些東西，青竹穿好了衣裳從他窗下走過時見狀，忙問道：「你不是過了燈節才走嗎？怎麼現在就開始整理起東西來？要我幫忙嗎？」

「那敢情好，多謝了。」

青竹進門一瞧，卻見堆了半地的紙呀、書的，便蹲下問他。「想要怎麼收拾？」

少南最怕整理了，樂得有人幫他，便說：「隨便怎樣都行，都是些不用的，打算將它們紮成捆，放到那小倉庫的屋裡去。」

「這就簡單了。」青竹將那些麻繩又再擰過一次，將地上那些東西堆整齊了，然後便開始紮。

少南在旁邊也趕著收拾。

青竹一面整理一面說：「我看呀，這些書以後只會越來越多，不會少的，看來以後重新修房子時，定要給你留間書房才好，還得釘上好幾個大的書架。」

「有自己的書房，還不知要等到什麼時候呢。家裡的這幾間房子還是我五歲的時候重新修過的，以前都是茅草屋。幸而爹能幹，四處幫工，也漸漸地攢下了些錢，所以才換了瓦。老爹這人辛勞了大半輩子，沒想到臨老卻遭了罪……」少南頗有些心痛。

青竹道：「好在沒有留下什麼大殘疾，已是不幸中的萬幸了。就當作他老人家辛苦了大半輩子，該是好好休養身體的時候了。」

少南心想，也只好這樣想了。他看了看青竹，想著他離開的這些時日，她的性情並沒有大改，不過在這個家裡好像更融入一些了。昨天和父親談了些話，父親滿口都是對青竹的誇讚，是斷不會讓青竹離開這個家的。那麼她自己呢？她還一心想著要退婚嗎？少南多想開口問問，只是，就怕自己問了，青竹也不見得會告訴他的。不過這個家有青竹在，他當真能放心地出去闖自己的天地，不用再擔憂什麼、顧忌什麼了。

「妳和娘現在還彆扭嗎？」

青竹有些詫異，不知少南為何突然問她這一句？她愣怔了一下，才答道：「我和她能有什麼彆扭？」

「果真如此，我也就放心了。」少南淡淡一笑。

青竹卻覺得沒頭沒腦的。又問他家裡還剩下的幾卷紙怎麼辦？要不要帶走？

少南說：「帶走也好，畢竟在外面，買東西也不是那麼方便。」

「你在省城還不方便？」青竹可不信。

少南忙解釋道：「倒不是因為這個，只是書院管得嚴厲，平日是不准私自下山。」

「喔，原來是封閉式管理啊，倒也好。」青竹點點頭。

這裡清理得差不多了，少南便趕著將幾捆東西搬出去。有個習俗說，正月初一不適宜打掃屋子，看來只好放到明天再弄了。

青竹見桌上還擺著兩卷紙，心想就這樣的形狀，不大好帶吧？得要裁小了，弄成一紮一紮的，這才方便打包，於是找了刀來，要幫少南裁紙。

「這個等過兩天再弄也不遲，不急在這一時。」

青竹淡淡地說：「說不定我就今天要空閒一些，明天要回家，接下來也不見得有這個空檔。」

少南聽了便只好由著她去了，自己不大慣於裁剪東西，怕做出來的歪歪斜斜，浪費了紙張，便隨手抽了本書，靠在床邊看起來，一邊漫不經心地和青竹說著話。「明天我和妳一道回去。」

青竹沒有吱聲，心想他與不與她一道好像都沒什麼關係。

少南見她沒開口，便也不再多言，只慵懶地翻著書。才翻沒幾頁，突然從書中掉出兩樣東西來，有一片像是花瓣的東西，有些褐黃了，拾取一聞，彷彿還有淡淡的香氣；還有一張疊得好好的紙片。少南沒什麼印象，心想他幾時往書裡夾過花瓣呢？又將紙片展開來瞧，那娟秀的字體，少南一看便知是誰的傑作。

他匆匆地看完後，笑意從唇角逸出，擴散到整張臉，最後連眼角也帶著笑意，遂含笑問她。「妳什麼時候開始讀歐陽修的詩詞呢？我不知道原來妳喜歡他的句子。」

青竹聽不懂他在說什麼，回頭去看，卻見他正拿著一張紙看，見她回頭了，又衝著她微笑。青竹還是一頭霧水。

少南便又道：「人生自是有情癡，此恨不關風與月。當真是好妙句！」

青竹才突然想起她曾經隨手寫過什麼，後來順手夾到了書裡，沒想到竟被他翻了出來，翻出來不算數，還要嘲笑她。青竹又羞又惱，放下手中的活兒，就要過來奪紙片。

少南見青竹面紅耳赤，頓時覺得捉弄一下她也挺好玩的，便揚著那張紙，抑揚頓挫地高聲誦讀道：「樽前擬把歸期說，欲語春容先慘咽……」

「快給我，別笑話了！再這樣我可要惱了！」

「惱吧，許久沒見妳惱過了！」少南笑嘻嘻地說著，便將那紙往身後一藏，又往床上一躺，讓青竹搆不著。

青竹撇嘴說：「哼，不過是讀了幾天書，回來就來取笑我玩！我可不是爺你無聊時捉弄的玩具，你就嘲笑我吧！」

少南將那紙片藏在身後，雙手一攤，忙笑道：「天地良心！我哪敢捉弄妳？更不敢嘲笑妳啊！」

青竹瞥見那張紙被少南壓在身下，露出一個邊角來，心想等少南不注意時奪過來撕了才好，於是一面和少南說話，一面察其神情，等到他沒留神時，便迅速地將那張紙奪了回來！

項少南眼疾手快，忙拽住了青竹的手腕，沒想到用力一拽，青竹險些沒站穩，竟然重重地跌到了他身上。項少南又將紙奪了回去，笑說：「我沒半點要取笑妳的意思，這個送給我吧？我一定會好好地留著。」

「你留它做什麼？快還給我！」青竹還要去奪，不過整個人卻被項少南一隻手給緊緊地圈在懷裡，竟動彈不得。

兩人相隔不過幾寸，彼此的氣息打在臉上，青竹聽著他怦怦的心跳聲，有些心慌意亂，忙一手推著他，想要起身。

項少南方覺得唐突了她，只得訕訕地鬆開了手。

青竹羞得滿臉通紅，不再說什麼，靜靜地繼續裁紙。

項少南將花瓣連同紙片夾在一處，放在枕下。他面朝外側臥著，眼神緊緊地看著青竹替他裁紙忙碌的樣子。剛才那一幕使他的心還沒平靜下來，她就在不遠的地方，他一睜眼就能看見，就這樣看一輩子似乎也不會覺得厭煩……當少南的腦中閃過「一輩子」這個詞語時，心裡倏地微微一顫，同時也釋然了。原來他早已經習慣了她的存在，他再也不會像以前那樣嫌棄她、躲避她了，他想堂堂正正地正視她，正視父母給他安排的這個人，他無法做到親手將她推開。心底有一股難言的情愫慢慢地滋生著，少南心想，她吃了太多苦，也受了不少委屈，但願在未來的某一天，自己能給她依靠，將以前所有的不好都抵過了。

青竹倒平息下來了，繼續低頭做事，又一面問著少南。「聽說元宵那天鎮上有燈會，你要去嗎？」

「當然要去。」

青竹頓了頓，方又道：「我也想去看看。」

「那敢情好，我們一道去吧！」少南立刻說道。

青竹見他這麼爽快就答應下來，有些許的意外。她只幫著裁好了一卷紙，一直低著頭，覺得脖子有些發疼。想到今兒中午只有他們兩人在家吃飯吧，因此便回頭問他。「午飯想吃什麼？」

「什麼都好。」

「說今天要吃素，不如中午煮湯圓好了。」

「成呀，我幫妳燒火！」

「那有勞了。」青竹淡然一笑，又趕著將裁好的紙收拾了。

第五十六章　年酒

初七的時候，賀鈞過來請項家人初八去家裡吃年酒。

別人都不大想去，永柱便讓少南自己去。

賀鈞又悄悄地和青竹道：「家母想請妹妹也過去坐坐。」

青竹聽了，有些納悶，她去做什麼？便道：「我去好嗎？」

賀鈞真摯地說道：「去坐坐，吃頓午飯吧。」

「我去問問。」青竹只好前去和白氏說了。

白氏道：「既然單獨請了妳，妳就去吧，不用來問我。」反正她從來沒將賀家的人看上眼。

青竹見白氏應允，便答應了賀鈞。

賀鈞顯得很高興，連忙說：「那麼明日一早，妳和項兄弟一道來吧！」

「喔，好的，有勞你跑這一趟。」

翌日，永柱給了少南幾錢銀子，讓他上街買點什麼東西給賀家帶去，正月裡沒有空手登門的規矩，少南連忙答應了。

青竹在自己房裡換衣服，少南走到窗下催促著她。「該走了。」

「立刻就來！」

青竹梳好了頭髮，繫好了手絹，出得門來，見少南已經在簷下等候她。

白氏對他們說：「早些回來，家裡還有事等著辦。」

青竹答應了一聲，就出了門。

青竹走在前面，少南跟在身後，兩人走在鄉間的小路上。此時天寒地凍的，也還沒回春，只樹林間一些麻雀正嘰嘰喳喳地叫著。

走不多時，突然間有人趕著幾隻大白鵝朝青竹他們走來。

青竹親眼見過鵝啄人的事，再加上之前被瘋狗咬過，膽子小了不少，驀地猶豫不前。

少南疑惑地問：「怎麼不走呢？」

青竹連忙躲到少南身後，緊張地道：「還是你走前吧！」

少南見她面露懼色，不免覺得有些好笑，怎麼她連這個也怕？不由得抓住她的手，回頭和青竹笑說：「有我在，妳怕什麼？」少南緊緊地牽著她的手，和幾隻白鵝迎面而過。

白鵝們大搖大擺的，倒沒露出半點要啄青竹的樣子，過了好一段路，青竹才抽回了手。

到鎮上時，街上已經有不少人了。果然正月是比平時都要熱鬧，熙熙攘攘的人群，男女老幼都裝束一新。店面也大都開門做生意了，吆喝聲此起彼伏，甚至還有兩處雜耍的。

集市口旁邊又新開了一家酒樓，兩層高的房子，漆成了磚紅色，在整個平昌鎮的街面來看，算得上是數一數二的好房子。那酒樓掛著黑漆燙金字的大招牌，上面寫著「德馨樓」三個斗大的字。這樣氣派豪華的酒樓，青竹想，整個平昌鎮能有多少人消費得起呢？可能定位太高，說不定過不了幾個月就會因為客源問題而關門大吉了。

青竹不禁埋怨道：「長這麼大，竟然連縣城也沒進過，真希望以後有機會去逛逛，要是能到省城去見見世面也不錯。」

少南笑說：「定有機會讓妳逛個夠。」

見天色好像還早，兩人便隨意地逛了一會子。

少南到熟食店裡買了兩斤素點心、一斤豬頭肉。

青竹只盯著擺放得整整齊齊的、菱花樣式的小點心看，心想做得真是好看，雖然不知味道如何，不過這賣相是很不錯了。

少南見狀問道：「要買嗎？」

青竹搖搖頭，又問那老闆。「這是什麼做的？」

老闆說：「綠豆麵和了香芋泥做的，裡面是棗泥餡兒，四十文一斤，要不要買點嚐嚐？」

青竹心想還是算了吧。

兩人買好東西便往賀家去。賀家的屋子在賀鈞幫忙的那家醫館後面一條的小巷子裡，青竹只來過一次幫忙送東西，但由於這裡的道路本來就不複雜，很快就找到了。

賀鈞怕他們找不到，還特意到巷口來迎接他們。見了面，相互問了好。

朴氏在門口張望了一會兒，見青竹他們來了，立即滿臉堆笑。「總算是過來了！」

少南將買的吃食奉上。

朴氏便說：「項家哥兒姊兒來坐坐就好，何必再買什麼東西？本來搬這個家還多虧你們項家幫助呢，不然哪裡尋得到這樣的屋子。」

少南聽大哥說起過，故含笑道：「嬸子就別客氣了，爹說正月裡沒有空手登門的事。」

朴氏忙將兩人迎進屋裡，又招呼賀鈞給他們添茶，她這裡還忙著灶上的事呢。

青竹接過賀鈞捧來的茶，道了謝。

賀鈞尋了張杌子坐下，與少南大談特談關於這些年來時文上的事，又說起認識的哪個人中了多少名，要不就是少南說些書院裡的事、這些年他看過些什麼書、長了多少見識等等。

青竹也插不了嘴，手中捧著粗茶碗，便打量起這間屋子來。門板上的縫隙似乎比她第一次來的時候張得還要大了，心想著若是睡在這間屋子的話，風從縫隙裡灌進來，定會很冷。屋子雖然不好，不過卻收拾得乾乾淨淨的。

屋子正中放著張有些坑坑窪窪的八仙桌，也不知傳了多少代人，桌腳有被蟲蛀過的痕跡；靠牆角的地方放著一張簡易的木床，被褥收拾得很整齊，心想大概是賀鈞夜裡住在這間類似於堂屋的屋子，他母親住在裡間吧。

青竹在跟前坐了一會兒，因為插不上什麼話，便起身道：「我去幫忙，你們慢聊。」

走到後面，見朴氏正忙著切菜。一個簡易的灶臺，上面一口黑乎乎的大鐵鍋，旁邊還有一個小爐子，爐子上的瓦罐裡正咕咕地燉著東西，冒著熱氣呢！

青竹洗了洗手，笑說道：「嬸子，我來幫妳忙吧！」

朴氏被煙燻得咳嗽了一陣，忙說好。

青竹便蹲下來替朴氏理菜。

朴氏見她手腳勤快，不免點頭含笑說：「我多想養個女兒，可惜只帶了這麼一個兒子。」

青竹一面忙活，一面和朴氏道：「嬸子有什麼好遺憾的，賀哥如今也掙錢養家了，倘若後面中了舉、中了進士，難道嬸子還沒享福的日子嗎？」

朴氏喜歡聽這話。「只是也不知有沒有那個福分？這年紀漸漸大了，有些不中用，他爹走得又早，我一人將他拉拔大，說起來都是心酸。」

青竹聽著朴氏的念叨，不免想起自己的母親來。同樣是寡婦、失業，不過好在母親沒有朴氏這般寂寞，有青梅他們陪伴著，日子雖然清苦了些，不過還不算十分難捱。

朴氏見青竹做事勤謹又麻利，心裡有些過意不去。「明明請了你們來作客，到頭來還讓妳受累了。這天冷，水也冷，放在那兒，我來弄吧。」

青竹含笑道：「沒關係，反正他們倆在前面聊著，我也插不進話，不如來陪陪嬸子。」

朴氏切好了菜，洗了鍋，青竹又主動幫忙燒火。朴氏趕著做菜，又一面和青竹閒聊。「你們項家太太人看上去還隨和，只是請了她好幾次來坐坐，似乎都不大願意，果然是瞧不上咱家孤兒寡母的。」

青竹想，白氏可不就是最普通的鄉野老太太嗎？沒什麼見識，又很勢利。只是她沒有在背後說人長短的習慣，因此也沒開口。

朴氏又道：「我見你們兄妹倆倒還好，上次不還多虧遇見了項哥兒，否則只怕我家兒子已經沒命了。」

青竹笑道：「這都是緣分。」她聽見朴氏說的「兄妹倆」，看來賀家母子是真的把她當成項家的女兒了。青竹沒多加解釋什麼，反而覺得這樣的身分還輕鬆一些。

到了吃飯時，飯菜都擺在那張八仙桌上，人不多，也沒別的地方可坐，只好大家在一處吃了。

朴氏切好豬頭肉，把少南買的點心也收拾出來，拿盤子裝好盛了上來。

朴氏坐在上首，下面賀鈞相陪，少南與青竹打橫。

席間，賀鈞和母親說道：「剛才我和項兄弟商議了，四月就去考院試。」

朴氏聽說後，頷首道：「去吧，我沒什麼說的。」

賀鈞又和少南道：「不如項兄弟和我一道入場吧？就像上次那樣。等考完了再回書院接著唸書也是一樣的。」

少南笑說：「答應了山長二月要回省城的，所以過了燈節就必須走。再說，我都沒準備呢。賀兄長我兩歲，早些博得功名，也好讓嬸子享福。」

賀鈞笑道：「你又用這話來搪塞我！左相公今年可都要去入鄉試了。」

少南無不欽羨。「陶老先生很看重他，希望他這第一次就考中了，不然又得等三年。」

聽著他們的談話，青竹想著，是呀，少南說來年紀也不算小了，為何不一同去參加院試呢？書院那裡寫封信過去，託田家人幫忙捎了便可。現在還有幾個月的時間，要說準備也還來得及，不就是考那麼幾本書嗎？倘若中了秀才，回去讀個幾年再回來參加鄉試，也能少一些時間等待。再有，田家那邊是看人下菜的，當初左森中了秀才，不就眼巴巴地跑去巴結嗎？要是少南也中了，說不定田老爺還會少些盤剝呢……青竹細細地琢磨了一番後，心想必定要找少南好好地商議了。

飯後，這兄弟倆又聊了半晌的話，青竹想到出門前白氏的交代，便說要回去了，於是少南同青竹一道走了。

朴氏和兒子說：「項家的這個閨女是個不錯的姑娘，人長得標緻，做事又勤快，言談舉止也都是出挑的，真真是個如意人兒。」

朴氏的話恰巧說中了賀鈞的心事，便紅著臉說：「這些話娘暫且不要提，以後再說吧。」

朴氏瞅見這神情，心下也明白，笑道：「好，我不說，你現在先用心讀書吧。」

回到家後，青竹當著眾人的面，將自己的想法和家裡人說了。

少南不管別人怎麼想，自己先驚了一跳。「妳也認為我這裡先考完試再走才好嗎？」

「不然呢？不是個大好的機會嗎？錯過多可惜。」青竹的另一層心思卻是希望少南有了功名後，田家再想拿捏項家的時候或許就會掂量掂量了。她再也不想看田老爺子那副貪得無厭的嘴臉，想起來就覺得噁心。

白氏巴不得兒子在家多住一段日子，吃喝拉撒都能照顧到了，省得他長年在外面，自己瞎操心。

永柱想了想方道：「我看也成，讓田家幫忙捎封信的事，應該沒多大問題。更何況他們家現在還拿這邊的錢，總得幫點忙吧？」

青竹笑道：「大伯說得對，就是這個道理。沒必要先去讀個幾載，然後再回來考院試，接著再等時間考鄉試，日子可是蹉跎不起的。」

少東也說：「既然都這麼說，二弟還是考了試再走吧？你這一走，一家人又要為你操心。」

少南垂頭道：「太突然了，我也還來不及準備，就怕給弄砸了。」

「過完了燈節就溜幾個月的書，有什麼考不成的？不過就是幾本書的事。你在外面讀了將近兩年的書，不可能一點長進也沒有吧？府試的時候取得了不錯的成績，院試問題應該也不大。」青竹是真的相信少南會有一番出息。在她眼中，少南一直是個上進又有天分的少年，只要有那個時運，出人頭地應該沒多大問題。

少南聽青竹如此說，彷彿又多了一分信心。

家裡幾乎是一致贊成少南考了院試再回書院去，項少南琢磨了一回後，也覺得有道理，便忙忙地寫了一封信，只等田家人上省城時幫忙捎去。

接著又打算去書坊裡選幾本書，準備在家埋頭苦讀起來。

第五十七章　元夕

元宵佳節前，白氏早早地就磨好了糯米粉，自己製了豆沙、芝麻、花生、玫瑰幾樣餡料，與明霞、青竹三人包了好些湯圓，讓少南去給陶老先生送了兩斤，又給田家送了四斤。

眼見已是正月十五了，這日天氣格外的好，和風輕送，春日融融。

午後韓露來找青竹打聽晚上要不要同去的事，青竹心想，初一那天項少南是答應過她，可這幾天因為說要參加考試，他連房門都不大出了，還會去賞燈嗎？也不知他是怎麼想的，便讓韓露等等，她去問問少南的話。

「晚上賞燈，你還去嗎？」

少南順口就道：「不去了吧，在家看看書也好。」

青竹的神情瞬間黯淡下來。「果然是這麼打算的，那麼我就這樣去回韓露的話了。」

少南見她眉間籠著陰雲，突然想起半個月前親口答應了此事，這時候變了卦，她心裡一定不好受。在青竹跨出門檻時，少南忙叫住她。「我都忘了先前答應過妳，既然已經給了承諾，就沒反悔的道理。早早地用了晚飯，我們一道去，可好？」

「當真？」青竹反問道。

少南堅定地說：「當真！爹娘那裡我去說，妳就放一百個心吧！」

青竹這才笑出聲來。「那麼我就去答應韓露了，晚上也好一道走。」

闔家用了晚飯後，天色還沒完全黑下來。青竹惦記著賞燈的事，連飯也沒吃好。

少南換了身簇新的翠藍夾袍，與白氏站在屋簷下說話。「娘，我和青竹出去一趟，可能晚些回來。」

少南雖然沒說明要去哪兒，但白氏也知道少南打的什麼主意，便道：「大晚上的，去湊什麼熱鬧？要看燈，那桌上也點了一盞，去看那個吧。」

「娘，一年到頭就這麼一晚，難道妳也不許？」

「不是不許，是擔心你。」見少南換好了新衣，看來是非要出門不可了，兒子的脾氣她是知道的，只得淡淡地說道：「當心點兒，早點回來。」

「好的！」少南見母親允准了，不免露出微笑來，又聽見有人拍院門說「夏姊姊，該走了」，少南便走到青竹房前催促道：「叫妳走呢，稍微快點吧。」

「來啦，別催。你先去回應韓露吧，我馬上就來！」

少南只好去開了院門，見章谷雨和韓露站在外面，少南也沒要他們進來坐坐的意思，等到青竹換好衣裳出來後，四人便一道往鎮上而去。

韓露和青竹走在後面，兩人一言一語地說著話。「對了，你們藕塘什麼時候開工呢？」

青竹道：「只怕得到三月吧。放心，到時候活兒一定少不了，肯定需要幫忙的，妳的事我一直記在心上呢！」

韓露笑道：「那我就放心了。」

青竹見韓露身上的衣裳都是自己以前沒見過的，桃紅的窄袖大襖，配著白棉布挑線裙子，裙子上繡著大朵的折枝芙蓉花。青竹指著那裙子說：「這條裙子好看，只是妳上面也配淡雅的衣裳才會更出挑，這桃紅色有點過了。」

韓露笑說：「不怕姊姊笑話，這是我穿得出來最好的衣裳了。可惜這兩件都不是新做的，是他舅媽家的姊姊不穿的衣裳，送了我這麼一套。」

青竹點點頭。「倒還有幾成新，這折枝花繡得有些俗豔了些，別的倒還好。」

走在她們前面的谷雨正興致勃勃地問少南外面的見聞呢，兩人也算是一同長大的，不過谷雨一天學也沒進過，只是個粗魯的漢子而已。

今晚是十五，月亮已經掛上樹梢了，青竹道：「當真是個出遊的好日子，一會兒回來時不用打燈籠也看得見。」

四人結伴，好不容易來到街上，此時天色已經全黑了，月色如水。不僅各家簷下，還有路旁的樹上都掛上各式的燈籠，將整個街市照得猶如白晝一般。

街上行人如織，男女老少，接踵摩肩。青竹不久前還和韓露說話來著，稍被人群一擠，卻不知韓露他們上哪裡去了。

青竹四處張望了一回，周圍全是陌生的面孔，項少南也不知被擠到什麼地方去了，一時間竟有些茫然、不知所措。青竹跟著湧動的人群走了一會兒，心想莫非這一走散了，等會兒她要單獨回去不成？

走到一棵槐樹下，青竹又張望了一回，心想要不要在這裡等等他們？一個人逛彷彿也沒多大的意思。青竹正焦急等待他們出現時，突然，後面有人拍了她的肩膀一下。青竹回頭一看，卻見是個陌生的女人，約莫四十來歲。

女人笑容可掬地和青竹說：「小妹妹，是不是和家人走散了？走，我帶妳去找他們，還有好東西給妳吃喔！」

青竹狠狠地將那女人的手給撥開，厭惡地瞪了她一眼，急忙走開了。當她是三歲小孩子般哄騙嗎？也不知是哪裡來的壞人，和這些人扯上關係定沒什麼好事。

青竹迅速地又湧入人群裡，只想將那個可惡的女人給甩開。「真是的，他們到底去了什麼地方啊？」青竹焦急地尋了一回，又怕被什麼歹人給惦記上。正當她有些無奈時，在擁擠的人群裡，有人緊緊地抓住了她的手！

青竹驚愕地扭頭去看，卻見是項少南在身後，不安的心頓時才平定下來。

「真是的，才錯眼不見，便找了好半天。抓著我的手，別鬆開。」

「好！」青竹用力地握了握。他的掌心很溫暖，那種茫然失措的感覺頓時全無了。幸好他還在身邊，幸好他找到了自己。

少南拉著青竹，跟著人群向集市口走去。「聽說德馨樓那邊在猜燈謎，我們過去贏點兒東西回去，怎樣？」

「我對這個不在行，你很強嗎？」

「我也沒猜過，不過是去看看熱鬧。走吧！」

「韓露他們上哪裡去了呢？」

少南笑說：「他們小倆口在一處呢，都認得回家的路，妳理會他們做甚？」
青竹跟著少南的腳步走，兩眼只顧著看兩旁掛著的那些燈盞，糊成十二生肖的，四角、六角、八角的宮燈，還有荷花樣式的、金童玉女樣式的，不勝枚舉。
青竹心想，這元宵可比過年熱鬧多了，難怪她以前看詩詞的時候，有那麼多的佳句呢！除了這些賞燈人，更有那些揹著背簍、挑著擔子、挎著籃子在來往吆喝賣小吃、雜耍的小販們。青竹也是第一次知道，原來平昌鎮住了這麼多的人。
等少南和青竹來到德馨樓時，已經湧了不少人，裡三層、外三層，圍得水泄不通，兩人根本擠不進去，只好遠遠地看著。
少南惋惜道：「看來是來晚了，沒希望了。」
人語嘈雜，鬧得青竹頭暈，很想找個安靜的地方坐坐，便和少南說：「既然進不了，我們去別的地方吧？鬧得腦袋疼。」
「也好。」少南多少有些失望。
一輪圓月端端正正地掛在幽藍的夜空上，望著眼前這些星星點點的燈火，突然有些眩暈感，總覺得這樣的情景只會是在夢中。
少南聽說平安巷後面的那條河溝裡正在放河燈，因此要拉了青竹去瞅瞅。
一路往平安巷而去，距離街市漸漸地遠了，也變得黑燈瞎火起來，不過好在月色不錯，倒還能辨別方向。
兩人走了一段路程後，青竹隱約聽見那邊傳來人語聲，還有星星點點的燈火也漸漸地透了過來。因為天色暗，路面看得不大清，坑坑窪窪的，一腳高，一腳低，腳下不知被什麼給絆了一下，腳一崴，頓時覺得腳踝處鑽心的疼。此時少南正在前面走，沒有發現青竹的異樣，青竹也沒吱聲，硬堅持著和少南一路來到那條河溝旁。

果然這邊已經聚集了不少人，因為這幾天天氣還算暖和，水面也沒結冰。此時水上已經漂浮著一盞盞的小河燈，星星點點的，將寂靜而深色的河流妝扮得格外亮麗，像是一條墜入人間的銀河。

「妳要放嗎？」少南突然回頭來問她。

青竹不假思索地點頭答應。

「妳先在柳樹下等等我。」說畢便去賣河燈的地方買燈。

青竹依言，果然站在一棵柳樹下，方便少南過來時能立即發現她，同時又提高警覺，看看有沒有什麼人跟蹤她，再看看有無拐子、虔婆之類的可疑人。

左腳踝還是有些疼，青竹多想找個地方坐下來好好地揉一揉。

正當她彎腰揉腳的時候，突然有人拍了下她的背!青竹心想，莫非又被什麼壞人給盯上了不成?正想拔腿就跑，偏偏腳疼跑不得，只能忙忙地走出好幾步，差點撞到石頭。

「項姑娘，是我。」

青竹覺得這聲音有些耳熟，回頭去看，原來是賀鈞站在她身後。青竹這才平定下來，撫著胸口說：「原來是你，我還以為是誰呢！」

賀鈞見青竹有些慌張的樣子，連忙賠禮。「唐突到了項姑娘，在下給妳賠禮了。」

「沒關係的。真沒想到還能在此碰見你！」青竹深感意外。

「是呀，今天這樣的大日子，不出來逛逛豈不是可惜？項姑娘單獨出來的嗎？」賀鈞左右環顧，也沒看見項家其他什麼人。

「不，和少南一道出來的，他去買燈了。」

「原來如此。」賀鈞只不過是信步走走，沒想到竟然還能偶遇青竹，心裡頓時歡喜起來。只是他是個靦覥的人，又不敢直視青竹，覺得很不好意思。

「他答應四月考了試再走，到時候你們兄弟倆又能一道進考場了。」

賀鈞聽說後很是歡喜。「這樣不是更好嗎？我說這幾天怎麼不見項兄弟來找我說話呢，原來都是在家溫書啊！」

「可不是？今天我說要出來，他原本還有些不答應呢！」這裡兩人聊得高興。

少南回來時來回找了一圈，才發現她和賀鈞在一處說話。

少南將一盞蓮花式的小燈遞給青竹，青竹見賀鈞空著手，轉念一想，便含笑道：「不如我將這個燈送給賀哥吧，你們兄弟倆一同去放，保佑你們金榜題名！」

賀鈞被青竹的這個舉動弄得有些不知所措，見她一臉微笑的樣子，想到她關心自己的前程，不免頗為感動，又去看少南的神色。

少南笑道：「不如我再去買一個給妳？」

「不了，你們放吧！」青竹想，她還有當初的那支籤呢，說不定真能保佑自己平步青雲，給她帶來福運，便不用再對著一盞小燈許願了。

賀鈞推辭不過，只好接了過來，望著熒熒火光，心裡裝著自己的錦繡前程。少南催促著他一道去放了，賀鈞答應一聲，便下了階梯，走了幾步，突然回頭看了青竹一眼，心有所動，彷彿突然想到什麼，不禁對青竹微微一笑，跟著少南去了。

青竹背倚著柳樹，頓時覺得河風有些寒冷，她下意識地雙手環腰，微微地顫抖著，眼睛卻盯著河裡漂浮的那些河燈看，心想這樣的景致還真是別致，明年也不知還有沒有？或許就算有，少南不在家，她怕是也出不了門的。

等他們上岸來，青竹便笑嘻嘻地說道：「你們一定都會高中的！」

「借妳吉言。」賀鈞莞爾道，心裡卻想：我未必就是許關於前程的心願……自己的這份心意，想來她是不知道的。不過總有一天會讓她明白，曾經有那麼一個人是真心真意地想要她過得好。

三人相約著走了一段路，氣氛雖然不錯，不過畢竟時候有些不早了，少南又惦記著家裡，怕他們擔心，便準備往回趕。

青竹一瘸一拐地跟在他們身後慢慢地走著，他們倆走得實在有些快，眼見著就要跟不上了，好在少南及時停住腳步，站在那裡等她。

賀鈞和少南道：「二月十九有廟會，不如我們去拜文殊吧？」

「好呀！」少南滿口答應下來。

「我娘還找人給我算過呢，說我這次入場，必定順利。」

少南想了想方道：「看來你是十拿九穩了。不過你若是考過了，會進官學去唸兩、三年等到入秋闈，還是繼續在醫館裡做小夥計呢？」

賀鈞這些日子來糾結的也正是此事。他是願意去唸幾年書，不過既然要去官學的話，就得進縣城了。若是家裡還有其他兄弟姊妹，他倒也放心，偏偏就這麼一個寡母，沒人照料。再有，他也還有暫時不想離開平昌的理由，只是此刻不好說出來而已。

「看情況吧，要不再幫上一段時間的工，攢些錢，說不定就能將家母接到一處過活了。」

少南點頭道：「倒也是個法子。」心想自家也算不得什麼富裕人家，想要接濟他也是不大可能的。

走出平安巷，就要分別了，那哥兒倆又站著說了好一會兒的話。

賀鈞扭頭和青竹說：「項姑娘多保重，要是家裡有什麼活兒，用得上在下的，吩咐一聲就來。」

青竹微笑著說：「那敢情好。」

道了別，這裡青竹跟在少南身後，慢慢地往家裡趕。過了轉角，青竹突然看見火光通天，忙問：「什麼地方著了火嗎？」

少南解釋道：「應該不是，他們是在燒龍燈。」

「為何要燒呢？」

少南心想，青竹不知這個習俗嗎？又趕著解釋說：「過了今晚，年就算過完了，不再有舞龍燈獅子什麼的，所以今晚就有這燒龍燈的習俗。」

「是嗎？」青竹心想，幸好不是失火了。腳上不適，她一直隱忍著沒有開口，堅持著走了好長一段路，直到出了街市，該走田埂路了。

少南在前面走了一段後，又停下來等她，心想青竹今晚為何這麼慢？莫非是不習慣夜裡趕路？見她走路的姿勢彷彿有些不大對勁，他心下疑惑，大步走上前問：「妳腳怎麼了？」

「不過崴了一下，沒什麼關係。」

「真是的，要我說妳什麼好呢？照妳這樣走，到家都半夜了，來我背上吧！」說著就蹲了下來，等青竹爬上他的背。

青竹遲疑未動，忙推辭道：「這樣只怕不好，我還能走。」

「真是的，不知妳在逞強什麼，莫非要我抱妳回去不成？」

青竹頓時覺得滿臉發熱，幸而是在月光下，他看不清自己的窘態，急忙道：「那更是不可了。」

「那就上來吧！我揹自己的媳婦，誰還會說個不是？」

青竹是第一次聽見少南口中說出她是他的媳婦。為了早些趕回家，只好讓他揹一段路了，回去的時候搽點藥酒什麼的，再歇上一晚，應該就會好了吧？

少南將青竹揹上了，心想她比自己想像的還要輕些，看來她的日子過得確實清苦。自己出去快兩年了，她竟然都沒怎麼長身子……他頓時覺得心頭有些酸酸的。

青竹覺得他的背十分暖和，只是自己的身子很僵硬，也不敢直接貼在他背上。她還是頭一回被爸爸以外的異性揹在背上，這樣的感受有些奇怪，也讓青竹覺得有些異樣。

少南揹著她走了好一段路，倒不覺得有多費力。

離街市越來越遠，人語嘈雜也漸漸都遠去了，月色籠罩著的大地靜悄悄的，樹影越發濃黑起來。在這樣空曠又暗的夜裡趕路，對青竹來說還是頭一回，她心裡有些許害怕，不由自主地揪緊了少南的衣裳。

少南突然問青竹。「為何賀兄一口一個項姑娘的稱呼妳呢？」

「他不知道我姓夏，自然就認為我姓項了。再說，你不是和他說過我是你妹妹嗎？」

少南這才恍然明白，身子僵硬了一下，突然又問了青竹一句。「妳心裡是不是中意賀兄？」

青竹深感詫異，心想少南這說的都是什麼？忙搖頭否認。「為何突然這樣問？從來沒有過這樣的事！」

「是嗎？我是見妳在賀兄面前笑得那麼開心，對我卻總是冷冰冰的，所以才認為……」

「沒有的事，你別胡亂猜疑！」

「那就好，不然我想我會很困擾的……」後半句話少南說得有些含糊不清。

青竹沒聽明白他說什麼，只覺得身下這個人有些不對勁，可又說不上到底是哪裡不對勁。話說回來，幹麼胡亂猜忌她和賀鈞？害她心裡有些不爽，嘖！

第五十八章　家暴

田老爺聽說少南這會兒要參加院試了，便主動上門來道賀，拉著少南說了好一通話，完全一副禮賢下士的樣子，讓人有些摸不著頭腦了。

後來白氏說：「這個田老爺倒有些意思，我看他就是擅長見風使舵，想著少南這裡要是中了就有功名了，所以巴巴地來拉交情。」

送走田老爺後，家裡人商議了會兒。

「暫時還無法將田家繞過去，還是得好好地款待了。」

青竹聽說後也沒說什麼。

白氏說道：「今天這乾菜燉鴨子燉得好，那田老爺還連吃了好一些呢！我想今年菜園裡該多種些大頭菜，豇豆也該多種些，曬好了乾菜還可以各處都送一些。」

屋裡人正隨意地扯東拉西時，明霞突然跑進來說：「娘，大姊來了！」

白氏有些納悶，都大半下午了才來，莫非是有什麼事嗎？

明春走進家門，見家裡所有人都在。

青竹瞥見明春臉上有幾道暗紅色的印痕，很是刺眼，心想莫非她被人給打了不成？心下正疑惑著，就聽見少東問她。

「大妹臉上怎麼了？」

明春含著淚道：「被那死鬼給抓的！」

屋裡人俱是一驚，心想馬元看上去也還算個老實忠厚的人，怎麼就做出了打老婆這樣的事？

白氏聽了面帶怒色，又心疼女兒，忙道：「他為何要打妳？」

明春頓時落下淚來，抽抽搭搭的不肯說話。

家人見了這幅光景，心想這才幾年的時間，那馬家人也太不是東西了！

少東心疼妹妹，起身就說要去找馬元理論。

永柱喝止了他。「你跟著瞎起鬨什麼呢？明春既然回來了，就在家住兩日吧，這事慢慢的再議。」

翠枝也暗暗地拉了拉少東的衣裳，嗔怪少東多事。

白氏見明春這樣，不免覺得心酸，暗自埋怨當初要是沒結這門親事就好了。

或許當著眾人的面，明春不大好說得出口，因此白氏又將明春叫到房裡，這才暗暗地問她。「除了臉上，別的地方還有沒有傷？」

明春紅著臉說：「胸前還被他掐得發紫……」

白氏一聽，眼淚跟著就淌下來了，摟著明春嗅了一句。「我苦命的兒呀，這日子如何過……」

明春一臉的委屈。「我有什麼法子呢？他現在別的事不做，就成天在外喝花酒，也不知勾搭上什麼女人，身上還有脂粉味。這些傷是他喝醉了回家打的，酒醒後他竟然說什麼都不記得，又不是頭一回了……娘，我不願意再回去了！」

白氏皺眉道：「哪有不回去的道理？娘知道妳受了委屈，妳在這邊放心地住著，明兒我叫妳大哥過去看看，也勸勸女婿，妳也再忍耐些時候。肚子裡有消息沒？」

明春含淚搖搖頭，心想她是再也不想看見馬元了，被他打了幾次，她著實有些怕了，一輩子離了他才好。

對於女兒的遭遇，白氏深感痛心，心想到底造了什麼孽，讓明春如此受苦？要是早知道，絕對不會和馬家扯上任何關係的！見明春身上的衣裳還算光鮮，只是臉上淚痕未乾，臉盤彷彿也小了一圈，更是心疼得緊。

「女婿年紀輕輕的，未免有些意氣用事，妳也多擔待些。讓他尋個正經的營生，也許就不會胡鬧了，這日子還是得過下去。」白氏只好勸慰女兒，心想要不要哪天親自去馬家一趟，找馬家太太說說？項家的人總不能任意被人欺負！

聽著母親的話，明春有些麻木了。她想要和馬元和離，但見母親這樣子，只怕是不許的。她不敢說出，她也想有個孩子，可最近一個月，馬元連她的身子也不近了，哪裡懷孩子去？明春無法和母親說這些，一是怕母親擔心，二是覺得心下煩，也說不出口，往床上一倒便對母親說要歇歇。

白氏也只好由著她，又寬慰道：「妳在家就放寬心吧，我讓明霞陪陪妳。」轉過頭抹了一把眼淚，這才出去了。

明霞瞅見母親眼眶紅紅的，低低地問了。「大姊她怎麼了？要不要緊？」

白氏道：「這幾天妳大姊和妳擠一擠，不該問的話妳別問，好好地陪她說說話。」

「喔。」明霞心下有些疑惑，她也不小了，自然明白大姊是在夫家受了委屈才跑回來的。見姊姊這樣不免有些憂憤，心想幹麼要成親呀？

白氏將明春的遭遇和永柱說了後，永柱很自責。「這孩子都是我害了她，當初要不是聽了馬老爺子的話，也就不會結這門親事，她又哪裡會受這樣的委屈？」

白氏嘆道：「世上哪有早知道？事已至此，這日子還是得過。我會勸著她一些，改明兒還得去會會馬家太太，看看是如何說法？我們明春是他們馬家明媒正娶過去的，總不能就這樣給欺凌吧？」

永柱聽後又道：「見了親家母，妳好好地說話，禮數也都要盡到了，看他們馬家還有什麼言詞。」心中不免又想，要是明春在馬家的日子實在過不下去了，乾脆分開來過，不過就是名聲差一些罷了，幹麼要看馬家的臉色，送去給別人欺負呢？

第二日一早，白氏讓明霞陪著明春。用了早飯，換了見客的上好衣裳後，叫上少東就往馬家去了。

明春躲在以前住的屋子裡，也不大出門，只明霞在跟前說話陪伴。

對這檔事，青竹插不了手，再說她也沒工夫去管這等事，只冷眼旁觀，做自己該做的事。不過瞅見明春這等光景，心想都是遇人不淑的關係，好在青梅遇上了謝家那小子，倒還算是個忠厚的人，又勤快，每次聽母親口中都是誇讚的話。又因是上門女婿的緣故，自然不敢給青梅臉色看，日子還算過得。

翠枝見明春來家住著，她自然是不好去管馬家的事，不過想到少東也牽扯進去，算什麼事呢？想想明春昔日在家時老是一副大小姐作派，沒想到嫁了人卻被丈夫欺負成這樣，當真是一點志氣也沒有，不免覺得好笑。要是少東也是那樣的人，她早就離開少東了！

白氏和少東去了馬家半日，回來時馬元也跟著過來。明春只說不願意看見他，躲在屋裡不肯出來，讓明霞幫忙守著房門，不放他進屋，任憑馬元在外拍門叫喊，明春就是不聽，鬧得一家子都不安寧。

後來少東走來，對馬元說：「大妹夫，爹找你問話，請你過去。」

馬元見明春不肯露面，心下有些惱怒，如今聽岳父有請，不敢怠慢，忙跟少東去了。

永柱坐在屋裡編著草鞋，見馬元來了，也沒抬頭看他，一語不發地繼續擺弄手中的活兒。

馬元摸不清岳父的心思，只好小心應付著。「爹，您叫我呀？」

永柱依舊沒怎麼理會他，只繼續編著草鞋。

馬元心裡嘀咕著，這岳父是在擺架子給他看，讓人不好應付，且如此情況，又不能扭頭就走。看樣子他喝酒打了明春兩下，還真惹出事來了。

永柱依舊沒有吱聲，也沒叫馬元自個兒找地方坐下，兩人僵持了半刻。

馬元就著衣袖擦拭額上的汗珠，越發地覺得不安起來。

「岳父大人……」馬元顫巍巍地喚了句。

永柱這才抬頭看了他一眼，質問著他。「你和明春到底是怎麼回事？」

馬元低頭回答道：「爹，女婿錯了，都是醉酒誤的事，以後再不會對明春動粗了。」

「你們馬家是怎樣行事的我管不著，但明春是我們項家好不容易養大的女兒，如今到你們那邊去了，只希望你能好好地待她，別給我惹事。」

馬元連忙稱是。

永柱又說：「我現在雖然殘廢了，可畢竟是她的親爹，她出嫁了也還是我的女兒，我自然要過問。要是你敢對不起她，我必要找你問話。」

馬元趕緊答應了。

永柱見他態度還算好，並沒怎樣地蠻橫強硬，語氣也就緩和了些。「她受了這麼大的委屈，你好好地去賠個不是，她也是個懂理的人，這日子還得過下去。」

馬元答應著，便繼續去叫明春開門。

明霞堵在裡面，和明春說：「大姊，真不開門嗎？姊夫又來喊了。」

明春躺在床上，根本不想理他，沒好氣地道：「就當我死了吧！」

明霞心想，這樣鬧下去也不是辦法，難道大姊真要和她擠一輩子不成？想了一回，心裡有了主意。開了一條縫，往外看了看，果見姊夫站在門外，明霞又扭頭看了一眼明春有沒有什麼動靜，然後悄悄地向馬元擺擺手，門縫又拉大了些，動作輕巧，怕將明春給驚動了又要怪罪她。出得門來後，她迅速地將身後的門合上了，壓低了聲音對馬元說：「姊夫，我大姊正生氣呢，這時候別去惹她，過陣子興許就好了。」

因為是在項家，馬元也不敢十分由著性子來事，便對明霞說：「我心裡有數。」

對馬元來說，與明春結縭幾載，日子越過越乏味，早已沒了新婚時的新鮮感，相處久了，對明春的不滿也與日俱增。一個古板、乏味又小心眼、愛猜忌的女人，實在是讓馬元有些受不了，心想這今後的日子該怎麼過呀！

馬元在院子裡踱著步子，頗有些無奈，他真想一走了之，可又有點懼怕岳丈的臉色，心下實在沒什麼主意。

這會兒白氏從外面回來了，青竹跟在身後，婆媳倆才趕了集回來。

馬元見了岳母，立刻迎上去，賠著笑臉，哈腰說道：「娘回來了。」

白氏冷冷地看了眼女婿，「唔」了一聲，對他可沒什麼好說的。

馬元熱臉貼冷屁股，自討沒趣，又笑嘻嘻地和青竹打招呼。「弟妹可好？」

青竹答應了一句。「有事要忙，姊夫請自便。」

「喔，好，弟妹慢慢忙。」

項家人再沒人出來理會馬元，馬元獨自在院子裡站了半晌。

少南在屋裡看書溫習，透過窗戶瞧見了這幅光景，也沒出去找他說話，只埋頭做自己的事。

馬元又到明春門前，抬手輕輕一推，門就開了，裡面什麼聲音也沒有。馬元探出頭去，向裡張望了一回，一隻腳已經跨進門檻了，雙手順便帶上房門，上了閂。

見明春面朝裡躺著，也不知她是不是睡著了，馬元躡手躡腳地走到床前，向裡看了一回，又晃了晃她的身子，不屑地說道：「妳也別給我充管家娘子，快給我起來！丟臉丟回老家了是不是？妳不要臉面，我還要呢！」

明春聽見馬元的聲音，以為他是低聲下氣地來道歉的，沒想到還是這樣的臭德行，便不肯理會他，依舊裝睡。

馬元也知道明春是在裝睡躲他，往事一幕幕想起，頓時覺得猶如火上澆油一般，伸手便去拉她。「起來！給我穿好衣裳回去，回去後我和妳商量！」

明春覺得馬元聒噪，知道自己躲不過，騰地一聲坐了起來，怒目瞪圓，指著門口罵道：「這是我家，還輪不到你在這裡撒潑！快給我滾出去！」

「妳把我當什麼了，讓滾就滾？又不是拴在棗樹下的那條黃狗，任由妳來回使喚！還給我裝大小姐脾氣呢！我拉下面子親自來接妳了，還要我怎麼著？剛才妳爹訓也訓了，我可半個不字也沒吭聲，妳娘還冷眉冷眼的，這些也就算了，現在妳也對我指手畫腳的？」馬元握緊了拳頭，想到這是在項家，因此盡力地克制自己的情緒。

「怎麼了？連句痛快話也不讓我說了？我叫你滾呀！」說著便將身後的枕頭、被褥之類的往馬元身上砸去。

馬元避之不及，一只枕頭正正地砸在他身上，氣得他伸手就將明春往床下拽，力氣又大，兩下就將明春給帶了下來。

明春不防，頭正好磕到了床板，頓時就瘀青了。

「躲在這裡算什麼？給我回去，我們慢慢理論！」

明春見馬元急紅了眼，怕得緊緊地抱住床柱子不肯下地，放聲大哭大鬧。「來人呀，救命啊！要出人命啦！」

「臭娘兒們，別給臉不要臉！俺也不稀罕……」馬元盛怒未消，對著明春身上就踢了一腳。

此刻白氏等人聽見這邊屋裡鬧得有些厲害，心想這兩口子怎麼又吵起來了，忙走到門前叫開門，哪知門閂得嚴嚴實實的，推也推不開，又聽見明春在喊——

「娘，救我！」

白氏知道是女婿在欺負女兒，便插腰大罵。「姓馬的，你不是東西！如今還囂張到我們項家來了？快給我滾出來！」

動靜有些大了，少東忙趕來；翠枝抱著靜婷，也出來看熱鬧；青竹正在廚下忙碌呢，也走到屋簷下想看看到底出了什麼事；永柱也一瘸一拐地出了房門；在隔壁唸書的少南早已經看不下去，也出得門來。

永柱向少東努努嘴說：「去給我將那孽畜叫出來，這鄰里間聽見了算個什麼話！」

少東答應一聲，忙拍著門說：「大妹夫、大妹妹！什麼事出來說，別打別鬧！」

屋內似乎安靜些了，永柱慢慢地走到簷下，衝屋內喊話。「我還沒死呢，這像什麼話？還要不要過日子？」

良久，聽見門閂響動，只見馬元開了門，卻見他紫脹著臉，怒意未消。

永柱抬頭看了他一眼，揚手就給了他一個耳刮子，大罵道：「給我滾！」

馬元頭也不敢抬，手摸著被永柱打過的地方，覺得火辣辣的疼痛，一語不發，拔腿就往外走，也沒人去拉他或是留他，就這樣垂頭喪氣、灰溜溜地回去了。

少東看看父親，又看看母親。

白氏見永柱打了馬元，暫時撇下他不管，便進屋去看明春。

永柱見狀，一言不發地回屋繼續編草鞋。

少東便推了翠枝回房裡去。

白氏見明春披頭散髮、衣衫不整地坐在床沿，正在那裡抹眼淚，此番情形看得白氏心疼，忙安慰道：「姓馬的不是東西，如今竟欺負到家裡來了。妳放心，妳爹已經教訓過他，將他趕回去了，有什麼委屈和娘說。」

明春哭喊一句。「娘呀……」一頭鑽進白氏的懷裡，抽噎道：「過不下去了……我再不要回那個家了，請娘收留我吧！」

白氏安慰道：「都是在氣頭上，妳別說傻話，過陣子再說吧。」

明春坐正了身子，正色道：「他是怎樣對我的，娘也看見了。我們過不到一起，娘，乾脆和離算了。」

白氏一怔，忙道：「妳這孩子，小倆口拌幾句嘴、磕磕碰碰的是常有的事，哪有為了這個就不過了的道理？妳先別想那麼多，安心地養幾天身子，後面的事我再慢慢地給妳籌劃。」

有娘在，妳放心。」赫然見明春的額頭上鼓出一個包來，還帶著瘀青，忙問：「這是他給打的？」

明春點點頭，說道：「在床板上給磕的。」

「老天爺，這叫什麼事呀！」白氏看得甚是心疼，又將馬元給罵了幾百遍。「當初合你們倆的八字時，還說是好姻緣，如今看來這算命先生的話也不能盡信。我苦命的兒呀，在家的時候我百般疼妳，從未打罵過妳，沒想到如今竟然遇上這等事！說來是妳命不好，我看他們馬家還有什麼話說！妳也別多想……」

明春只暗暗地抹眼淚，將眼睛揉得像個桃兒般。

第二天，馬家太太帶了馬元，親自上門來給項家人賠不是。

馬家太太說：「元兒他不懂事，一時失了手也是有的，我已經罵過他了，他自己也知道錯了。」接著又扭頭對馬元說：「還不快給你岳父、岳母賠不是！」

馬元便按著做了。

白氏見馬家給了他們家一個臺階下，便也道：「這樣的事可不許再有了啊！」

馬家太太再三保證，又讓馬元給明春賠了不是。

那馬元起初還有些不肯，可禁不起他娘念叨，只好照辦了。

於是，一場風波才慢慢地平息下來。

第五十九章　報喜

眼見地裡的事也跟著出來了，收割小麥、種藕，全都是活兒。家裡請了三、四個幫工，其中包括章谷雨在內。二叔家依舊過來幫忙，白顯也來了。

青竹本來就要負責十幾口人的伙食，現在又要管帳，好些瑣事要忙，忙了一天，出了一身臭汗，幾乎沒個休息的時候，胃口也不大好，覺得自己累得像條狗一樣，好不容易上床躺一會兒就不願意再下地了。

然而才躺下沒多久，便聽見外面有人敲門，青竹極不情願地答應一聲，下地穿了鞋，撩了簾子走出來，外面的隔間依舊養著蠶。

青竹開了門，卻見是少東站在門外。「大哥，有什麼事？」

少東道：「爹說要看帳。」

「喔，等等。」青竹轉身去了裡間，將帳本拿出來，又怕永柱要問什麼話，便說要送過去。

這邊堂屋裡燈火通明，永柱正和少南說話呢。青竹走進去，一臉的倦容，四肢無力，真想找個地兒靠靠。

永柱見青竹親自過來了，也不翻帳本，只問了青竹幾句話，青竹如實地答了，永柱便點點頭。交給青竹，他沒什麼不放心的。

「我已經和妳二叔說好了，明天讓妳二嬸過來幫忙煮飯，妳就暫且不用管伙食的事了。反正每天的例菜也都是規定了的，這些全部交給妳大伯娘。」

青竹應了個是，心想不用煮飯的話，她就輕鬆一半了。

青竹又看了眼少南，問道：「明天你就要去城裡了吧？」

少南說：「是呢，和賀兄約好了一起走。」

「東西都備齊了嗎？」

「差不多了吧，娘還給備了乾糧。」

永柱道：「要不我讓你大哥送你去吧？」

少南忙推讓說：「爹也太看不起人了，又不是前幾年我還小，不過是進城一趟，去考試而已，不用再讓人送了。再說我知道家裡忙，還正恨自己幫不上什麼忙呢，總不能添亂吧？大哥也不得閒。」

永柱見兒子如此說便作罷，拍拍他的肩鼓勵道：「認真考，倘若中了，我們也要好過一點。」

少南笑著說：「爹放心。」

青竹見他一臉信心十足的樣子，心想院試他應該能拿下吧？

當下各自歸寢，青竹與少南一同散去，途中問他。「要不要等到放榜了再走？」

少南道：「哪裡能等到那時？今天初三，初十可能就得走了，才和爹說起這事呢！」

「倒也快，好在這次要準備的東西不多。」

「是呢，勞你們費心了。」

青竹走到簷下，便和少南道別。「早些睡吧，明兒還要往縣裡趕。」她也很想睡覺了。

少南說了句晚安，便回了房。桌上的燈盞還燃著微弱的光亮，看過的書也還沒來得及收，他趕著收拾了。考箱已經備好，該裝的也都裝了。

略略齊整之後，就該準備睡覺了，明日還得趕路呢！老實說，對這次的院試，少南的信心沒有上次府試時那麼有把握，心想要是考不好，還真是辜負了家裡人的一片期望。他的壓力不輕，可饒是如此，也只能咬牙上了。

胡亂地睡了個覺，雞啼第三遍時，少南就起床了。開了門見青竹在打掃院子，天色已是矇矇亮。

青竹見他站在門口，便道：「我去燒水。」

「好，我來掃地吧。」說著就從青竹的手上拿過長掃帚，唰唰地掃著地。

家裡其他人也都相繼起來了，白氏見是少南在掃地，連忙將掃帚奪了去，輕斥道：「這不是你該幹的活兒！東西都裝好了？」

少南答道：「裝好了。」

青竹忙碌了半晌，總算煮好飯，將雞也餵上了，牛也添了草料，這才顧得上梳頭。

少南才從永柱房裡出來，是去道別的。這會兒見青竹站在簷下梳頭，便三步併作兩步地走上前與青竹說道：「我這就去了。對了，有沒有什麼想要的東西？我幫妳捎回來。」

青竹道：「我倒是想去城裡逛逛，算了，以後再說吧。你這一去必是蟾宮折桂，好好考，路上小心。」

「借妳吉言。」少南回屋揹了考箱，這就準備走了。

少東出來，說要送送他。

白氏則說該去上個香。

中午的伙食有白氏、永棡家的媳婦陳氏並同翠枝幫忙負責，翠枝還得照看兩個孩子，白氏便吩咐明霞也幫著做些事。

青竹忙完了瑣事就去淺溪灘了，永柱讓人撈了幾條魚上來，放在笆簍裡。那大些的有兩斤來重，小些的也才一斤的樣子。

青竹看了後說：「看樣子還得再養養。」

旁邊的人說：「等到秋天挖藕的時候再打，應該也能賣出價了。」

青竹心想也差不多，只是這成本著實大了些，總得尋一個能讓魚兒長得快些的法子來才是正經。這裡正忙著，突然見明霞氣喘吁吁地跑來。

明霞和青竹道：「妳家三妹來了，說是妳大姊生了個兒子！」

青竹一聽，立即喜逐顏開。「當真？」

明霞道：「我哄妳做什麼？現在還在妳屋裡坐著呢！」

永柱在旁邊聽見了，忙將那個笆簍遞給青竹，對她道：「這是件大喜事，妳快回去看看吧，將這幾條魚也帶去！」

「喔，好的，多謝大伯！」青竹心想，這下子娘總算是高興了。

回到家時，果然見青蘭正等著她，青竹笑道：「怎麼派妳來報信呢？」

青蘭笑道：「家裡都快忙亂了，別的人也都走不開，娘就讓我來和妳說一句。二姊準備什麼時候回去看大姊呢？」

青竹道：「這兩天事多，只怕走不開，等忙過了這陣子必去。大姊可好？孩子可好？」

青蘭笑道：「大姊好著呢，就是說疼得厲害。那小傢伙也很可愛，我從不知道原來小孩剛生出來時是那麼小，我還抱過呢！」

青竹便將魚倒了出來，裝在一只桶裡，讓青蘭一會兒帶回去給大姊嚐嚐。

永柱說添丁是件天大的事，很該回去看看，家裡的這些瑣事沒青竹也能應付過來，又讓白氏給青竹錢。

白氏給了幾百個銅板，又說：「別想著在家住上幾天，這邊可都忙著，別偷懶，妳還管著帳呢！」

青竹應了句是，她原本也沒打算回去多住，不過看望一下就回來的，哪知還被白氏這麼一嘮叨。說歸說，可能是因為一直沒有抱上孫子的關係，白氏心裡不舒坦吧。這會兒又回屋找了一塊尺頭來，說是讓青竹帶回去，給小孩子裁身衣裳也好。

青竹見是一塊靛青色的三梭布，想來是以前裁衣裳剩下的，倒也沒說什麼，畢竟是白氏的一片心意。回屋換了身衣裳後，揣上錢便準備上街去，看買點什麼。

等趕回夏家時，謝家的人也過來慶賀，謝家來了好幾個兄弟，連謝家母親也來了，坐了一屋的人，都是趕著來賀喜的。

青竹買了兩斤糖、兩斤點心過來看望，由於堂屋裡聚集了好些謝家人，她大都不認識，也不好坐著和他們聊天，便過來看望青梅。

青梅躺在床上，臉色煞白，看來還沒有回復過來。青竹笑著和青梅賀喜：「大姊還真是立了大功勞，我見姊夫歡喜得嘴巴都合不上了呢！」

青梅虛弱地說道：「謝謝妳來看我。剛才一屋子的人吵吵鬧鬧的，總算是清靜下來了。」

青竹說道：「大姊該好好地休息。」又說：「孩子我也看見了，新生兒好像都是皺巴巴的，還看不出大致的輪廓來。對了，我來的時候，大伯娘給了我一塊布，說是給小孩子縫衣裳的，剛才娘收了。」

青梅笑道：「多謝了。」瞧見青竹身上的衣裳雖是半舊之物，不過還不算很窮酸，又見她神采奕奕的，心想二妹在項家的日子應該比以前好過了，便說道：「我聽說你們都忙著種藕呢，妳怎麼有空過來？」

「大姊的事，我怎能不來看看？」

「我還說讓妳姊夫過去幫幫你們，哪裡知道又添出這件事來，差點要了我的命，本來比預算的晚了幾天，好在他還健康。」
青竹心想，好在大姊沒什麼，又問她。「取名字沒有？」
青梅笑道：「還沒呢，之前不知是男是女，也沒敢取。娘說該找人算一下，給取個吉利的名字，本來說讓成哥兒給取的，他翻了好幾本書，幾天了硬沒憋出一個來。不過早在這之前都說好了要隨我姓夏，妳姊夫也沒說什麼，上門女婿不都是如此嗎？他倒是給孩子取了個小名，叫吉祥，我聽著還順耳。」
「還不錯，我見姊夫是個溫厚的人。大姊算是遇上了對的人。」
新做了母親，對青梅來說也成長不少，一會兒聽見孩子哭了起來，青梅連忙探著身子道：「只怕他是餓了，妳讓妳姊夫將孩子抱來，我好餵奶。」
青竹笑道：「我去抱吧。」
新出生的小吉祥被大紅褥子包裹著，眼睛微睜，頭髮生得濃黑。
謝家人似乎都很喜歡他，青竹走來說要將他抱去餵奶，謝家母親便嘲笑起謝通來。
「你一個大男人真是不會抱孩子，還是交給二姑娘吧！」
謝通笑道：「他還那麼小，生怕弄壞了他，只要他一哭我就沒轍。」
青竹抱了小孩給青梅後，又到灶房去幫蔡氏的忙，青蘭正幫著燒火，蔡氏在揉麵。
青竹忙道：「娘有什麼要幫忙的嗎？」
「一大堆的事，妳願意幫我做，自然是求之不得呢！」

青竹便說可以幫著切菜，又見母親言語帶笑，便嘲笑道：「娘這下歡喜得嘴巴都合不攏了！小吉祥是稱呼妳姥姥呢，還是稱呼妳奶奶呢？」

「妳這孩子，哪裡有叫奶奶的？青梅說，讓他以後趕著叫老太太得了，我還笑她，我有那麼老嗎？」

青竹笑道：「不老，可也做祖母了。」

青蘭也插嘴說：「以後我也是姨媽了！」

「是，這個姨媽可不好當呀，我看他以後都得纏著妳。」

蔡氏繼續揉麵，趕著做點雞蛋餅給大家吃，又問了些青竹的瑣事，又說要青竹得空的時候幫著趕些小孩子的衣裳。

青竹忙道：「只怕尺寸掌握得不好，且要等忙完這陣才能拿針線了。」

「我管妳什麼時候做都行，又不趕著向妳要。南哥兒什麼時候走呀？」

青竹答說：「說是初十。這會兒又去考試了，也不知怎樣。」

「這次出去還要擺幾桌家宴嗎？」

「倒沒聽他們安排，因為家裡忙，只怕也顧不上。」

蔡氏道：「我還以為他這一回來就不走了呢，沒想到還是要走。什麼時候才能回來呀？」

「不大清楚，三年五載的也說不清。」

「那也太久了，再過一、兩年，你們也該圓房了。」

青竹卻不再說話了。圓房，這對她來說是天方夜譚吧，她可沒做好準備跟著姓項的那個小子過一輩子呢！再說了，她也不喜歡童養媳這個出身。

青蘭笑道：「娘快別問了，二姊她害羞了！」

青竹卻低頭說：「娘總是愛說這些話，也不考慮我的感受。世上哪有那麼容易的事呢？這一廂情願的夢還是別作了吧。」

蔡氏愣了半刻神，心想，難道自己說錯話不成？她所操心的一切不都是為了青竹以後好，難道這也有錯？什麼叫一廂情願？青竹給他們項家做童養媳也幾年了，這圓房也是遲早的事，難道她還有不滿意的地方？再怎麼著，日子也比前幾年要好過一些了吧？可能是女兒長期不住在一起的關係，蔡氏已經無法猜透青竹的想法了，此時被女兒回了這麼幾句，蔡氏心裡有些不大舒服。

三人忙活了半天，總算張羅出兩桌飯菜，又特地給青梅熬了湯。

謝家母親依舊是那麼愛說愛笑，新添了孫子，她自然是比誰都歡喜，特意打了只長命鎖，做了四雙小鞋子、四套衣裳，還有各種蓋的、墊的小褥子。

青蘭盛了湯給青梅送去，青梅雖然躺在這邊的屋裡，卻也聽見堂屋裡鬧哄哄的，她的小吉祥吃飽了，如今正美美地睡著覺，安安靜靜地躺在身旁。

青蘭湊近瞧了一會兒，覺得很新鮮又有趣。

「妳別弄他，當心他醒了又要哭。」

青蘭在跟前和青梅說：「二姊和娘賭氣了。」
青梅甚是驚訝，忙問：「這娘兒倆是怎麼了？為何要賭氣？」
青蘭便將兩人的話學給青梅聽了。
青梅聽後皺了皺眉，心想娘還是愛操心，放不下，偏偏二妹對這件事又是有其他打算的。思來想去，便和青蘭道：「這哪裡是賭氣？妳也別胡說。二妹好不容易回家一趟，就讓她放心地玩吧，她在項家著實過了不少苦日子，我們也都知道，娘自然是擔心的。都沒什麼，妳也別當回事，在她們跟前學舌。」
青蘭噘嘴道：「我不是那起人。雖然我比妳們都小一些，但也懂事了，大姊別再以為我還是個小孩子！」
這裡姊妹正說著，青竹一頭走來，兩人連忙住了嘴。
青竹笑道：「三妹怎麼不去吃飯？」
青蘭道：「這就去！」又見青竹一臉的笑意，心想也不像是在賭氣的樣子。
青竹自己搬了張椅子坐在青梅床前，說道：「當初他大嫂坐月子後，產褥瘡生得不少，又疼又癢的，後來問了大夫，說是要蒼耳、苦楝花還有臭牡丹的根熬水洗了好幾天，這才慢慢地好了。現在天氣漸漸地熱起來，大姊這屋子裡又不透風，還要在床上裹得嚴嚴實實的，只怕有些過了。」
「我才幾天就覺得快要受不住了，偏娘說一點風也不能透，說是怕以後老了頭痛。不過就一個月，咬咬牙也就過去了。」

青竹心想，當母親可真不容易。青梅胃口不算很好，湯也沒喝多少便不吃了，青竹倒沒十分硬勸著她吃。見青梅滿心都在孩子身上，她心想，青梅必定是個合格的好母親。

青梅又和青竹說：「娘她年紀大了，有時候想事情不大靈透，依舊是保持她一貫的老觀念，但出發點卻是不壞的。娘這輩子的命不好，希望她以後晚年了還能享點福。」

青竹低頭沈默了一陣子，她知道青梅是在勸解她，青竹心裡不抵觸也不反感。

青梅說了一通後，又笑道：「算我多嘴了。有些話二妹也不要太往心裡去，字我認不得幾個，也沒出過遠門，更沒什麼見識，可日子麼，不都是這樣過？」

青竹知道這大姊一直是個柔順的人，從不違逆長輩的意思，就算心裡不願意，也一人默默忍受著。她的這份柔順自己或許學不來，不過青竹卻是敬重她的。

來家半日，等謝家那些人告辭後，青竹也要走了。

她走到蔡氏的房裡和她道別。「娘，我走了。」

「這就走了？住一晚吧？」

「不了，家裡還有事呢。」青竹微笑著說，又見母親臉上有些憔悴，坐在那裡做針線，心想這屋裡的光線會不會太暗了？到底傷眼睛。

「妳暫且等等，我幫妳找車子去。」蔡氏趕著將最後幾針縫好後，咬斷了線頭。

青竹垂頭站在門口，心想她那番話當真讓母親生氣了嗎？她一副做錯事的樣子，卻不知該如何道歉……

第六十章　午後

過了幾日，少南便和賀鈞從考場回來了，全家人拉著他問長問短，少南只說不大清楚，還得等放榜才知曉。

唯獨青竹坐在角落裡，不聞不問，並沒顯出特別的關心來。

少南的目光落到青竹身上，心想他立刻又要走了，心裡裝了許多話要和她說，只是不知她願不願意聽他講？

左森來家問少南的情況，少南笑說：「倒沒十成的把握，之前本來也沒怎麼準備，胡亂地應付過去了。」

左森卻道：「你慣會說這些來敷衍我，你的實力難道我還不知道嗎？今年正好是秋闈，我看你乾脆也別去書院唸那勞什子的書了，就在家溫習，再準備接著考吧！」

少南笑道：「這裡院試還不知有沒有通過呢，哪裡敢說接著考？你也別說這話，省城我必是要去的。」

兩人互相嘲笑幾句後，左森又道：「陶老先生病了，我來約你一起去看看的，要去嗎？」

少南不清楚這事，連忙又問：「何時病的？可有聽說是什麼病？」

左森搖頭道：「不大清楚，只是聽學堂裡的人在傳。」

陶老先生一直對自己很器重，還多虧了他的舉薦，自己才能到雲中書院去讀書。少南心想這事不能耽擱，該親自去看看，忙對左森說等等，又去找白氏要錢。

白氏聽了也沒多問，便給了他幾錢銀子，交代了幾句話。

一會兒少南和左森便一同往陶老先生家去探望了。

家裡忙碌了幾天，藕是種下去了，就差蝦苗還沒買上，少東說初十少南去省城，他也順路再往縣城跑跑看。

白氏心疼少南，說他不知要幾年才回來，又正是長個子的時候，還得再給他備些衣裳讓他捎上。可這幾個月來事情不少，她只趕著做了兩雙鞋、一套夏衣，便琢磨著要不要去成衣店看看，不管價錢怎樣，也得備幾身才好，因此叫上明霞便去街上買東西了，又吩咐青竹看家。

青竹倒沒二話，這樣的天氣已經有些熱了，她巴不得在家裡躲清閒。院子裡還晾曬著收回來的小麥，需要人守著，不時地要翻動，要驅趕雀兒們來啄。

翠枝帶著兩個女兒回娘家去了，聽說她母親病了，翠枝必定要回去看看。

於是，家裡突然就剩下青竹一人。

午飯也不知道他們還回不回來吃，想著昨日洗菜還剩下一些水，便提了出來，將才種下不久的苦瓜苗和四季豆苗澆了一遍。直到沒什麼事了，便搬了自己的針線笸籮出來，裡面還有些零碎布料，心想該給小吉祥做點衣物，自己頭一次當姨媽，總不能什麼都不表示。

翻了一陣子，青竹選了塊剩餘得比較大的翠藍細棉布，正打算拿尺子量量看有多少尺寸，哪知尺子並未在笸籮裡。正準備去屋裡尋找時，卻突然聽見有人敲院門，青竹連忙起身去開，睡在樹下的狗也起來了。

「誰呀？」青竹隔著門高聲問了句。

外面的人答道：「是我！」

好像是賀鈞的聲音？青竹拉開一扇門，果見是賀鈞站在門外。只見他穿著一身半舊的茶褐色夏布直裰，頭上籠著黑色的網巾，手中還提著個布袋。

青竹連忙側了身子，請他進院子，笑著將他往堂屋領，又說：「賀哥來得不巧，他們都出去了。」

「是嗎？那真是不巧極了。我還說項兄弟要走了，來找他說幾句話呢！」又將布袋交給青竹，笑道：「裡面是我娘讓帶給大家嚐嚐的餑餑。」

青竹一瞧，只見用桑皮紙仔仔細細地包得好好的，便含笑道：「勞你費心了。不如賀哥等等吧，少南他去陶老先生家，說不定一會兒就回來了。我去給你倒茶。」

說來走了這麼長一段路，賀鈞還真是有些口渴了，連忙道了謝，卻見青竹已經轉身到外面去了。賀鈞一人有些不安地坐在空空蕩蕩的堂屋裡，心下突然覺得有些侷促，為何偏偏只有她在家？

很快地，青竹又回來了，捧著只粗瓷茶盅，含笑道：「家裡沒有正經茶葉了，只好沏了這個來，賀哥別嫌棄。」

賀鈞忙起身接過，笑道：「這屋裡我已是極熟悉，也沒拿自己當外人，哪裡還有嫌棄的道理？」

青竹又將家裡自己做的五香煮花生裝了一盤來當作茶點，想著沒有單獨讓賀鈞坐在這裡等的道理，便將簷下的針線笸籮搬進來，挪了張繡墩坐在門口，也不找尺子量尺寸了，見笸籮裡還有沒繡好的荷包，便拿起來繼續做。

賀鈞揭開茶盅的蓋子，迎面撲來一股淡淡的清香味，卻見湯色微綠泛黃，輕輕啜了一口，雖然有淡淡的澀味，但總的感覺不算壞，有一股清清爽爽的滋味，便笑問道：「敢問項姑娘，這裡面泡的是什麼茶？」

青竹笑道：「哪裡是茶？不過是夏枯草、荷葉以及一些薄荷葉罷了。」

「喔？倒還不錯，是消暑的小方子。如今醫館裡也賣這些草藥，也有些人買去煎茶喝呢！」

「我也是看了書，照上面說的弄，小家子氣的，賀哥別見外。」

「是項姑娘太客氣了。」賀鈞一面慢慢地品著青竹泡的草藥茶，一面等少南回來。他在青竹面前每次都不知道該如何面對她，總覺得不管說什麼都怕說錯。在他眼裡，青竹是個真正的好姑娘，只可惜不知她內心是怎樣的想法，又是如何看待自己的？這段一直埋藏著的心事，想來她是不知道的吧？是不是該告訴她呢？告訴她自己內心的那些想法，也想問問她，是否願意和自己共度一生？想到這裡時，賀鈞感覺心跳越來越快，總覺得開不了這個口，怕唐突了她，更怕他等到的那個答案是自己不敢面對的。

青竹埋頭做著針線，渾然不覺賀鈞看自己的那雙眼帶著異樣情思的目光，只覺得這天氣有些燥熱。

不一會兒風起，吹來不少樹葉落在晾曬的麥子裡，青竹還得趕著去挑揀一回。結果這雨又說來就來，太陽還沒完全散去呢，只見豆點大的雨滴瞬間就落了下來，青竹只好又趕著收麥子。

賀鈞也坐不住了，連忙來幫忙。

兩人配合起來，趕著將晾曬的竹蓆摺疊幾下，麥子就堆積到一起，賀鈞幫忙用簸箕將麥子一下下地往籮筐裡搬。趕在雨下更大之前，總算將麥子都收起來了。賀鈞又幫著將麥子都擔進堂屋裡，還捲好了蓆子。

青竹感激地道：「要不是賀哥來幫忙，我只怕也忙不過來呢！」

賀鈞站在屋簷下，望著已經掛起了雨簾的天空，愁眉道：「看樣子項兄弟也被這一趟雨給困住了吧？」

「或許吧。不過賀哥也不用急，多留一會兒，反正也淋不到雨。你坐坐吧，我去弄飯。」

賀鈞連忙說不用了，再說他也擔心獨自在家的寡母，哪裡有留下來吃飯的道理？更何況項家沒別人在家，因此連忙說要走。

青竹留也留不住，只好找出斗笠和蓑衣來讓他披了，自個兒打著傘，將他送出了院門，又再三和賀鈞道：「下雨路滑，當心。等少南回來時我會跟他說你來過，讓他去找你。」

「好的，有勞了。」賀鈞欠著身子道別。

這突如其來的一場暴雨，沒想到下沒多久就停了，天色很快就又放晴起來，只是地上都濕漉漉的，暫時也曬不上麥子。

過了好一陣子，白氏才和明霞回來了，見青竹已經將麥子收到屋裡，也沒別的話。

青竹問：「中午吃什麼？」

「不用煮我們的，在外面已經吃過了。」

青竹聽後，心想也不用再生火做飯了，將就著賀鈞帶來的餑餑，胡亂應付過去吧。

下午過半的時候少南才回來，白氏便問陶老先生怎樣。

少南說道：「說是得了痰症，畢竟上了年紀。如今學堂也無法去了，還說要回老家去靜養。」

白氏聽後道：「這人一老就不中用了。」

少南又說：「陶老先生也沒攢下什麼錢，我和左兄商議了一下，想湊點錢給他做盤纏。」

白氏聽說後沈默了一下，這個錢她是不願意出的，只是又不好直接拒絕少南，便道：「等你爹回來，你和他商量吧。」

青竹走來，將賀鈞來找他的事說了。

少南也不坐了，當下就往外走。「我這就去找他。」

白氏撇嘴道：「還沒見你這樣忙過，回來連水也不喝，坐也不坐，就知道往外面跑！」

明霞坐在旁邊插嘴道：「娘管二哥做什麼？他這又是要走的人了。」

「是呀，這買來的衣服也還沒讓他試呢！」看來她以後得習慣少南不在身邊的日子。白氏又扭頭和青竹說：「妳大伯聽別人說要挖蟲線餵魚，正好這裡下了雨，明天妳和明霞一道出去挖些來吧，塘裡的魚也能長得快一些。」

青竹答應了，心想她和明霞兩人就是挖上一天也挖不了多少，哪裡夠一塘的魚吃，這得費多少功夫？看來還是得尋一個長久的法子。

明霞喜歡玩泥巴，聽說了這事倒也沒推拖，立刻就答應下來。

到了夜間，少南和永柱說起陶老先生的事，永柱聽後一口答應下來。

「很應該的事，要是沒他教導你幾年，你哪有現在這樣？拿二兩銀子吧，你去不了，我讓你大哥送過去。」

少南聽說也就作罷了。

之後白氏將白天買的衣裳讓少南試穿一下，少南卻不想動，只說：「放那兒吧，東奔西走一整天，我也累了。休息一日，後日就得走了。」

白氏一聽見「走」字，心裡就很不是滋味，有些落寞地說道：「知道大了也留不住你，以後不管走到哪兒也要時常將家裡記掛著，別忘了你的根在這裡。」

少南答道：「我知道了，娘。」

當下各自散了，少南獨自回房歸寢。整理行李的時候，突然發現前幾日他在城裡給青竹買的一對耳墜子還沒來得及交給她，心想明日給她吧。

這裡永柱讓青竹幫著算帳，刨去這幾日來的開銷和種苗等，也花費了十來兩銀子。

永柱道：「少南他要去唸書，總得給他帶點在身上吧？這一去又不知是多久。」

白氏低頭算了一回才道：「家裡的錢剩下多少你是清楚的，可能也只拿得出十來兩左右，畢竟一家子還要吃喝，地裡的這些東西也要秋天才有收穫。」

永柱心想，十來兩夠用多久呢？

少東在旁邊聽見了，忙道：「我再出七、八兩給二弟使。」

永柱想了想，點頭道：「也好。這部分錢你先墊著，等地裡這些出來時再還給你。」

少東這便進裡屋叫翠枝拿錢。

翠枝原本不樂意，可禁不住少東念叨，只好拿鑰匙開了鎖，拿出一塊散碎的銀子，雖然成色不大好，不過掂了掂，估計也有十幾兩的數，找了剪子絞下一角來，也不找戥子來秤有幾兩的數，直接扔給少東，沒什麼好臉色。

少東知道媳婦心疼錢，忙笑著安慰她。「這點錢也使不得嗎？妳操心什麼呢，難道他以後出息了，還會忘記我們的好不成？」

「就怕餵了隻白眼狼！算了，我也不說了，我也不是那起小心眼的勢利人。這些你拿去吧，再要的話我可拿不出來了！」

少東便將這塊銀子拿走，交給了永柱。

永柱算了一回後，和白氏說：「我想怎麼著也得給他湊足三十兩銀子，要不賣些小麥，要不再找他小叔叔借一點吧？」

白氏可不想再拉那麼多的外債了，便道：「上次給了他六十幾兩，想來應該還有剩餘吧？我就不信他全部花光了，也沒見他置辦個什麼，而且聽說書院裡管住、管伙食呢！」

永柱想的卻是人在外，身上總得有點錢才方便。想了一番後，硬是給湊足了三十兩，準備明日一齊給少南。

這裡又算了一回帳，青竹心想，少南他一人讀書，全家人一齊供他，要是不肯上進的話，也太對不住這一大家子人了。人人都想升官發財，但真正做上官位，手中有實權，後來大富大貴的又有幾個呢？未來如何，全靠少南的造化。

等青竹忙碌完回去睡覺時，經過少南的窗下，裡面一片漆黑，不透半點燈光，心想他應該睡沈了。

青竹回到自己的屋子，經過外間的時候，見簸箕裡的那些蠶已經到三眠的階段了，這個時期不怎麼吃桑葉，過幾天就好了。

她走到裡間，將自己存錢的那個小包找出來，將裡面的錢全部倒出來，有幾塊碎銀角，更多的還是銅板。青竹把所有的錢數了一遍，加上那些銀角，全部有十來兩的樣子，是她這幾年來全部的存款。

望著這些散碎的銅板，青竹心想，只要再花個幾年，存夠二十兩不是沒有可能。只是她突然又想，就算將錢全部存夠還給項家，果真就能如她所願，能夠成功退親嗎？這畢竟不是訂婚那麼簡單，她也在這邊生活了幾年，還替他們家謀劃了一項不大不小的產業，如今帳本都在她手上，只怕是沒有那麼簡單讓她說走就走。

青竹將積攢下的這些錢一一收起來，雖然她的初衷不改，但這幾年的發展卻有點出乎她的意料，再加上母親肯定是不贊成她退婚的，到時候兩家還不知要鬧得怎樣的天翻地覆。況且，良人何處可得？回去後若由她們作主，隨便嫁個莽夫，再養幾個參差不齊的兒女，一輩子都圍著鍋臺轉的話，那還真是了無生趣呀！

第一次，青竹覺得憂心忡忡，心想到底有誰來解救她於進退兩難之中？

這一晚，青竹竟然失眠了，到了快四更的時候才睡著，只睡了一個更次就又起來了。

第六十一章 願不願意

少南要走，一家人都捨不得，可他還是必須再回書院上學去。

第二日，白氏說要收拾一桌像樣的飯菜給兒子送行，青竹見家裡吃的不多，便說要去買菜。少南說他願意陪同青竹一塊兒去，舅家舉家都來了，白英見狀也提出要前往，青竹也由著他們去了。

青竹提著籃子在前面走，心想中午吃什麼好？要不再去池塘裡撈條魚，然後做個蛋湯吧？菜園子裡的菜都還沒出來，所以還得買點小菜，再割兩、三斤肉，想想一大家子吃的話，應該夠了吧？琢磨了一回，也計算了下大致要用多少錢後，正好聽見白英纏著少南問東問西，說的都是些外面的事。少南成了項家唯一出去見過世面的人，所以勢必都會纏著他問。

少南道：「我平時都在書院裡，又不准私自下山，省城裡倒沒怎麼逛過，不過再怎麼著也比我們的小縣城大吧。」

白英道：「可憐我長了這麼大，連城裡也沒進過呢！」

少南不免嘲笑起這位表妹來。「這有什麼難的？說不定將來妳嫁到城裡去了也未可知呢！」

白英紅了臉說：「二哥說這個來取笑我！」

這兄妹倆聊得很高興，青竹也沒插過嘴。一行三人到了街上後，白英這裡望望、那裡望望，路過那些成衣店、首飾店及布店，就有些挪不動步子了。

照白英這樣磨磨蹭蹭的，等他們將菜買回去都要中午了，因此青竹有些不耐煩地和少南道：「你們兩個慢慢地逛、慢慢地看吧，我去買了菜好回去了。」

少南道：「我可沒閒心逛街，還是陪妳一道買了菜才是正經。」這裡又催促著白英該走了。

白英有些戀戀不捨，青竹見她那樣子，心想還真是沒有見過世面的土丫頭，要是去了大一點、更繁華的地方，只怕更不願意離開了。

到集市上走了幾個來回，該買的菜都買下了。少南幫她提籃子，青竹負責議價看秤，兩人配合得還算有默契。

青竹又問少南。「幾時放榜呀？」

少南道：「可能得下個月吧。到時候妳給我寫信，在信上告訴我也一樣。」

「這時趕路也好，越往後面越熱，暴雨也越多，路上就不方便。」

白英緊緊地跟在他們後面，見他們有說有笑的樣子，心想還真是兩口子，看來二哥對這門親事是滿意了。白英此刻覺得自己真像個外人，不免有些悔恨，不該跟出來的。

路過一個攤子時，少南隨手買了根木簪，上面刻有字畫，還算雅致，回頭就給了白英。「我這個當哥哥的從來沒送過妳東西，喏，拿去吧。」

白英接了過去，倒也喜歡。「這是頭一遭，我一定會記住的。」說著就往髮中一插，還問青竹好不好看？

青竹點頭道：「還不錯。」

白英笑道：「二哥的情我自然要領，回頭給你做雙鞋子算是回禮！」

少南聽了便笑道：「我也不知什麼時候回來，看來要穿上妳做的鞋子還不知哪年哪月呢！」

到家時，白英忙將那簪子取下來給她娘看了。

白顯家的看罷又遞回給白英，取笑著她。「妳收了妳二哥這麼大的禮，準備怎麼還呀？」

白英說：「我已經許下了一雙鞋子。」

白氏在一旁聽了忙道：「那少南是賺了！」

屋裡人都笑了起來。

雖說這次沒有特意擺酒宴給少南餞行，但也湊了兩桌的人，算是給少南送行。

吃飯的時候，舅舅少不得要灌少南酒，哪知少南酒量非常淺，不過兩、三杯就從臉頰到耳根子都如紅布一般。

中午喝了那麼點酒，項少南竟然整整睡了一下午，酉時二刻才起來，腦袋依舊覺得有些昏沈沈的。像他這樣的狀態，趕路彷彿不是什麼好事。

白氏見兒子如此，便嗔怪弟弟白顯不該給他灌那麼多的酒。

少南擺擺手說：「算了，這都是我自尋的，怪不得別人。」

白氏便讓青竹給他做點酸湯醒醒酒。

青竹依言做了一碗酸筍豆筋湯，正好前些天永林家送了半罐蜂蜜來，便又給泡了蜂蜜茶，兩樣送到少南跟前，他喝了半碗湯，又喝了些蜂蜜茶。

青竹道：「你酒量小，跟著逞什麼能呢？這下好了吧？你也別睡了，起來活動一下吧，當心宿醉更難受。」

青竹見少南帶回來的那口黑箱子正放在床下，便拖了出來，掀開一看，只見裝了一箱子的東西，還是有些亂七八糟的，不禁皺了皺眉，二話不說就替他整理了一回。「真是的，還不知如何整理箱子，只一股腦兒地亂放，規劃好了也能多放幾件東西啊！」

青竹正收拾著，少南卻一隻手伸來，阻止了青竹的動作。「先別急著弄它，我有個好東西要給妳。」說著便將掌心打開，青竹瞧了一眼，卻見是對銀質的耳墜子，墜子不大，兩朵玫瑰花樣式，看上去頗小巧。

青竹從他手心裡拿過，說道：「買這個做什麼？不如將錢省著點花，為了給你湊錢讀書，家裡也快露出短來了。」

少南卻道：「東西小，不值幾個錢，是在城裡的銀鋪子給妳買的。」

青竹便想起初三那日他突然問自己需不需要什麼東西，她並沒要他幫忙買什麼，哪知卻給她帶了這個回來。青竹想，只怕現在她也戴不出去，只好都放起來吧。

青竹繼續替他整理東西，一面說道：「三番兩次地送我東西，你明知道我需要的不是這些。」

少南在對面的椅子上坐下來，沈吟片刻方道：「我知道妳還是想離開這個家吧？」

「初衷未改，所以我想，我們之間不該再有過多的牽絆。我這個人不喜歡欠別人的情，錢能還，人情卻不好還。」

「我並不是要妳償還什麼，這些都是心甘情願送的，是一片心意，不是人情往來，也不是應酬。」少南靜靜地說著，他想將自己的心意傳遞給她，卻不知她到底能不能領會？就如以前他說的那樣，他從來不會去勉強她，項家也不是一座囚籠，來去都是她的自由。

青竹聽完他這番話，愣了一下，又繼續埋頭整理東西。

白氏一頭走了進來，給了少南兩個荷包，還有一個小布袋，裡面裝的都是零碎的銀子和十幾串銅錢，總共湊了三十兩給少南。見青竹正幫少南整理東西，也沒說什麼。

白氏叮嚀道：「下午的時候你大哥已經替你雇好車子了，明天什麼時候出發都行。此次又是你一人，更得要多小心。」

少南聽一句，應一句。

青竹已經替他收拾好東西，見沒什麼事，收拾碗筷就出去了。

白氏還在跟前對少南訓話，少南整個心思卻都跑到青竹身上去了。真該死，才開了個頭，就被這樣打斷了，接下來的話才是重點，他卻一句都沒說出口。

白氏絮絮叨叨地說了好大一篇，末了又道：「你去你爹跟前算是道個別吧。」

少南心想，也很該過去說幾句話，還有大嫂那裡也該去打個招呼。

青竹回到房裡，欲將那對耳墜子收起來，她解開放東西的那個包袱，項少南送給她的東西都放在一處，她一次也沒用過——杏核串的手串、桃木梳、銀耳墜，三樣青竹都拿一張手絹包好了，掖在包袱裡。

藉著燈火，還得繼續做針線。這幾年下來，她也縫過不少東西，如今裁剪縫紉、簡單的刺繡都會了。青竹打算先做一套小夾襖給小吉祥，樣式都裁剪好了，還是翠枝幫忙裁剪的，如今只等縫製。

翻尋笸籮時，翻到了那只已經做完的荷包。大紅的緞面，一面用黑線繡著一句詩詞，一面卻只繡了個「福」字，如今只要將準備好的一條絲帶穿過去就能用了。

才穿過一頭，聽見有人敲門，青竹忙放下，開了門卻見是少南站在門外。

「那個……我能進去嗎？」少南摸了摸鼻子。

「當然可以。」雖然青竹不知道他這麼晚了找自己做什麼？

狹小的屋子，小小的竹床上，青竹擺了許多東西在上面，都還沒來得及收拾整理。靠牆的一個角落裡放著張高几，上面有一盞微弱的小油燈，一些小蟲子、小蛾子正圍著燈火飛來飛去。可能是因為屋子本來就逼仄的關係，竟然還覺得頗為明亮。

青竹趕緊收拾了一下，除了床，似乎也沒別處可坐。

少南大大方方地在床沿坐下了，對青竹道：「妳也坐吧。」

青竹依言，坐在另一個角落裡，兩人像是背靠背的坐著。

「方才我爹說了，說等我回來我們就圓房。」

夜色寧靜，只外面偶爾傳來幾聲蛙鳴，然後少南的這句話卻猶如當頭棒喝，青竹的身子一個激靈，目光落到那搖曳不定的燈火上，幽幽地說道：「果然這就是我的歸宿嗎？」她癡癡地看那些圍繞著光亮的蛾子們，心想連這些小東西也知道與命搏，為何她卻做不到呢？就算是飛蛾撲火，她也達不到嗎？

聽著青竹有些幽怨的嘆息聲，少南的心情更添了幾分凝重，呆呆地說道：「妳還是和以前一樣，一點都沒變。還是排斥這裡嗎？所以想著離開？」

青竹的目光從燈火移開，望著角落裡的一片陰影處，道：「我只是不喜歡自己的命運被人安排而已，更何況你也不情願，因此離開對我們都好。」

少南沈默了一陣子，終於伸出手去，捉起青竹放在膝蓋上的手，緊緊地攥住了，感覺她手心裡全是汗，她這是在緊張不安嗎？

少南突然的舉動讓青竹忍不住回頭看了他一眼，四目對視後，青竹很快地又別過了。

「你的初衷也還沒變吧？」她想將手抽回來，少南卻緊緊握著她的手不放。

少南低低地說道：「老實說，我是希望妳留下來的，畢竟這個家裡需要妳，如今缺妳不可。」

「正如你以前所說的，我不過是你們家的一個幫工，哪有一輩子做幫工的道理？我也該考慮一下以後的事。」

「妳自己都說了，沒有一輩子做幫工的道理。早些年我不懂事，才說了那些傷人的話，還請妳諒解，如今我卻不那麼看妳，妳早就成了這個家裡的一分子。若是有那個榮幸，我也想……」少南的臉紅了，微微垂了頭，鼓足了勇氣後，才又緩緩地說道：「若有那個榮幸，我也想和妳共度一生。」

青竹甚是驚訝，她回頭看著少南，像是壓根兒不認識他一般。到底從什麼時候起，他們兩人的關係變得這樣微妙的？到底是什麼時候開始，她的形象在他的眼裡有了改觀？

「我有什麼好的？家裡姊妹多，又只一個寡母，還很窮，以後倘若你做官了，既不能幫襯點什麼，又不能替你撐門面。再說，我算是個童養媳，什麼都沒有，連份嫁妝也沒，你不怕以後同僚取笑你嗎？」

「我想那麼多做什麼？不過是依著自己的心而已。再說，我也不覺得委屈，是真心誠意願意和妳在一起。」

青竹更是瞪大了眼睛，覺得腦中亂糟糟的，這些話對她來說太突然了。在少南說出這番話之前，她只當少南和以前一樣，或許沒有剛開始那般厭惡她了，但也是願意退婚的，因此這些都在她意料之外，一時間她不知該如何思考？抽回手來，雙手交纏在一起，她不安地看著牆壁上那些斑駁的紋路，心想，莫非一點退路也沒了嗎？

「妳剛來我們家時，和別的小姑娘沒兩樣，膽小怕事，又愛哭，那時候家裡人除了爹外，包括我在內對妳確實都不好。但慢慢相處下來後，我才發現妳實在是個與眾不同的女子。我從來沒見過哪個女子能像妳這樣堅毅又勇敢，也正是因為妳的遠見，家裡才度過了難關，日子才漸漸有了起色，這些都是我欣賞的。不知我是否也有一、兩處讓妳覺得可取的地方？」

青竹搖搖頭說：「你別問我，我現在什麼都不知道，更不知道該如何回你的話。」

少南莞爾道：「我說過不會讓妳為難的。還有幾年，妳可以慢慢地考慮，而我也會努力地成長為一個能夠讓妳依靠，讓妳覺得信賴的人。若實在不願意的話，我說過，會讓妳自由，妳放心好了。」

少南說完便起身，青竹卻渾然不覺，呆呆地坐在那裡發愣。

少南走到簾子前，突然又折回來，緊緊地將青竹圈在懷裡，在她耳邊說道：「妳好好地珍重，還是維持通信吧，有什麼為難的事盡可能都告訴我。」

「……好。」青竹覺得糟透了，她推了一下跟前這人。

少南心想，此刻他倒不好勉強青竹，便鬆開手臂，又戀戀不捨地仔細端詳了她的臉好一陣子，這才撩了簾子出去。

第六十二章　養蚯蚓

少南又遠行了，臨別前的那番話給青竹帶來不小的震驚。他走之前硬要青竹送他一份東西，青竹便將那個大紅荷包送去了。她也沒去送他，彷彿與她本來就沒多大的關係。

當少南走後，青竹心裡無不祈禱著他晚些回來，晚些回來她才有足夠的時間來思索、來選擇。

今年因為事先有準備，所以趕在小滿前，淺溪灘的事就算辦完了。

少東到縣城裡跑了許多地方，才買到幾斤青蝦的蝦苗，如今都養在那一大片的沼澤地裡，上面覆蓋著一層厚厚的水草，也還未開墾，大概就兩畝多一點的地。當初青竹說藕塘種不了這麼寬，再加上是頭年才種，也沒什麼經驗，所以空了這麼寬一片，如今正好用來養蝦，也算是都利用起來了。魚塘、藕塘、沼澤地，當初買下的這十來畝地，如今空置的已經不多了。

青竹搬了張長凳放在棗樹下，打算歇會兒涼，一會兒還得往魚塘跑一趟。才坐下沒多久，便聽見韓露在外面喊她，青竹前去開了院門。

韓露笑嘻嘻地看了一眼青竹，手裡挎著個籃子，籃子裡是才摘下來的新鮮杏子。

「阿母說將這個拿給你們家嚐嚐。」

青竹一瞧，有不少呢，忙笑說：「你們真有心，還送給我們吃。」

韓露道：「都是屋子後面的樹上結的，總比買的強。」

青竹道了謝，忙讓韓露進屋坐坐，又趕著將籃子裡的杏子都撿了出來，這裡又找了粗瓷杯倒了水。

韓露笑問：「家裡其他人怎麼不見？」

青竹道：「大伯去守魚塘，大伯娘和明霞回白家去了，大嫂帶著小靜婷在屋裡睡覺，大哥在哪裡我不知道。」

「還真是安靜呀！」

本來在這棗樹下乘涼很不錯，就是菜地角落裡一個垃圾堆發出陣陣的臭味讓人有些受不了。青竹想，這到了夏天氣味更甚，總得將它們給收拾了，以後不許人再將垃圾往那裡倒了。

她忙讓韓露進屋裡坐。自從少南走了兩、三天後，青竹便從小屋裡搬出來，到他住的這間屋子裡起居。

「唉，項家二哥怎麼回來沒幾個月又走了？下次什麼時候回來呀？」

青竹搖頭道：「不清楚，總還得要幾年吧。」私心裡卻想，隨便他回不回來都沒關係！

「這聚聚散散的還真是件不容易的事。」韓露喝了兩口水，又誇讚青竹做的這花草茶好喝。

青竹笑道：「挺簡單的，妳要是想泡，我教妳便是。」

韓露道：「下次再說吧，我坐會兒就回去了，怕阿母要叫我。」

青竹這才發現，韓露幾時也跟著章谷雨一道叫起「阿母」來了？遂疑惑地道：「妳怎麼就改了口呢？」

韓露面帶羞澀，吞吞吐吐地說：「其實我還有一事要告訴夏姊姊，家裡已經決定過了端午給我們擺酒了。」

青竹一愣，心想韓露比她小一些，如今還不滿十二歲，怎麼就說起圓房來？這章家人也太心急了吧？「你們倆年紀都還小，怎麼這麼著急？他又不遠行。」

韓露的臉更紅了，拉了青竹，悄悄地和她說：「好姊姊，這話我只說給妳聽，妳千萬別告訴其他人。」

「好的。」青竹見這幅光景，心中已先料著了幾分。

「就是燈節那天，約了夏姊姊和項家二哥一道去賞燈，後來不是和你們走散了嗎？他也沒有想過要繼續找你們，燈沒看多久，就把我約到一片小樹林裡……」後面的話有些說不出口，韓露急忙又道：「發生了那樣的事，我本來是不情願的，可自從那次以後，他卻一點也不知收斂，總是纏著我……」韓露的臉更紅了，垂下頭說：「後來被阿母發現了，將我們說了一頓，才說要給我們擺酒，還說要請韓家那邊的姊妹們過來玩玩。」

青竹打量了韓露一眼，心想明明就還是一個小丫頭，怎麼就說起圓房成親的事來？心裡不禁鄙視章谷雨是個禽獸！不過見韓露含羞帶怯的樣子，心想這小丫頭莫不是食髓知味，不討厭那件事就妥協了吧？

聽見韓露這樣說，青竹只好道：「妳總是叫我一聲姊姊，遇上了妳的大喜事，我也很該出份禮，到時候給妳道賀去。」

韓露紅著臉說：「昨日阿母問起我的月事來，起初我還不明白是怎麼一回事，因為都還沒來過。姊姊有了嗎？」

青竹微紅了臉道：「我也還沒呢。」心想當她還是于秋的時候，十二歲就已經初潮了，不過在這裡可能是營養的問題，身子發育得慢，所以一點動靜也還沒見。

兩人關著門聊了好些私房話，後來韓露說：「我得回去了，下午一道去割草吧？」

「好的。」青竹滿口答應下來。

韓露走後，青竹一直在想韓露的事，同時又想到少南臨走前的那番話，心裡覺得亂糟糟的。垃圾堆裡的臭味跟著風又飄進屋子了，青竹心想，已經到了不得不收拾的地步了。

於是拿了鐵鍬、竹耙、竹筐便要去清理。垃圾堆還真是什麼都有，枯敗的樹葉、爛掉的菜葉子、果皮渣滓，全堆積在一起，都快要發酵了。青竹強忍著那股惡臭味，拿了鐵鍬和竹耙慢慢地收拾著，竟然也裝了大半筐的垃圾。等青竹準備去倒的時候，赫然發現清理過的地面很潮濕，而且上面有許多蚯蚓正爬來爬去，一條條的也很壯實。

青竹心想，正好裝了牠們拿去餵魚，因此連忙回屋找了個不用的瓦罐，將那些蚯蚓們一條條地捉進去，為了不讓牠們爬出來，還將口子給嚴封了，才趕著將垃圾拿去倒掉。

果然，這麼一清理，臭味頓時減輕了不少。

青竹伸了伸胳膊，去洗了把臉，經過翠枝窗下時，聽見靜婷在哭鬧，便一頭走進屋去，見翠枝已經起來了，正給小靜婷把尿，因此笑說：「大嫂睡得可好？韓露送了杏子來，我放在外面桌上，大嫂喜歡的話，我給洗了來好吃。」

翠枝才起床，頭還有些暈，忙道：「暫時不想吃，難為妳想著我。」說著又打了個呵欠。

「剛才韓露跑來和我說，他們家下個月要給她和章谷雨擺酒，可把我一愣，心想這才多大？不過倒是件喜事。大嫂沒聽見，韓露現在連稱呼都改了，趕著谷雨他娘喊『阿母』呢！」

翠枝道：「倒也不算太小，這會兒圓了房，再過個一、兩年也就當娘了。」

「那也太小了吧？妳看韓露，自己都還是一團孩子氣呢！」

翠枝說：「童養媳、童養媳，不都是十二、三歲就真正地成為家裡的媳婦嗎？那是小叔子在外面讀書的關係，不然我看你們也差不多了。」

「差得遠呢！」青竹小聲嘀咕道，又想著不該和大嫂說起這些的，就知道又會扯到她身上來。

瓦罐裡裝著的那些蚯蚓，青竹想著該倒進魚塘裡餵魚去，可惜太少了些。突然，她靈機一動，心想這蚯蚓能不能自己養呀？要是能養的話，也用不著四處去挖了，忙活半天又找不到多少來！

青竹走到才清理過的地方，細細地察看了一番，認真研究這些蚯蚓是如何長出來的……或者說，牠們是靠吃什麼為生？自己要不要先試著養一些呢？

當這個念頭形成時，青竹立刻來了興致。她從拴牛的棚子裡找到一個不用的爛木箱子，用鋤頭挖了好些靠菜地裡的一些比較濕潤的土來，填了有半木箱左右，隨即又將瓦罐裡的那些蚯蚓都倒進去，然後將木箱放在不大容易被太陽曬著的陰暗角落裡，上面再蓋上一層乾稻草。

一、兩天過去後，青竹打開木箱來看，發現那些蚯蚓都鑽到泥土裡了，不過還能看見牠們活動的身影。青竹想，牠們要是能在這個小小的木箱裡就此繁殖起來該多好？不過牠們就只吃泥土嗎？要不要餵些其他的東西呢？青竹想到之前垃圾堆的那股惡臭味來，心想那些爛菜葉都發酵了，然而這些蚯蚓卻條條都長得不錯，要不要餵點菜葉看看？抱著試驗的態度，後來青竹驚奇地發現牠們果然要吃爛菜葉，就是果皮渣滓之類的垃圾也都行！

為了保持土壤的潮濕，隨著天氣的變化，青竹會不定時地給木箱裡的泥土澆上一些水。

漸漸地，木箱裡也有了變化，果然蚯蚓的數量在慢慢增加著，看來當真能人工養殖。青竹心想，若能大規模養殖的話，還真能拿來當魚飼料呢！

青竹將養蚯蚓的事告訴永柱，本來提議要大規模飼養，永柱聽後卻不贊成。

「只怕沒地養牠們，要不妳這個主意是不錯，不過我倒有個想法。」

青竹忙道：「大伯請說！」

「要是真能養起來的話，對養魚的人來說實在是太方便了。要不，交給你們夏家先幫忙養些吧？到時候我們再論斤買來就是。」

青竹心想，這實在是個不錯的法子，之前她怎麼沒想到這一點呢？經永柱這麼一提醒，青竹立即下定決心，她要將這事告訴大姊去！

在青竹的指點下，謝通挖了約有兩分地大的大坑，找來些蚯蚓撒入裡面，又蓋上些鬆軟的土壤，上面還蓋上一層爛菜葉之類的垃圾，正兒八經地養起蚯蚓來。

蔡氏有些不以為然地道：「我長了幾十年，還從未見過有誰養這個的，二丫頭還真是弄出了些新花樣。好好的挖了那麼大一個坑，要是種點糧食也有產量，這算什麼呀？」

青梅卻說：「娘擔心這個幹什麼？反正這塊地放在那裡也是荒著，再說二妹不是說了嗎？等這些蟲線養大了，再賣給他們家做魚飼料，一舉兩得，還不費什麼事，我倒覺得有些意思呢！況且娘不是在餵雞嗎？以後出多了，餵雞也好，總比吃青飼料長得快吧？」

見大女兒也這麼說，蔡氏是沒轍了。

第六十三章　鬧騰

五月初二這天，賀鈞來項家，帶給項家一個大好的消息，原來是項少南中了院試，考了第十一名。

永柱聽後很歡喜。「這小子還算有點出息，這樣就等著大比之年入鄉試了！」接著又問賀鈞中沒中？

賀鈞回答得很謙遜。「在榜上呢。」

「你考了多少名？」

賀鈞笑容裡帶著些許的不大好意思。「第二名。」

屋裡人皆一震，他們倒是看扁了賀鈞。想到他一個寒門學子，什麼背景也沒有，聽他自己所說，只在小學堂裡唸了兩、三年的書，後來因為父親去世了，書也沒法唸，一直在幫人家放牛養家，哪知竟是個大大的人才！

永柱倒是一臉的欣喜，拍著賀鈞的肩說：「還真是可喜可賀！少南他跑了那麼遠的地方，花費不少的錢去唸書，結果還硬是讓你給比下去了。前途不可限量，將來可堪大材呀！」

永柱又說要好好地給賀鈞慶賀一番，正好今天撈了一條四斤來重的草魚，忙讓青竹收拾出來款待賀鈞。

見永柱這樣興致勃勃的樣子，白氏有些不大高興，心想自己兒子也中了，怎麼也不見他如此喜歡呢？如今倒把一個外人當成自家人看待！她不免又想念起少南來，也不知他到沒到省城？路上好不好？

白氏走進了灶間，見青竹正忙著殺魚，便過去說：「我來弄吧，妳去抱些柴禾過來。」

「好。」反正處理魚是件麻煩事，青竹洗了洗沾在手上的鱗甲後，走到後屋簷下，正準備抱柴時，卻聽見那柴禾裡似乎有什麼響動。青竹想，莫非是老鼠嗎？於是將地上的一根木棍握在手上，準備要打。走近一瞧，卻發現那麥稈堆上竟然有兩隻小貓！一隻白色，一隻黑白花色，正蜷縮成一團，看樣子好像才出生不久的樣子。怎麼沒有母貓照顧牠們呀？青竹上前摸了摸，心想還真是瘦小，毛茸茸的一團，倒有些可愛。

這裡趕著抱了些麥草到灶間去，又怕那兩隻才出生不久的小貓被什麼驚嚇，或者從上面掉下來，於是找了只不用的竹筐，墊了些柔軟的乾稻草和些碎布頭，將牠們移到裡面去，希望牠們能平安長大。

永柱正和賀鈞坐在堂屋裡說話，永柱問起他是不是要上城裡的縣學讀幾天書？

賀鈞卻有些遲疑地道：「好不容易在這裡落了腳，娘在這裡住得也習慣，左鄰右舍也都有照顧，一時半會兒還不想搬。」

永柱道：「你也是個實心眼的孩子，有些做子女的為了前程，哪裡還顧得上父母？我見你倒還有番孝心，還算難能可貴。」

賀鈞又說：「我現在倒不算要緊，等到鄉試的時候也還有幾年，再慢慢地溫書吧。再說也不一定能考得上，還不如趁此多陪陪老母親。要是家裡還有其他人幫忙照顧倒好了，家母病弱，實在有些不放心。」

永柱點頭道：「你年紀也不小了，不如攢點錢先娶房媳婦吧，母親也算有人照顧了。」

賀鈞的臉微微紅了，目光落到自己的鞋尖上，腦中自然浮現出青竹的模樣來。他實在很想說「請把青竹許給我吧」之類的話，不過他心裡很明白，目前自己算是一無所有，哪裡敢開這個口呢？也只好先藏著掖著，等到有所成的那一天再光明正大地上門來提親吧！

這裡草魚燒酸菜加了紅薯粉條，燉了滿滿的一缽，又備了兩個小素菜。

青竹又問永柱。「大伯，今天你這麼高興，正好遇著賀哥高中，喝兩杯怎樣？」

永柱忙道：「好呀，我正有此意！還有半罈的烏梅酒，都端來吧！」又不見少東在家，便問起白氏來。

白氏回道：「早起不是說了，以前的掌櫃家裡有喪事，要去幫忙嗎？怎麼你又給忘了？」

永柱拍拍腦門說：「我還真是忘性大！」

青竹也不找酒杯了，就取了兩個粗陶小碗來，親自替他們二人斟滿了酒。

賀鈞忙道：「晚輩酒力尚淺，只怕喝不了。」

永柱卻道：「這個酒甜絲絲的，跟喝糖水沒什麼兩樣，半罈都喝得，何況只這麼一小碗？快別推辭了！」

白氏可不管他們喝酒，便讓青竹將她們的飯菜擺在裡屋。明霞走來，見賀鈞常來家，倒也不稀罕，因此招呼也沒打，便去吃飯了。青竹擺好了飯菜，就去叫翠枝。

這邊翠枝正給小靜婷餵奶呢，只好叫豆豆先過去。

飯間，白氏突然向青竹問起夏家的事來。「妳大姊添的那個兒子還好嗎？」

青竹一愣，忙答道：「挺好的。」

白氏卻嘆息了一聲。「妳娘還算是個有福氣的人，女婿是招進門的，現在連孫子都有了。妳兄弟書讀得如何呢？」

青竹道：「這個我倒不是很清楚，也不知他有沒有那個天分？要是能有賀哥這般的才氣，我娘才不用操心。」

白氏笑道：「妳的期許還真不低。」

豆豆喜歡吃魚肉，可又怕被魚刺給卡住，明霞此刻還真算得上是一個合格的姑姑，替豆豆挾好魚肉，還仔仔細細地把刺都挑了出來，耐心地教導著她。「慢慢吃，可別卡住了。」

豆豆如今已經三歲了，可白氏還是對這個孫女一點也喜歡不起來，因此不免豔羨蔡氏的好命，抱怨了句。「也不知我幾時才能抱上孫子？以後到了地下還得去面見祖宗，這可怎麼交差呀！」

且說翠枝本來說要過來一道吃飯的，才走到門口就聽見了這些話，心下頓時很不舒服，因此也不吃飯了，掉頭就走。

白氏又接著說：「養了兩個好兒子，以為就有依靠了，結果一個由著媳婦，一個卻長年在外。唉，合該我命苦啊！」

青竹就當沒聽見一般，低頭吃自己的飯。

明霞卻道：「娘，妳總是念叨這些，吃飯也不消停，二哥就是被妳給念叨走的。」

白氏當場又拿著筷子敲了敲明霞的腦門，斥道：「沒大沒小的！我怎麼說不得了？連妳也來管我？以後妳得一個惡婆婆，我看妳還要不要像現在這樣輕狂。」

明霞捂著腦門說：「疼呀，娘竟也敲了！」索性連飯也不吃了，將碗一推就往外走。

白氏才不管她，一會兒餓了她才知道厲害！這裡又絮絮叨叨地和青竹道：「回頭妳給少南寫封信，告訴他中榜的事，也告訴他，別在外面惹事，注意安全。」

青竹答應了。

白氏見青竹一副安安靜靜的樣子，又見她給豆豆挑魚刺，心想這丫頭來了家裡幾年，性子倒越來越沈靜了，人也還算勤快，腦子也聰明，要是能再溫婉賢良一點，說不定自己更能接受她。

「我說妳呀，以後可別學妳大嫂那樣，動不動就板著個臉。我說兩句怎麼了？生不出兒子來就是項罪過，什麼時候生出兒子，什麼時候才能翻身！」

白氏的這幾句話讓青竹一怔，但也沒多想。她已經吃好了，便放下碗筷，又說要給豆豆餵飯。

白氏卻道：「她都三歲了，妳還管她做什麼？難道還不會自個兒吃嗎？」

青竹心想，翠枝怎麼還不過來吃飯？飯菜都要涼了。她走到翠枝房裡一看，卻見她正守著熟睡的小靜婷發愣。

青竹含笑道：「大嫂怎麼不吃飯呢？我幫妳看她吧。」

翠枝抬頭道：「不用了，我不餓。」

青竹明顯地看見翠枝眼裡泛著淚光，不免想起白氏的那些話，心想她定是聽了去，所以才不高興。原本想要安慰她一番的，可轉念又一想，翠枝對生兒子這件事很在意，自己是個局外人，本來就不好插手，想了想方說：「大嫂心裡不舒服，可也該吃飯，畢竟現在小靜婷還得吃妳的奶，總得為了她吃吧？」

翠枝揉揉眼睛說：「這個家遲早得分。」

青竹沒別的話，她心裡清楚，翠枝想分家不是一天兩天了，有時候分開過未必是件壞事。「我幫大嫂將飯菜拿進來，大嫂就在這屋裡吃吧？」

翠枝道：「多謝妹妹了。」

青竹也不在意，又聽見永柱喚她，青竹答應一聲便出去了。

翠枝依舊守在小女兒跟前，目光落在小靜婷的臉上，心想到底什麼時候這日子才能迎來轉機？

在白氏以及永柱的要求下，青竹提筆給少南寫了一封信。信上的內容不多，主要是告訴他院試中了第十一名的事，另外又嘮叨了幾句要他在外當心。

信依舊是託田家人幫忙送出去的，只是不知這封信輾轉到少南手上是什麼時候了。

青竹讓大姊他們幫著養蚯蚓，到七月的時候交來了第一批，總共二十六斤四兩重，永柱說每斤給三文錢。

謝通覺得這個價格也還能接受。「養這個極容易的，又不吃糧食，又不需要特別照顧。只要你們還繼續養魚，我看就把養蟲線這件事繼續做下去，再去別的魚塘問問，說不定他們也需要呢！」

青竹道：「發展成真正的養殖也不錯，只是量還太少了。塘裡的魚我們也去撈上來看過，再餵兩、三個月就能捕撈了。今年事多，還得請大姊夫過來幫忙。」

謝通忙說：「這是應該的。」

永柱讓少東將這些蚯蚓提去餵魚，青竹給謝通付了錢，還多給了十文。

永柱又說：「去和妳大伯娘說，家裡有不少鴨蛋，吃也吃不完，揀些給妳大姊夫帶回去吧！」

謝通忙推讓道：「多給了錢就已經過意不去了，哪裡還有拿蛋回去的道理？我看還是算了吧！」

永柱卻說：「說來都是一家人，也沒有必要分得這麼清楚。青竹不是也說了嗎，以後還要靠你們幫忙呢，今年魚塘的事多。」

白氏給揀了二十個鴨蛋，心想這二十個蛋也值幾十文了吧？永柱還真是大方，說給就給，家裡又不是富裕人家，充當什麼闊老呢？不免對青竹又嫌棄了幾分，這還沒轉正呢，就會將家裡的東西往娘家順。她心裡雖然不樂意，不過卻沒敢說出口。

翠枝帶著靜婷在簷下玩，冷眼見這一家子的行事，不免有些心寒，心想什麼時候起，她在這個家的地位竟比青竹還不如了？畢竟還給添了兩個孫女，結果到頭來卻一點存在感也沒有。每次娘家人來的時候，也沒見主動說送什麼東西，白氏更是不會有什麼好臉色。她鐵了心想要分家了，這事還得和少東繼續商量下去，她是一天也忍受不了了！

永柱和青竹挽留謝通吃了飯再回去，謝通卻說：「還要給玉米地澆水上肥，不能再留了，改天再來吧！」

青竹找了網兜將二十個鴨蛋裝好，又對謝通道：「大姊夫，下次將大姊也帶過來玩吧，她好久沒來我們這裡了。」

謝通忙說好，再三地告辭了。

也沒別的事了，青竹說要回屋休息一下，白氏便叫明霞幫忙燒火做飯。

翠枝依舊抱著靜婷坐在簷下的藤椅裡，小靜婷眯著眼，一副昏昏欲睡的樣子，翠枝便將她抱回屋裡去，讓她在床上躺著，可還沒放到床上，小靜婷立刻又醒了，不知為何，突然就哭鬧起來。翠枝便讓豆豆守著妹妹，到廚下和白氏道：「娘中午給留點米湯，最好是熬得濃一點。」

白氏沒吱聲，正繫了圍裙準備切菜。

翠枝乾站了一會兒，將母女倆打量了一遍，心裡憋著一團火，可也是敢怒不敢言，氣呼呼地回房去了。

白氏一面磨刀，一面問明霞。「妳大嫂怎麼了？這是給誰臉色看啊？」

明霞道：「我哪裡知道。」

青竹見笸籮裡放著幾十根彩線，突然想起前日韓露讓她幫忙打一種蝴蝶絛子，可青竹她哪裡會呢？想到翠枝手巧，說不定她會，何不問問她去？於是便拿了幾根彩線過去找翠枝。

撩了竹簾往屋裡一瞧，卻見翠枝正在哄小靜婷睡覺。青竹輕聲喚了句。「大嫂。」

翠枝對青竹略點點頭，卻不怎麼在意她，青竹進到屋內，自己找位子坐了，先將每條彩線給理得整整齊齊的，心想一會兒等翠枝空閒的時候便問她。

小靜婷一點睡意也沒有，睜著雙黑溜溜的眼睛正四處看呢，翠枝不知青竹找來有什麼事，只是此刻她不願意去搭理而已，還憋著口悶氣。

沒多久少東回來了。

翠枝便向少東抱怨道：「怎麼一去去了這麼久？」

少東見青竹坐在那裡，含笑著向青竹打了句招呼。「妹妹坐著吧。」

翠枝卻直管拉著少東說話。「外面日頭那麼毒辣，出門連個帽子也不戴，我看你是中了暑才甘心！」

「這點日頭算什麼？我又不是女人，還不至於那麼嬌氣。」

青竹坐在那裡，見這夫妻倆有說有笑的，似乎翠枝也忙，顧及不到她，心想著自己杵在這裡做什麼呢？便起身告辭了。「大嫂，回頭我再找妳吧。」

翠枝應了一聲，依舊沒當回事。

少東換了身乾爽的衣裳後，又問翠枝。「弟妹找妳做什麼呢？」

「鬼曉得！」翠枝心裡不舒坦。

少東有些納悶，心想平日這妯娌倆也是有說有笑的，莫非為了什麼還要生分了不成？不過他才不願意管這些芝麻大的小事，自己倒了杯茶，在平日常坐的一把竹椅上坐下了，慢悠悠地喝著。這時翠枝將小靜婷一把塞給少東，少東便真心實意地逗弄著女兒。

翠枝找了鑰匙開了鎖，將平日存放銀錢的小箱子搬出來，小箱子裡存放著他們小倆口所有的積蓄。

少東見翠枝這番舉動，有些不解，便問她。「妳又要買什麼東西了嗎？」

翠枝卻不搭話，將小箱子裡的錢細細地數了一遍，一些散碎銀子又拿戥子秤過了，加上銅板、碎銀子，細算了一共值三十二兩七錢四分。

「我說，這裡三十幾兩的錢，要賃兩間簡單點的屋子是足夠了吧？」

少東一怔，忙問：「妳這打的什麼主意呢？」

「什麼主意？不是明擺著的嗎？這日子過得越來越窩火了，還不如現在就分開！」翠枝只要一想到就覺得心煩。

「妳還真想著分家呀？分了家我們住哪裡？」

「所以我才說賃兩間屋子，夠放一張床、能有灶臺我都願意！」翠枝咬咬牙，心想環境差點也沒關係，她又不是不能吃苦。

少東心想，這個女人又是怎麼了？到底誰惹她了？剛剛青竹在這裡就沒見她有什麼好臉色，莫非這妯娌倆還真鬧彆扭了不成？

少東想了想才說：「哪有妳想的那麼簡單，說分就分？兩老只怕不答應吧！前兩年都沒分，如今爹的腿不好，又做了這番事業，我還能幫著左右跑一下，我們再分出去住，誰來管他們？少南又不在家。」

翠枝咬牙道：「我就知道你會說這番話來敷衍我，果不其然！你什麼時候也為我們娘仨想想好不好？我是你明媒正娶來的，還給你們項家添了兩個女兒，如今地位竟然還不如一個未圓房的童養媳，我過的這是什麼日子啊？你也老大不小了，難道還真想在這裡住上一輩子不成？前些年你還說開店來著，如今只怕你想也不想了！」

少東道：「我幾時不想獨立出去？只是這些說來容易，要做確實有些難處。再混個兩年吧，等少南讀了書回來，這裡有人管了，我們再分家。」

「我才不管那些，我現在就要分！」翠枝是鐵了心，她是一刻也不能忍受了。

少東見翠枝固執己見，不管自己說什麼她都聽不進去，不免有些冒火，高聲道：「我在當這個家，我說再過段時間，就再過段時間！我可不想鬧得大家都翻了臉，也還想過兩天清靜日子！」

翠枝心裡有氣，哭著說：「好，我說什麼你都不聽是不是？當初你是怎麼承諾的？現在都忘得一乾二淨的了！你出去呀，還待在這裡做什麼？」

小靜婷聽見父母爭吵起來，不明就裡也跟著哭了，整個鬧得一家子都不清靜。

永柱在這邊屋裡聽見了動靜，不禁皺了皺眉。他不願意去管兒子和媳婦之間的口角紛爭，因此就當沒聽見一般。

白氏從窗下走過，聽見他們吵，忍不住斥責道：「這又是怎麼了？能不能安分一點？」

翠枝聽見白氏的聲音，更是放聲哭了起來。

少東覺得心煩，將小靜婷放進搖籃，大搖大擺地就出去了，索性不再管。

——未完，待續，請看文創風437《爺兒休不掉》3

2016年8月出版

爺兒休不掉

文創風 435～438

小時候明明是相看兩相厭的，
怎麼長大後竟會對她念念不忘，就此上了心呢？
雖然不願放她走，可她若執意求去，他也不會強求的，
他想，這或許便是愛吧……

人生如潮，平淡是福／容箏

一失足成千古恨！老祖宗的這句話確實真心不騙啊！
她不過是去登個山罷了，竟也能招來這種莫名其妙的意外？
當她墜崖後再睜開眼時，發現整個世界都變了，
一個陌生的時空、一戶貧窮到連狗都嫌的人家。
根據她打聽到的結果，她是這個家裡的次女，名叫夏青竹，
目前因傷暫回娘家休養……等等，娘家？她才八歲就嫁人了？!
何況被打得都逃回娘家來了，可見她那夫家有多不待見她啊！
得知這驚人的事實後，她徹底傻眼了，這還讓不讓人活呀？
細問才知，原來她是賣身葬父，去項家當童養媳的，
偏偏這世上沒有最糟，只有更糟，她那夫家簡直就是個火坑，
上有難伺候的婆婆，下有兩個不講理又愛欺負人的小姑，
還有一個心比天高、橫看豎看都看她不順眼的小丈夫項二爺，
家中什麼髒活累活全是她在做，待遇卻連個丫鬟還不如，
唉，雖說吃苦耐勞是中國傳統婦女的美德，但很抱歉，她來自現代，
所以，她決定努力掙錢還債，休掉她的二爺，投奔自由去啦～～

爺兒休不掉 2

國家圖書館出版品預行編目資料

爺兒休不掉 / 容箏著. --
初版. -- 臺北市 : 狗屋, 2016.08
冊 ; 公分. --（文創風）
ISBN 978-986-328-621-9（第2冊：平裝）. --

857.7　　　105010482

著作者	容箏
編輯	黃淑珍
校對	黃薇霓　周貝桂
發行所	狗屋出版社有限公司
地址	台北市104中山區龍江路71巷15號1樓
電話	02-2776-5889～0
發行字號	局版台業字845號
法律顧問	蕭雄淋律師
總經銷	知遠文化事業有限公司
電話	02-2664-8800
初版	2016年8月
國際書碼	ISBN-13　978-986-328-621-9
原著書名	《良田秀舍》

定價250元

狗屋劃撥帳號：19001626

網址：love.doghouse.com.tw　E-mail：love@doghouse.com.tw